U0628533

提着灯笼逛天街

廖立新 著

国际文化出版公司

·北京·

图书在版编目（CIP）数据

提着灯笼逛天街 / 廖立新著 . -- 北京 ：国际文化
出版公司，2023.3
ISBN 978-7-5125-1436-2

Ⅰ．①提… Ⅱ．①廖… Ⅲ．①散文集 - 中国 - 当代
Ⅳ．① I267

中国版本图书馆 CIP 数据核字 (2022) 第 217707 号

提着灯笼逛天街

作　　者	廖立新	
图书策划	崔付建　秦国娟	
责任编辑	吴赛赛	
封面设计	鸿儒文轩	
出版发行	国际文化出版公司	
经　　销	全国新华书店	
印　　刷	阳谷毕升印务有限公司	
开　　本	880 毫米 ×1230 毫米　　32 开	
	10.125 印张　　200 千字	
版　　次	2023 年 3 月第 1 版	
	2023 年 3 月第 1 次印刷	
书　　号	ISBN 978-7-5125-1436-2	
定　　价	62.00 元	

国际文化出版公司
北京朝阳区东土城路乙 9 号　　　　邮编：100013
总编室：(010) 64270995　　　　　传真：(010) 64270995
销售热线：(010) 64271187
传真：(010) 64271187-800
E-mail：icpc@95777.sina.net

前言：碎片化时代的写作

就像樵夫打柴、渔夫打鱼，打打、卖卖，我写写、发发，不知不觉也积稿上百篇了。

前一天单位领导还在问要不要汇编出个集子，后一天区作协远人主席就发来信息要我出版一部散文集，并在浏览过文章目录后建议拿"提着灯笼逛天街"作为书名。

《提着灯笼逛天街》是我在游览连州地下河之后写的一篇游记，题目非常贴切地表达了我此行的旅游体验，真的，感觉就像提着灯笼在天街游逛。当然，天街谁都没有去过，都是听郭沫若先生说的。"我想那缥缈的空中 / 定然有美丽的街市 / 街市上陈列的一些物品 / 定然是世上没有的珍奇 / 你看，那浅浅的天河 / 定然是不甚宽广 / 那隔着河的牛郎织女 / 定能够骑着牛儿来往 / 我想他们此刻 / 定然在天街闲游 / 不信，请看那朵流星/是他们提着灯笼在走。"诵读着这样美丽的诗行，不可能不在童稚的心里种下对奇幻的天庭仙界的好奇与向往，冀望着有那么一天，也可以荡着轻舟，在银河里嬉戏；提着灯笼，在天街上闲游。

生活总是以她的种种局限性来困住不羁的灵魂，于是人们总渴望逃离，用脚，或者用思想。"世界那么大，我想去看看"成了无数人的人生追求，可是又有多少人有勇气迈出那艰难的第一步？人生苦短，人人都渴求永恒，可是谁又能够真正永恒？肉身那么短暂，灵魂永远孤独，这是人生必须要面对的问题。无怪乎有人要说，肉身和灵魂，总得有一个在路上。那么，文学的终极意义到底何在？我想，文学不过是给自己、给别人点一盏灯，举一个灯笼，借助它的微光，在黑暗中照出一条前行的路，把人、把心灵，递送到一种基于现实又超越现实的亦真亦幻的美好境界。文学的功能，在于纾解，在于填补，在于延伸，在于创造，在于孔夫子说的"诗，可以兴，可以观，可以群，可以怨，迩之事父，远之事君，多识于鸟兽草木之名"。

自然，对于文学爱好者而言，对文学有正确的理解是很重要的。在区作协组织的屡次学习当中，远人主席时常提醒大家，要多去看看文学的最高点到底在哪里。文学始终会有一个标线横在那里，如李白、杜甫、曹雪芹、托尔斯泰、陀思妥耶夫斯基等，都是标线。杜甫之所以成为"诗圣"，就在于所有的河流都流到了他那里，而他又成为无数人的源头。在技巧和语言的层面，要勇于舍弃一切花里胡哨的东西，追求一种"增之一分则太长，减之一分则太短；著粉则太白，施朱则太赤"的效果，让笔下的人、事、景、物自己来说话，亦即所谓"名词写作"。好的文字，一定是有力度的，一落笔就能吸引读者读下去。作为写作者，除了在语言锤炼上下功夫，还必须善于运用细节，要有进入细节的力量，好比踢足球，临门那一脚非常重要，决定着你能不能破门。从这个意义上来说，正确的文学观就是"灯笼"，提着灯笼，才能驱除写作道路上黑暗的迷雾，步入"得心应手""游刃有余"的美好"天街"。

本书所收集的 75 篇文稿，多数已在报刊上公开发表，根据内容分为"行走""乡村""风景""情感""人物""经历""美食""阅读""现场""视听""言论"11 辑。其中，既有个人自发的感悟，也有所谓的"命题作文"。这些文稿的成形，首先要感谢内人的默默支持。写作不仅仅是写的过程，还要有许多前期的工作，比如为了写莽山，我就得不远千里，忍受着堵车之苦、暴晒之痛、跋涉之劳去实地攀登体验。码字的时间多了，做家务的时间就相应少了，她承担的家务就更重了。其次，我要感谢单位的领导。虽说语文老师写点东西，不完全算不务正业，但也不是个个领导都这么开明的。我的领导，能够经常给我一点儿鼓励，有时候也安排我写点儿东西，甚至主动提议让我结集出版，这都让我无言感激。我还要感谢光明区作协的远人主席和各位老师、朋友，是他们用自己的勤奋和智慧，"裹挟"着我努力前行。还有许许多多的亲人、同学、朋友，为我提供故事线索、写作素材，给我以方方面面的帮助，包括宽容我在作品里对他们的不恭，这都是推动我前行的巨大力量。

　　我的这些文稿，基本都是在手机上码出来的，我最初想过的文集名称是"指尖上的风景"。手机码字，最大的好处首先是贴合思想情感的随机性、流动性、短暂性，即思即写，即写即存，能够及时捕捉和记录一闪即逝的思想火花。其次是贴合时间碎片化时代的要求，公园里、候车亭、办事大厅、车上、沙发上、马桶上，走路、吃饭、休息，一切碎片化的时间都可以利用起来，短则三五行，长则数百字。唯一的缺憾是，不能够规规矩矩长时间坐在电脑前，思考的深度和广度都会受到一定的影响。在移动端时代，我甚至有一种隐忧，我怀疑我回到电脑前再也不会思考和表达。

目 录
Contents

情 感

人 物

现 场

视 听

言 论

行

走

静默如斯，只为等你

——写在梵净山申遗成功的特别日子里

她，静默亿万年，只为等你。

亿万年，风云激荡，沧海桑田，她静默如斯，像一个酣畅淋漓、悠长深远的梦，等待着你来唤醒；像一部包罗万象、博雅奥邃的经卷，等待着你来品读。

她雄踞黔东北部之铜仁，纵横江口、印江、松桃三县，方圆 567 平方千米，主峰海拔 2572 米。她身躯伟岸，姿容俏丽，"上之穹隆接天、下之厚重住地""崔巍不减五岳、灵异足播千秋"，西倚云贵高原，东瞰湘西丘陵，后有乌江磅礴，前有沅水蜿蜒，以武陵之尊的气派傲视湘、黔、渝、鄂，有贵州第一名山、"天下众名岳之宗"的美誉。

面对这奇伟宏博的大自然之书，你该从哪里读起呢？又该怎样来读呢?

　　想象着你来到一间向往已久的图书馆,红墙绿瓦就矗立在你的眼前,你一定不着急进入阅览室,而是,就这样静静地站在她的面前,张开双臂,闭上眼睛,沉浸在她的气息中,用你的每一个毛孔感受着她的心跳与呼吸。是的,你怀着景仰与憧憬,急匆匆远涉千里来到她的脚下,反而变得从容淡定下来。登临既然已经成了一个毫无悬念的结局,为什么要急着去揭开她神秘的面纱呢?为什么不让这一份神秘感保留得更长久一些呢?

　　事实上,车一驶近山脚,你就已经能感受到来自她身躯内部的阵阵清凉之气。竹林宾馆就在桥头,两条河流的交汇处,掩映在一片青翠的竹林中。办好入住手续,我稍加收拾,换上泳衣,把自己浸泡到沁凉入骨的溪水中,头枕着卵石,一边享受着清风流水的轻拂柔抚,一边游目骋怀欣赏美好的山野风光,这是何等的惬意啊!此处应属锦江源头,与下游碧波粼粼、青山倒映的画风迥然不同。河滩上堆满了大大小小、奇形怪状的石头。放眼望去,你仿佛就是那神话传说中的仙翁,正赶着成群的石牛石马、石羊石猪,顺着宽阔的河滩往下游而去。从群山深处汇流而来的山泉水,东一泓,西一潭,穿布在河滩上。泉水异常清澈,清澈到常常令你产生错觉,你以为触手可及,其实都踩不到底。"水至清则无鱼"的名言在这里是要失效的,背脊带花纹的小鱼悠游地钻到你的脚边,轻轻地触碰你的肌肤,又嗖地蹿向远处。河滩两岸,绿树浓荫,鸟鸣啾啾。在这里,彻底放松你的心情,用你爽滑的肌肤读取大山流淌的每一丝清凉。

上山的路就在听起来鸟鸣嘤嘤、貌似动人美好，实则虫蛇出没、凶险无比的绿荫深处。这是绿色的海洋，森林覆盖率在80%以上，植物种类多达4300多种，其中最著名的是珙桐。珙桐是恐龙时代的古老植物，现在已经非常稀少。每当春末夏初，奇特美丽的珙桐花纷纷开放，如群群白鸽翩翩起舞，被誉为"中国鸽子花""北温带最美丽的花朵"。这里是野生动物的王国，拥有动物超过2700种，其中最可爱的当属被誉为"世界独生子"的黔金丝猴，当然也不乏骇人的蛇类，以及黑熊、云豹这样的强攻击性猛兽。你只能登上景区摆渡车，钻进索道缆车，远距离，高角度，怀着向往而又遗憾的心情，快速浏览、粗疏略读这莽莽苍苍的绿色典藏珍版森林之书。稍稍能弥补一下缺憾的是，下了索道之后，有一段750米的森林栈道，可以一边漫步，一边欣赏沿途的花、草、藤、树。

一路走走、停停、看看，不知不觉，从绿色世界走向褐色世界，从有机王国走向无机王国，从有史时期走向史前时期。这是一个美到超乎你想象的天空之城，是一座古老到天荒地老的峰林城堡，是超拔到远离尘俗的梵天净土。14亿年，多么漫长的历史！作为中华大地上黄河以南最早隆起抬升的高地，古老的山体历经亿万年风霜雨雪的侵蚀冲刷，被大自然的鬼斧神工砍削雕琢出千姿百态、峥嵘奇伟的高山石林峰群。不必说上大下小、看似一触即倾实则岿然不动的蘑菇石，是如何以魔幻现实主义的手法突破你的想象力；也不必说孤峰突起、奇险无比、陡峭难行的新老金顶，是如何挑战你的体能与胆量；更不必说惟妙惟肖、宏大伟壮的万米睡佛，是如何刷新你的认知，震撼你的心灵，单是那层层叠叠、随处堆放的片片页岩，就足以激发你无穷的好奇心和强烈的探究欲。一片一片的页岩，有的积压成峰，好似摞叠的经书，不知其有几十万卷；有的散轶道旁，恰如残章断简，独自诉说着满腹心酸；有的剥蚀成锥，倒扣山崖，活脱脱一枚翻天印；有的倚山望海，棱角突出，扑棱棱振翅欲飞……

这大自然的万卷经书，记载着宇宙变迁、山海挪移的奥秘。站在这神奇的书册面前，摩挲着它的封面，轻抚着它的毛边，心潮起伏，浮想联翩，从远古到未来，从高山到大海，从现实到幻境。是谁，有如此的神力，将她从海洋深处托举成山，高踞于此？是谁，挥舞刀锯斧凿，砍削雕琢出这奇崛的断崖孤峰？是谁，巧手飞扬，撒播下无数珍稀的种子，化育这浩瀚林海？是谁，驱风逐雷，翻云覆雨，澄清万里风烟，变幻万千气象？

站在云端之上、峰林之巅，任云瀑飞泻、禅雾倏忽、幻影迷离、佛光闪烁，有晨钟暮鼓敲出千年梵音，有香火明灭燃点人间智慧。

梵，古印度语，梵摩，意为清静；净，佛教语，清静。梵净山，好一个梵天净土、清凉佛国！

——成文于 2018 年 7 月 2 日。是日，梵净山申遗成功，成为中国第 53 处世界遗产、第 13 处世界自然遗产，文以记之。

备注：本文刊发于《中国旅游报》副刊《文化·江山》2018 年 07 月 13 日

穿越最美天际线

天门山是最能体现人类之伟大、自然之伟大的5A级景区之一，她完美地融人力之美和神力之美于一体，用极其优美的天际线勾勒出一幅神奇的剪影，永远定格在游客的脑海里。

天门山古称云梦山、嵩梁山，位于湖南省张家界市永定区，景色雄奇壮美，恍如仙境，是张家界的天然画屏，素有"湘西第一神山"的美誉。

无论你来自何方，这令你魂悸而魄动的天门山之旅，注定要从一幅剪影的诱惑开始，要以一幅剪影的留白告终，而此间经历的种种也必将定格为人生相册里永不褪色的影像。

在一个酣畅悠长的睡梦中醒来，站在大酒店的客房内，推窗望去，熹微的晨光中，黑魆魆的天门山，在冷峻的白光映衬下，以黑白对比鲜明、起起伏伏、兜兜转转的棱线，勾勒出最为优美的天际线，形成一幅充满奇幻色彩的剪影画。你的心，就在这种诗意的诱惑中，开始蠢动。

　　旅游大巴把你送到山下的景区入口广场，高大巍峨的山体以逼人的气势直挺挺杵在你的面前，让你不自觉矮了三分。天色渐渐变得明朗起来，传说中神奇的天门洞也慢慢褪去她神秘的面纱，隐隐露出她俏丽的姿容。她高踞于云梦之巅，用冷傲的目光睥睨着山脚的这些朝拜者，脸上挂着嘲讽的浅笑。是在嘲笑游客的胆小、怯懦，还是在鄙夷信众的孱弱、无知？这蒙娜丽莎式的神秘笑容中，隐藏着一种神奇的力量，牵扯着你的心灵。凝神谛听，冥冥中似乎有一个声音在召唤着你。那是来自天庭的召唤，那是来自地心的呐喊，那是来自远古的预言。

　　于是，你再也按捺不住跃跃欲试的冲动，迫不及待登上了景区环保中巴车，向着高山之巅进发！这"通天大道"，远没有它的名字来得轩逸堂皇。这是一条凶险狭仄的山路，沿着陡峭的崖壁，小心翼翼地向上盘旋延伸。它容不得半点的孟浪与粗疏，每一曲，每一折，都得巧妙地利用好地形地势上的便利。左边的山壁坡陡而面宽，两翼纵深宽广，那就以连串的"之"字形的回环曲折来实现高度上的大幅度跃升。然后，从左往右，一个远距离大横贯，把线路拉回到中线。与天门洞的直线距离已经不远了，但是，越靠近天门洞，地势越是复杂险逼，稍有不慎，就会坠落万丈深渊。考验工程技术人员智慧与技术的关键时刻到了！无从借路的90度危崖，就凿石为坎，硬生生向内劈出一条通道。双峰对峙，则就谷铺路，顺势逸出。断沟豁口，便架梁为桥，垒石成墙，接引过渡。岩壁堵截，乃两面洞穿，掘成隧道，贯而通之。工匠们凭借着大胆神奇的想象，凭借着超卓绝伦的智慧，凭借着炫酷的现代工程技术，克服千艰万难，实现了人间与天堂的无缝对接。短短10.77千米山路，海拔从200米急剧提升到1300米，两侧绝壁千仞，空谷幽深，历经99道拐，180度急转弯此消彼长，似玉带环绕，弯弯紧连，层层叠起，直冲云霄，真不愧为"天下第一公路奇观"。你站在洞前俯瞰来路，但见鱼肠佶屈，百折千回，如方外高人的神秘符咒，如五线谱上律动的音符，回想起上山时的倾侧、惊叫，兀自冷汗涔涔。

此刻，神往已久的世界奇观——天门洞就高悬在你的面前。她是大自然的造物杰作，是世界最高海拔、天然穿山溶洞的传奇代表，悬挂在海拔1260多米的千寻素壁之上，气势磅礴，巍峨高绝，就像一座镶嵌在天幕上的通天之门。她南北对穿，门高131.5米，宽57米，深60米。据地质专家研究考证，其成因，是由于门洞中央恰位于东西岩层向斜的交汇处，长期遭受不同方向的作用力挤压，岩石不堪承受，而逐渐破碎崩塌。最终，于三国吴永安六年（263年），中央部位的岩壁全部崩塌，山体洞开，玄朗如门。吴景帝孙休接获天门洞开的奏报，龙颜大悦，以为此乃祥瑞之兆，遂赐名嵩梁山为"天门山"。大自然的奥妙，不只在于"天门洞开"的神奇。据当地老人回忆，七八十年前，在张家界市区河边南码头可以清晰看见天门洞，而如今，在原地只能举目见山不见洞，要观望天门洞的胜景，得挪步到 4 千米外的大庸桥公园。而随着洞口的转移，风水相宜的黄金宝地也从南码头转移到大庸桥。难道，天门洞口一直在悄悄地向西转向，诠释着风水轮流转的大自然之谜？有着如此神威的天门洞怎能不令凡尘中的善男信女顶礼膜拜、五体投地！天门高悬，天瀑高泻，天阶高挂，999 级台阶严重考验着你的体力、意志和毅力。是勇敢接受女神的激将，吹响号角拾级而登，还是自甘承受女神的奚落，奉上白旗落荒而逃？要逃，也请别错过旁边山体隧道内长达 897 米、号称世界施工最艰难、技术要求最高、提升高度最高、梯级总长度最长、最具创意的扶手穿山电梯！

"几回梦里久徘徊，清风十里踏花来。步步天阶通银汉，茫茫云径绕翠崖。幽谷氤氲藏古刹，画屏嵯峨徙蓬莱。且沐烟霞入奇境，已然澄心近瑶台。"（王心鉴《步天门山》）历经种种磨难，越过天门，上得天庭，呈现在你眼前的是美妙绝伦的空中花园。这里地势平坦，植被丰富，石笋、石芽举目皆是，处处皆是如天成的盆景，被世人誉为世界最美的空中花园和天界仙境。这是一座真正属于普罗大众的花园，不同的人群都可以在这里领略到各自属意的美与乐。热爱自然山水的，可以一边闲庭信步，一边极目远眺，饱览大湘西雄奇秀丽的喀斯特地貌景观。喜欢花花草草、虫虫鸟鸟的，可以陶醉于红、紫、白、黄四色相映、栩栩如生、耀眼夺目的蝴蝶戏珠；也可以细细品味形似龙虾、花色艳丽、醉人无比的龙虾花。天生不安分、热衷刺激冒险的，玻璃栈道会挑战你的胆量，溶洞漏斗会刺激你的神经，而心随逝水、身证菩提的佛系男女，则可以叩问山寺，觅仙奇境，一探鬼谷隐逸文化的究竟。

上山中巴，领略通天大道99道拐的公路奇观；下山缆车，一睹天门山索道的绝世奇景。天门山索道下连市区城市花园，上连天门山顶的原始空中花园，犹如一道彩虹飞渡"人间""天上"，又像一条巨龙腾翔素云苍穹，依山借壁，拔地冲天，荡气回肠，恢宏壮观。坐上缆车，在滑出站台的瞬间，失重的感觉、恐高的晕眩和对下一秒钟生死的莫可名状的恐惧担忧全都化作一声凄厉的尖叫。下坠下坠再下坠，身下那无法探底的深渊，仿佛张开了血盆大口的怪兽，正要一口把你吞噬。闭了眼，双手牢牢地攥紧一切可以抓到手的东西，明知道那是徒劳，也要求得一份虚幻的安全与抚慰。1279米的高度落差啊，就在这最初的十几分钟里，高度急剧下降，悬索斜陡处倾斜角度达38度，怎不叫人心惊胆战！缆车驶离主峰，运行变得平缓而轻松，一路晃悠晃悠再晃悠，青山、绿树慢慢地向后掠去，让人把惊悸的心一点点熨平，把丢失的魂灵一瓣一瓣找回。7455米的缆车行程，让你在尽情体会人生的跌宕起伏之后，又留下足够的时间让你回味。坐在暖暖的车厢里，任暮阳轻浴着疲惫的身躯，饱经沧桑的心灵变得宁静起来。

走出索道下站，站在坚实的大地上，回望暮色笼罩下的天门山，天际线依然如此分明，如此高远，白天所经历的一切已然远去，你从邈远的仙界，越过三皇五帝，穿过万水千山，跌落平和简单的人间，收拾起全部的念想，尘封起所有的记忆，把眼前的这幅山水剪影留下，留给后人，留给未来。

而你，悄悄地从这帧剪影中淡出，消失在风轻云淡之中。

备注：本文刊发于《云浮日报》副刊《三江之韵》 2019 年 05 月 16 日

瀑惊黄果树

水是大自然最奇妙、最灵动、最善变的精灵，借助天、地、人的作用力，可以变化出不同形态，演化成各种各样的绚丽多姿的旷世奇观，装点着古老的地球，惊艳着旅人的双眼。

黄果树是上天的宠儿，它雄居黔之腹、滇之喉，打邦河蜿蜒于内，灞陵河徜徉于外，它以水为魂，以瀑为灵，在方圆 163 平方千米的范围内，天设地造了大大小小、形态不一的 18 条瀑布，汇成水的奇美诗篇、瀑的恢宏乐章，以其独步天下的瀑布群景观而蜚声海内外，被上海大世界吉尼斯总部评为世界上最大的瀑布群。

听，轰隆，轰隆，那是丰水期的陡坡塘瀑布在召唤着远道而来的客人。入了景区大门，沿着白水河的右岸上行，在吼声的引领下，游客们怀着急切的心情向瀑布走去。尽管一路绿树葱茏，景色秀美，但游客们的眼里、心上只有吼瀑的雄姿英态，他们个个步履匆匆，紧赶慢赶，不肯在路上浪费半分钟。愈接近瀑布，人流就愈密集，行走的速度就愈缓慢。随着瀑布靓丽身影的时隐时现，性急的游客开始拿出手机、相机拍摄起来，时时堵塞交通，以至于需要景区工作人员不断地提醒、吆喝："往前走，别停下，前面有专门摄影的观景台……"在拐弯下了一小段石级后，陡坡塘瀑布便以雍容的姿态，款款展现在你眼前。它宽 105 米，高 21 米，背靠 1.5万平方米的巨大溶潭，面对逶迤 100 多米的钙化滩坝。白水河的滔滔河水翻坝跌落，摧玉捣冰，像一匹脱缰的野马，向前奔驰，声威雄壮但颇为节制。站在瀑布右前方的观景台，人们会一边欣赏瀑布的豪迈、旷达，一边摆出各种姿态造型，为自己留下美好的回忆，一边聆听着瀑布乐团演奏的神秘乐曲。瀑布左侧的钙华堆积而成的洞穴，在巨量洪水经过时会产生奇特的汽笛效应，发出低沉浑厚的吼叫声，以致得了"吼瀑"的戏称。而在水量不大的时节，则又换上一副清丽的面孔，河水沿着和缓的瀑面，均匀地撒开，在一粼粼的钙华滩面上轻盈地跳跃着，舞动着，在阳光下泛着银光，好像待嫁新娘的漂亮面纱，又似古代仕女的素绢扇面。

这是一幅被无数游客脑补了无数次的巨型风景画。从香烟盒到扑克牌，从室内装饰到户外广告，从楼堂馆所的接待大堂到普通居民的客厅、卧室，从中南海、钓鱼台国宾馆、人民大会堂到驻外使领馆，随处可见它的身影。它在古人的诗篇里出现过，在前人的游记里出现过。现在，这幅在你的脑海里被拟想了无数遍的世界名画就真真切切地裸呈在你眼前。此刻，高 77.8 米、宽 101.0 米、流量每秒 2000 立方米（丰水期）这样枯燥的数据在你脑子里是没有概念的，你的耳膜被震天撼地的瀑声冲击着，你的眼睛被她伟岸的身躯、炫彩的姿容强力霸占，漫天的水雾滋润、慰藉着你每一寸焦渴的肌肤。你无暇指点，无暇谈论，只急切地从左边爬到右边，从下面爬到上面，从外面爬到里面，以最粗暴、最野蛮的方式亲近她，占有她。是的，黄果树大瀑布是世界上极为罕见的可以从上下、左右、前后六个角度观赏的瀑布，其独有奇特之处就是隐藏在大瀑布半腰上的水帘洞。水帘洞长 134 米，有六窗、五厅、三泉、六通道。从洞窗向外望去，但见犀牛潭上霓虹璀璨，七彩俱全，宛若双龙腾空。瀑的壮美，明代伟大的旅行家徐霞客有赞："捣珠崩玉，飞沫反涌，如烟雾腾空，势甚雄伟；所谓'珠帘钩不卷，匹练挂遥峰'，俱不足以拟其壮也，高峻数倍者有之，而从无此阔而大者。"虹的绝美，前人有云"天空之虹以苍天作衬，犀牛潭之虹以雪白之瀑布衬之"，故题"雪映川霞"。

传说中的银链坠潭瀑布是观瀑者辗转反侧、寤寐思服的梦中情人。在青灰色的石崖下，千万斛水不知从何处涌来，如无数条巨龙翻滚着，腾挪着，吐着白沫，溅着水雾。浊黄的洪流自下而上喷涌着，又汹涌地漫溢开来。浪花推着挤着向你的脚下扑来，惊骇慌乱中的你有一种水漫金山的错觉，似乎下一秒就要身陷灭顶之灾。然而，这水的精灵又似中了西绪福斯的魔咒，把种种挣扎化作徒劳。地势的倾斜与落差，把汩汩滔滔的地下来水迅疾地引向下游，于是在宽阔的河滩上无数匹野马撒开四蹄展开了竞逐。你追随着，呐喊着，竭力要赶上它们飞奔的步伐。山路弯弯，古木蔽日，凉风送爽。在一个 180 度大甩尾之后，你猛然惊觉，你已经横在了这浩浩荡荡的铁流前方。高耸的浪头以泰山压顶之势向你盖来，还没有扑到你的脚跟前，就神秘地消失在你的眼前。千万斛水劈空而来，千万斛水又遽然而去，银链坠潭瀑布以她的神妙莫测，让再走南闯北、见多识广的游客也折服于大自然无法窥破的玄机。而银链坠潭之得名，居然源于枯水期。潭面隆起的石包，像一张张下覆的莲叶，交错搭连，河水在每一张叶面上均匀铺开，纵情漫流，像千千万万条大大小小的银链，轻音嚷嚷地缓缓坠入溶潭，永远没完没了。三岔河水被钙华滩分成串串珠链，坠入深潭，故曰"银链坠潭"。可以想见，那又该是一幅多么秀美的图景啊！

18 条瀑布，各有各的姿态，各有各的韵味。滴水滩瀑布雄伟磅礴、仪态万方；连天瀑布多级连瀑、波涌连天；关脚峡瀑布层层跌泻、瀑雨纷飞；蜘蛛岩瀑布急流喷射、如龙吐水……

黄果树，好一个世界级"岩溶瀑布博物馆"！

备注：本文刊发于《云浮日报》副刊《三江之韵》 2020 年 06 月 18 日

壮美乌山

　　闽地多山，山多石，石多洞，洞多幽趣而别有洞天，乱世为藏身避祸之福地，治世乃悠游览胜之佳境。

　　由粤入闽，无论搭乘高铁还是自驾，至云霄地界，一堵巍峨的石山以隐天蔽日之势横切在眼前，令高铁入地，高速迂回。

　　此山名为乌山，位于闽南云霄、诏安、平和三县的边界。乌山山脉沿南北方向绵延45千米，东西延展20千米，方圆达900平方千米，主峰海拔1050.6米，因山体乌黑而得名。山体由燕山构造期露出地表的晶润花岗岩、流纹岩构成。植被主要为松树和杂木，森林覆盖率达50%。乌山巍峨挺拔，高大隽秀，山势陡峭，危崖险逼，洞壑幽邃，风光秀丽，既有泰山的雄伟，又有华山的险峻；既有衡山的烟云，又有峨眉的清凉，是闽、粤两省驴友猎奇、探险、访幽、览胜的最佳目的地。

今年暑假，我沿粤、闽海岸线北上，汕尾红树湾、汕头南澳岛、潮州广济桥、漳州乌山、泉州城、霞浦滩涂、宁德太姥山、屏南白水洋皆列入行动计划。7月25日夜晚，我自驾抵达诏安县城，歇息一晚，进行必要的补整，次日一早，向乌山核心景区公头里进发。沿309省道经西潭乡、建设乡，在万石溪村转入县道，然后一路直达红星乡。进入乌山景区大门后，山路变得弯曲盘旋，地势不断抬升，许多个峰回路转之后，乌山开始崭露头角，以它伟岸的身躯和嶙峋的姿态给心怀景仰的我以强烈的震撼。越往大山深处走，景色越发秀美，而山路也更加曲折、陡峭。在接近目的地的路段，大约有一两千米道路非常陡峭，坡度达35度，小汽车只能用一挡的速度艰难地往上爬升。费尽九牛二虎之力，终于来到了步行登山的出发点——闽南乌山老游击队员之家（乌山革命陈列馆）。乌山主峰红旗岩就在陈列馆后，远远望去，但见石峰矗立，红旗猎猎，似在召唤着远道而来的我。

上山走明路，山路曲折迂回。一进山，就仿佛进入了迷人的巨石阵。大自然用她那神奇的巨手，在山岭间撒播下无数大大小小、奇形怪状的石头。随着山路的转折、角度的变化，这些大石头呈现出不同的轮廓造型，激活着游人的想象，正所谓"一山一石一幅画，一步一景一重天"。方见右边山崖上一石兀立，两端尖尖翘起，宛如仙人晒靴；左边又游出一尾憨态可掬的石斑鱼，骨碌碌地睁着一对眼睛，微抿着双唇，缓缓向你靠近。济公石栩栩如生，嬉笑怒骂；将军石威风八面，点兵布阵。鹰嘴石张开巨喙，正待啄食；海豚石跃出水面，仰天长啸。倚天剑锋芒毕露，刺破青天；屠龙刀寒光闪烁，斩断尘缘。有身形笨拙的海绵宝宝囧囧逗趣，有手可摘星辰的问天石测试胆量。更有那龙船石，以一石成山的气概，承载两千多人的体量，令人瞠目结舌，叹为观止……充满奇趣的山石，将艰难的跋涉过程变成了妙趣横生、脑洞大开的想象之旅。不知不觉，从岩脚攀上了岩顶。极目远眺，蓝天白云之下，群山莽莽苍苍，安安静静地匍匐在脚下。在强劲的山风中，鲜艳的五星红旗猎猎作响。此刻，再文弱的人都会抑制不住心中的豪迈之情，想在升旗台前敬一个标准的军礼。

下山有秘道，暗道幽深绵长。穿行于岩石裂缝，巷道狭窄潮湿，岩壁上常有水滴飘落。举目望天，仅有窄窄的一线，谓之"一线天"。崩塌的石头卡在岩缝中，好像随时都会掉落，潜行其下难免心惊胆战。胆大好事者，则摆出一副力能扛鼎的架势，或天王托塔，或一指禅功。蹑步于石洞之中，洞口窄小者，仅容一人蹲身而过；洞壁倾斜者，需以掌撑壁侧身而过。有些石洞阴暗低矮，一不小心便磕到头顶；有些石洞敞亮开阔，可以容纳几十上百人，更令人啧啧称奇的是，里面居然有造型别致、浑然天成的贵妃石椅，有棱线分明、平面光滑的三角锉。有些石洞结构复杂，出口多而去向异，一步错则步步错；有些石洞貌似通途实则绝路，豁口处即是万丈深渊，"一失足便成千古恨"。正像习惯了生活在阳光下体会不到黑暗的险恶，习惯了生活在白天体会不到黑夜的迷乱，跌跌撞撞在秘密通道中，你永远不知道下一步将踏向何方，永远不知道等待你的会是怎样的境况。直到泉声冷冷、阳光刺眼，才恍然回过神来，回到了平和、美好的人间。

在景区的核心地段，有"闽南井冈山"之称的革命圣地乌山依然保存了许多革命遗迹，如游击队电台室、财务室、《前哨报》印刷所、闽南特委书记卢叨住处、炊事房、伤兵处、看守所等。回望身后红旗岩上高高飘扬的五星红旗，缅怀在此坚持革命斗争17年红旗不倒的中共闽南地委和红色游击队的革命先烈，心潮澎湃，口占一绝：

进剿图谋屡落空，梳天篦地技何穷。龙游秘道周旋巧，共产旌旗猎猎红。

备注：本文刊发于《中国旅游报》副刊《文化·江山》2018年10月8日

骑着大象去旅行

在我看来，景区是有生命的，山水是有灵气的。有些景区，只要你一走进它，就能很强烈地感受到它的气场，领略到它的妙处；有些景区，初看时没有什么特别的感觉，但随着时间的流逝，它的形象在你的脑海里慢慢变得清晰起来……

小武当山显然属于第二种。它位于江西省最南端的龙南县武当镇境内，赣粤交界处，主峰海拔 864 米，座座奇峰平地突兀而起，绵延数十千米。这些砾岩峰林形成于古生代，距今已 2 亿年，属于典型的"色如渥丹，灿若明霞"的丹霞地貌。

从粤北沿 105 国道进入江西，一路逶迤北上，游走在赣南大地的青山绿水之间，峰回路转，陡然间，在你眼前闪出无数赭红色的巨大石峰。这些石峰，身躯庞大，体态浑圆，仿如陆地动物界的巨无霸——大象。走在最前面的是两只"头象"，身躯最为高大壮实。这哥俩肥头大耳，身宽体胖，步态稳健，象鼻低垂，举止亲昵，边走边聊，优哉游哉，颇有首领风范，是为"双象凌空"，系小武当山开山第一景。随国道蜿蜒，"头象"身后阵营强大、声威豪壮的"巨象群"在你的眼前展开了一幅壮美的画卷。如此之多的赭红砾峰错落有致地在碧绿的林带之上袒露着伟岸的身躯，舒展着强健的筋骨，令人啧啧称奇。整个小武当山景区，犹如上天遗落在龙南宝地的一座天然的巨型盆景、一幅奇美的山河画卷，被人戏称为"远看比近看好，山下看比山上看好，不买票在景区外看比买票进景区看更好"的景区。是的，你只要从105国道走过，无论你进不进景区，你都能游目骋怀，享受这大自然的恩赐。这个过程，在我看来，最形象的表达，叫作"赶着大象去散步"。

当然，慕名而来的游客，是不甘心这样走马观花、浮光掠影的。那么，就扫码购票，拾级而上吧！

从"象脚"攀升到"象背"的观光栈道虽然只有短短的三四百米长，但要爬起来却没有那么容易。"之"字形的登山栈道随着山势逐级抬升，像一条巨龙一样伸向山的高处。慢慢地，我们由"大象"脚掌爬到"大象"小腿，由"大象"腿部爬到"大象"腹部，由"大象"腰腹爬到"大象"背部。此刻，俯瞰着山下的田畴村舍，遥望着远方的山川原野，心情特别豪迈和激动！骑着"大象"在云端旅行的感觉，果然大不一般：往里看，巉岩壁立，一块块卵石深嵌在砾岩当中，似乎在向每一个游客诉说着大自然沧海桑田；一朵朵小花扎根在石缝中，颤抖着纤弱的身躯，好奇地打量着身边这些好奇的游客。往外看，先前在山脚所见的高大的杉、松、茶、竹，现在看来如小草一般；穿行林间宽阔的沥青国道，退缩成了一条黑丝带，路上奔驰的汽车成了在丝带上爬行的甲壳虫。漫游在座座山峰之间，览武当胜地，踏叠翠霞谷，巡南海行辕，在玻璃栈道练胆、U形观景台"走秀"，还有五女拜寿、天开一线、神猴亮相、定海神针……十大景区，94处景观，令人目不暇接，流连忘返。

尤其值得一提的是，赣州是我国明代著名的"心学"流派创始人王阳明"立德、立功、立言"的重要实践地，是王阳明学术思想的主要成熟地。"武将文臣皆下马，当天奏帝且停车。""武力不如法力，力修力行力作善；当仁何必让仁，仁心仁德仁为宗。"这两副对联都是王阳明在正德三年（1508年）率兵平"三浰之乱"时游龙南武当山所题。上下联句首两字合在一起，正是"武当"二字。当地百姓以先贤赐字为山命名，从此这片矗立在赣粤边界的丹霞石峰林便有了响亮的名字——武当，小武当山从此声名远播，成为东南沿海著名的旅游胜地。

备注：本文刊发于《人民日报》（海外版）"旅游天地"栏目 2019年01月16日

泼墨小东江

　　这是一幅大自然自己的写意画，用高峻的山、冷清的水、漂浮的云、弥漫的雾、轻柔的风、啁啾的鸟鸣、静默的苇草，在湘南的这一方峡谷地带，泼墨，渲染。

一

　　夜，是贪睡的孩童，流连浓黑的睡床；昼，是勤劳的农夫，扶起微光的犁铧。调一点点黑，掺一点点白，在黑与白的交错里捕捉阴阳转换的玄机。扯几缕熹微的晨光，竖起千佛塔影影绰绰的轮廓，牵着群山的脊线从天幕徐徐滑过。倾一川浓白的仙雾在江，不必刻意区分哪是水哪是雾，任一片混沌的惨白迷蒙你的双眸。抹去一切活物的踪迹，连同它们的声响，点上几根苇草在江岸禅定，默想。默想天地玄黄，宇宙洪荒，日月盈昃，辰宿列张。江水无声，时光静流，灵魂在孤独的静默里净化，提纯。

二

人物是画的灵魂，白发渔樵江渚上，惯看秋月春风。金光下漏，水雾分离，层层轻雾从江面蒸腾而起，袅袅娜娜，半遮半掩。一叶扁舟破雾而出，浮立江面；一笠渔夫擒网以待，引而不发。这扁舟，从《国风》《离骚》中来，从唐诗宋词中来，以意象的姿态划入画中。这渔网，也似乎等待了千百万年，只为着这群来自五湖四海的痴男怨女。心似双丝网，中有千千结。一网散去，捕捉的不是鱼，而是游客惊艳的目光，是相机闪动的快门，是艺术上将至未至、将启未启的那个临界点，是潜意识里对退隐江湖、优游林泉的向往追求。生活需要表演，需要仪式感，艺术也一样。

三

真相总是隐身在最后，当万丈光芒把琼宇彻底照亮的时候，一切隐秘都无处躲藏。坝内，高峡，平湖，万顷碧蓝；坝外，长谷，黛山，一川清流。白雾还盘桓在半空，不肯迅疾逝去。微风吹过，飘来荡去，给朗朗乾坤披上了一层若有若无的轻纱。大地这张宣纸，该洇染的已经洇染，该凝滞的已经凝滞。皴、擦、染、点有奇韵，浓、淡、干、湿现墨彩。此刻，墨迹已干，画轴已成。汽笛长鸣，渡轮穿梭；喇叭声声，车水马龙。庶民的生活即将登台，艺术的世界正在退场。

怀着惊喜，卷起大自然绘就的这轴画卷，带着整条江上的雾气，连同两岸的青山绿树、花香鸟鸣，连同你的独特而新奇的体验，悄然离去，用时间作为酒药，封缸，发酵，酿一坛蚀骨琼浆，随斟，随饮，随醉，随眠。

备注：本文首发于《精神文明报》副刊《五彩池》 2020 年 05 月 27 日
再发于《宝安日报》"光明文艺"栏目 2020 年 05 月 28 日

在高椅岭，听一曲红与绿的恋歌

丹霞与碧水，红与绿，虽然不是高椅岭的专利，但唯有高椅岭能独享天恩，佳偶天成，把这两种大自然的美糅合得这么自然，这么默契，这么优雅。

刚从郴永大道拐入高椅岭村道，还没走到村口，你就能感受到这种天作之合的强大气场。村道两侧，赭红色的山岩巍然耸立，岩顶碧绿的小竹丛身影婆娑。岩壁上开凿的石阶年深日久，曲曲折折，像连串的问号隐入竹丛的深处。石岩脚下是平整的田畴，或许正处在休耕期，欢快地吐露着茸茸嫩嫩的绿草。转个弯，开始爬坡，一道堤坝兀然出现在右手边。坝内，绿水泛波，青草荡漾，游鱼争食。水面窄而狭长，迤迤逦逦，伸向不可知其源的岩谷尽头。

步行到第一个补给点，驻守的村民指点我们从最近的小道上山，只需要 20 分钟的路程。虽然夏日的阳光炙热如火，但山道隐在翠竹青林中，倒也阴凉。徒步不过五六分钟，前面响起一片惊叫和赞叹声。原来，不知不觉之间，大家就已经攀爬到了一条宽不过五六米的高崖山脊之上。先前树木掩映尚不觉其险，此刻探出头去，方知脚下就是万丈深渊，脚底立刻升腾起一股寒气，双腿几欲战栗，赶紧抓牢身旁的树干。抚定心神，调匀气息，向右下方看去，但见两侧红褐色的山崖壁立，形成一条深邃的峡谷，谷底夹着一线绿莹莹的潭水。这红谷绿水的壮美景观，立刻让人联想起美国亚利桑那州的科罗拉多大峡谷。能在湘南大地欣赏到这绝美的"科罗拉多大峡谷"风光，怎能不令一众好游者大呼小叫！于是，再恐高的人，也要战战兢兢挪步到崖边，无遮挡地留下这历史性的瞬间。殊不知，在高椅岭，壮美的风光才仅仅展露冰山一角。

走过大峡谷，继续在密林中穿行，也不过七八分钟的时间，就来到了第二个补给点。这个补给点比第一个大得多，简直就是一个"天上的街市"。村民们利用树杈、竹木在丛林中搭起棚屋，摆上货架，架起竹长椅，为游客提供矿泉水、饮料、泡面、西瓜、凉粉等，供游客打尖、休息。走到棚寮边缘一看，你会为脚下壮阔而奇美的景象惊叹不已。脚下赭红色的山脊线在山腰一分为二，像个巨大的"丫"字，一脉向左，嵌入碧潭；一脉向右，踏向竹丛。山下绿水如蓝，绿竹猗猗，环绕着曲折多变的岸线，切割出不同形状的"蓝宝石"。远方，炊烟袅袅，田畴涌波。此刻的你，仿佛骑坐在一条火龙的龙头，看它伸出两条巨大的龙爪，咆哮着扑向山下。你是不是会有一种错觉，似乎你就是那"替天行道"的梁山好汉，高踞在山巅，摇旗呐喊，指挥着千军万马，与官军鏖战八百里水泊？兴奋的你一定抑制不住冲入火线的激情，上上下下，左左右右，指指点点，一惊一乍。如果在这里就把体力消耗殆尽，终究是件后悔莫及的事情，因为更美的风景还在山岭的更高处。

回到棚寮街市，向左手边山道走去，很快就来到"龙脊"。这是一堵长达数百米的宽大红色砂砾岩墙，顶面平整，宽五六米。胆大好美者，在这里摆出各种各样的姿势，让蓝天白云作证，记录下美好的瞬间。勇于探寻者，则顺着"龙脊"向前，在手脚并用爬上一段陡峭的天梯后，来到第三个补给点。这里地形狭窄，仅容得下一间摊点。稍事休息之后，强行抑制着急切激动的心情，小心翼翼地向右前方摸去。在钻过一片灌木丛之后，又兀然站在了高崖之巅。呈现在你眼前的，是整个高椅岭景区最精华、最核心的丹霞奇观——八爪鱼。八爪鱼，多么形象的名字！只见左前方一座赭红色的石山昂然趴在蓝汪汪的碧潭之上，活脱脱一只深海里的巨型章鱼，浮出海面，挥舞着它的八条巨足，气势汹汹向你扑来。美国灾难片《极度深寒》里的恐怖场景浮现在你的脑海，你的耳畔仿佛响起了这个庞然大物的巨大吸盘发出的嘶嘶声……

丹霞环抱着绿水，绿水偎依着丹霞。普普通通的红与绿，在这里擦出爱的火花，成就了一段旷世绝恋，使名不见经传

的高椅岭，成为驴友们心目中"美得一塌糊涂"的网红打卡
胜地！

备注：本文刊发于《宝安日报》"光明文艺"栏目　2020 年 04 月 27 日

莽山：三棵树唱响生命的壮歌

在汉字里，"莽"字是一个很能唤起人想象力的字：浮现在你眼前的，是一大片一大片茂密的草丛。一只强壮、机敏的猎犬在草丛里搜索，追踪，扑腾……它的猎物，可怜的野兔，东躲西藏，却始终无法逃脱。

啊，"莽"，"莽莽"，"莽莽苍苍"，多么茂密，多么旺盛，多么富有生命力的词语啊！莽山，莽山，莽之为山，山之出奇，不在于它的地理位置有多么优越，不在于它的人文历史有多么悠久，不在于它的山川形貌有多么隽秀，只在于它丰沛豪犷的生命力。

不必说它如何跨湘粤，势拔天南，群峰耸立，沟壑纵横；也不必说它如何林海茫茫，鸟兽尽欢，乱云飞渡，寒温逆转；也不必说它如何奇珍荟萃，人杰地灵，物产丰饶，几多风情，单是景区这三棵平凡而奇伟的树，就让天下游客感叹生命的美好和神奇，感叹莽山这个生命王国的宏奥与粗犷。

第一棵树：石中福建柏。顺着清澈的青龙溪一路往下，欣赏着山光与物态的交相辉映，聆听着清风与溪流的悦耳和鸣，冷不防从头顶闪出一棵福建柏。初一看不以为意，再回首心下骇然。虽然福建柏是莽山普通的树种，但这棵福建柏却不是一棵普通的福建柏，这是一棵从两块累叠的大石中间突出重围，再昂首刺破青天的孤柏。两石贴得是如此之紧，以致整棵树的树根全被压成扁平状，让人不禁暗暗担心：这单薄的树根承受得起高大的树身吗？树根扎在两石中间，树身先沿下面那块石头的石壁倾泻而下一小段，接着一个大角度转弯折跃上青天，像极了一个大写的"V"字。再后退数步望去，那两块大石就像两片嘴唇，整棵福建柏就像一支工匠特意打造的巨型萨克斯管，石嘴牢牢衔住这支萨克斯管，在努力演奏着一曲昂扬向上的生命壮歌。

第二棵树：崖壁红豆杉。到得将军石观景台，游客们的心情大多还沉浸在奇峰怪石带来的兴奋与激动中，不大会留意下坡步梯转角处一方小小的铭牌。如果忽略了这一块铭牌，十有八九要错过这第二棵生命之树。这是一棵红豆杉。虽说红豆杉是名贵树种，但这棵红豆杉的殊为珍贵，不是缘于它的基因和出身，而是缘于它的过程与命运。这粒高贵的种子，也许是飞鸟造的孽，被撒在了高崖的罅隙里。就着这石缝里的一点点泥土，一点点养分，喝着崖壁上流下来的一点点雨水，这"落难的王子"硬是贴着崖壁一点点长大，一点点往上蹿。它的根是那么细，如果不仔细分辨，你都不知道它究竟起于何处。赫然呈现在眼前的，是它的中部，已经膨胀到几近变形的地步。或许正是靠着这有力的过渡，树的上半身已经脱离对崖壁的依附，傲然伸展于独立的天空。微风吹过，片片叶子瑟瑟抖动，似乎都在为自己唱着生命的赞歌。

第三棵树：朽心莽山松。雄峻的天幕山激荡着游客的心情，陡逼的登山梯挑战着游客的体力。穿过"自然门"，登上观景台，筋疲力尽的游客抚着胸口，喘着粗气，直想一屁股坐在地上。坐下去一抬头，你该为自己感到幸运，一棵奇松会映入你的眼帘。这是一棵饱受摧残、命途多舛的树，不知道是因为雷击还是虫燹，整棵树从中折断，树心已经朽烂，仅靠有限的树皮联系着，而枝条上却依然绽吐着绿莹莹的针叶。山顶的土层同样很瘠薄，山风吹刮，雨水冲刷，不大留得住土。水呢，缺了土的吸蓄，同样无法留存。残破的躯体只能从倏来倏去的云雾中，去吮吸一些水汽。心已死，树还在，即便只剩一条烂命，也得在你追我赶的热闹世界里绽放生命的芳华，唱响生命的主旋律。古话说得好，人活一张脸，树活一张皮。有时候，脸皮真的比心重要，心可以简化到只剩一个念头：为了这张脸，为了这身皮，咱就得好好地活！

是的，莽山之"莽"，从这三棵树的身上，已经得到了最充分、最彻底的诠释。这"莽"得益于南北交汇的地缘优势，得益于山川发育的历史机遇，得益于上天播撒的丰富物种，得益于人民群众的周全呵护。

从审美的角度看，被人们引以为傲的东西从来就不缺乏歌颂者。金鞭神柱的雄奇、将军石的威武、烙铁头的珍稀、盘王谣的神秘……凡此种种，一定会有无数的文人墨客为之吟诗作赋，传之后世。

　　而我，愿为这三棵普通的树立传，因为我深信，生命之"莽"是名山之"莽"的逻辑根源，而三棵树又是生命之"莽"的最佳注脚。

　　备注：本文刊发于《宝安日报》"光明文艺"栏目　2020年05月20日，亦先被深圳市光明区玉塘街道内刊《玉塘》杂志2019年04期总第12期选用

寻梦岭南第一理学古村

秋天是适合访古寻幽的季节。秋雨一窸窣，便牵扯出丝丝缕缕的思古幽情，于是我约了同科组的几位老师一起轻车简从，踏访号称"岭南第一理学古村"的广东省云浮市腰古镇水东村。

一进村口，一株几人方可合抱的大榕树早已撑开那遒劲的枝丫，飘拂着它引以为傲的美髯似的根须，用慈祥、憨厚又深邃的眼神打量着我们这群不速之客。我们就像一群偷窥大人们秘密的孩子，怀着惊喜、紧张和害羞的心情，悄然从它的巨臂下滑过，把车稳稳当当停在了村前的小广场。

左手边，巍然耸立着程氏大祠堂。祠堂门紧扣，严密守护着程氏家族千百年来繁衍生息、开花散叶、流布四海的秘密；守护着程氏"理学""洛学"走出乡野，荣登庙堂，跻身中国传统文化殿堂的法门。或许是不忍心冷落了我们这类民间爱好者朝拜的热忱，古旧厚重的门板上留着些缝隙和洞孔，可以稍稍满足一下我们的好奇心。敛了声，屏了气，偷眼窥去，罗汉古松琵琶半遮，昭穆神座若隐若现。想来里面珍藏着太多的秘密与神奇，只要仰头看那重重叠叠的巍峨山墙，你就不能不轻叹"庭院深深深几许"，不能不感慨"一入侯门深似海"。我便怀了些私心揣度：孔老夫子靠仁义道德赢得了历代帝王的青睐，摘取了"布衣王侯"的桂冠，代代享受朝廷的祀奉，那么，把儒学推至极致并扭曲、异化为帝王思想之鞭的"存天理，灭人欲"的程老夫子呢，又该享受帝王们何等高规格的赏赐？

前面是青石砌沿的一口大水塘，塘水碧绿，绿树掩映。如果说大榕树是古村的守护神，那么，这汪碧碧的池塘呢，算不算得上古村的生命之源？我相信，"井"在中国诗歌和中国文化里是有着绝对地位的一个意象和符号。有了井，就有了生命，就有了人烟，就有了男女的缠绵悱恻，就有了东家长西家短，就有了俚言俗语短歌轻唱，就有了漫长的中国诗歌史和厚重的中华文化辞典。于是，"凡有井水饮处，皆能歌柳词"，便成了文人骚客们恨恨难消的最大妒忌和苦苦求索难以企及的最高梦想。而在江南水乡，"井"总显得局促，显得太小家子气，呆板而没有灵气，拘谨且缺乏浪漫情调。村姑、稚童、田夫、野老更钟情钟爱随意、洒脱、雍容大度、鲜活灵动、纯属大自然恩赐的大大小小、各式各样的水塘。淘米、洗菜、浣纱、濯发自不待言，赛龙舟、行嫁婆、祀神灵、举庙会，哪样又离得开这汪汪碧水？再普通不过的乡村景象是：月上榕梢，人聚树下，烟火明灭，夏虫唧唧，讲古佬①高谈阔论，醒目仔②东躲西窜。"半亩方塘一鉴开，天光云影共徘徊。问渠哪得清如许？为有源头活水来。"朱子的灵感何处而来我不敢妄自揣度，但我宁愿相信朱子就行吟在同样建筑风格、同样水光潋滟的徽州乡村。

漫步水东村间，行走在悠长而寂寥的石板仄巷，我仿佛坠入了时空错叠的迷网，飞越数百年沧桑风雨，横跨万水千山，来到古徽州，领略青砖黑瓦、白墙红楹、色调对比鲜明、风格厚重端庄的徽派建筑；来到洛水之滨，探究"河出图""洛出书"的文化奥秘。程氏兄弟的神秘身影在我的眼前匆匆飘过，朱子的脸上挂着揶揄的浅笑，程氏后代子孙成群结队在殿堂里进进出出，爆竹炸响，硝烟四漫，神龛高悬，供品杂陈。我揪揪自己耳朵，阒然的厅堂空无一人，细长的枯草在墙头瑟瑟发抖，椽头滴下的水珠在天井里砸出一朵朵灿烂的水花。喧闹的，是古建筑四周村民们自建的新式红砖水泥洋楼。那里，才是人间，才是现实世界。而这里，是一个已被遗忘又时时记起、已经远离又常常亲近、落寞空寂又神圣庄严的精神家园。这里，珍藏着先祖博览群书著书立说的荣耀；这里，记录着家族顶风冒雪辗转南迁的艰辛；这里，镌刻着第一代水东人筚路蓝缕以启山林的志气。

---

① 粤语，读书人，说书艺人。

② 粤语，一般用于夸奖孩子聪明、智慧。

　　而篱笆上孤独的小白花、架顶上红硕的大花朵、墙角边翠绿的蕨草、水洼地修长的青竹，这些小生命也时时带给我们意外的惊喜。

　　同游者：廖夫父子，朱子的近邻；六格格，成吉思汗后裔；教授，程氏故里才女；晗姑娘、莹姑娘，白山黑水养育出来的花骨朵。

　　备注：本文刊发于《中国教师报》副刊《杏坛春晓》2009 年 02 月 11 日略有删改

提着灯笼逛天街

远远的街灯明了／好像闪着无数的明星／天上的明星现了／好像点着无数的街灯／我想那缥缈的空中／定然有美丽的街市……

当童稚的我们，深情地诵读着，郭沫若《天上的街市》的时候，少年的心空早已星辉斑斓，摇曳出满地梦想的种子，冀望着有那么一天，也可以荡着轻舟，在银河里嬉戏；提着灯笼，在天街上闲游。

无数怀揣着同一个梦想的人，不约而同地汇聚到了这里。大家跨过千山和万水，来到了这个位于粤桂湘边界，号称"连万山为一山，连万水为一水"，刘禹锡贬任过，韩文公盘桓过，岳武穆驻屯过，人文荟萃，英才辈出，"科第甲通全省"的历史文化名城——连州，来到国家5A级旅游景区"连州地下河"。

这里，"洞中有洞、洞中有河、洞中有桥、洞中有瀑"，是当之无愧的广东地下第一河，堪称岭南一绝。这是高山的半山腰，大口岩以吞天吐地的气势雄踞于上，地下河的出口隐伏于下。景区分上、中、下三层，溶洞的面积达 10 万平方米，最高处为 47.8 米，最宽处为 53.6 米，全长 1500米，可供游览面积 6 万平方米。全洞的游览线路包含陆路和水路两部分，游客可自主选择先陆路后水路，也可以选择先水路后陆路，两种模式的游客正好逆向而行，在洞中的游船码头交接。选择先陆后水的游客从上洞口（大口岩）进入景区，从下洞口出来；选择先水后陆的游客从下洞口进入，从上洞口出来。无论选择哪种方式，都是一条路到底，无须担心走错路，也不必担心错过精彩的风景。为控制景区人流，确保旅游体验质量，保证旅途安全，景区管理人员在景区入口和换乘点通过栅栏进行流量调节，有序放行。上下两个洞口都很大，洞体宏廓，洞壁坚固，一年四季气温保持在 18℃ ~ 22℃，湿度在 96% ~ 98%，含氧量高达21.4% ~ 21.6%，二氧化碳的含量仅有 0.01% ~ 0.019%，空气清新，冬暖夏凉，端的是灵源仙境、洞天福地！

这里，"银汉迢迢暗度"，"金风玉露一相逢，便胜却人间无数"。山路弯弯，游客贴着洞壁蜿蜒前行，溶洞内霓虹灯闪烁，不同颜色的光柱恰到好处地打在造型各异的钟乳石上，变幻出斑驳陆离、瑰丽多彩的梦幻世界。此刻的你，思绪不知不觉切换到许多年前的某个时候，切换到曾经在梦中追寻过无数回的诗境，手中也仿佛提着一盏轻巧的灯笼，流连在这亦真亦假、如梦似幻的瑶池仙界，行走在这排列着无数奇珍异宝的天街，会不会深深慨叹人生总是充满了奇遇与巧合，总是在不经意的瞬间，把踏破铁鞋无觅处的梦境实现？探身俯瞰，恍惚迷离、轻雾迷漫的峡谷似乎深不可测，驻足迟疑间，灯火明灭，影影绰绰，从更远更深处晃悠出一只两只小船，一磕一碰，溅起满船的惊叫或赞叹。兜兜转转间，前面一片红云升起，一座汉白玉拱桥横跨在峡谷之间，银汉之上，如长虹饮涧。桥头和两侧的栏杆上，装饰着一树树艳丽的桃花，绾结着粉色的帐幔，营造出一种七夕节有情人鹊桥相会、终成眷属的浪漫氛围。从仙界降临人间，从人间坠入龙宫，驾一叶扁舟，访胜景于暗河。一曲一折，俱是亿年天成；三生三世，依旧十里桃花。瀑流倾泻，珠玉乱溅；楼台高耸，群仙拱揖。就这样山水兼程，水陆并进，瑶台之巅瞰龙宫，水晶宫里望天庭，上呼下应，相映成趣。

这里是东海龙宫，你看那撑破天地的"定海神针"是何等地逆了天，上可直达三十三重天的兜率宫，下可抵十八层地狱，穿越阴、阳、天三界。一旦被齐天大圣擎在手，上打凌霄殿，下捣阎罗殿，中间横扫一切魑魅魍魉，把天下妖魔都打遍。这里是天王镇殿，你看那众仙团团围定排座次，你谦我让把手牵，宫娥鱼贯献蟠桃，歌姬妖娆舞翩跹，珍馐美酒流水席，飞觞醉月万万年，天若有情天亦老，不慕鸳鸯只羡仙。这里是孙悟空的花果山，这里是女儿国的后花园，水光潋滟晴方好，奇花异草只等闲。这里入得了长寿洞，这里登得了南天门，望夫石倚天回首，盘龙池虾戏浅滩。过五岭桥道望断长安，渺万家灯火孤对愁眠。海狮迎宾添瑞气，神龟赐福寿延年。一物两景独称奇，石瀑飞练惊望眼。香蕉峡手抚香蕉，莲花峡倒挂莲花，龙门峡鱼跃龙门，说不完的九曲十八弯，诉不尽的依依惜别情。时光隧道穿越今古，泰坦尼克难续前缘。阅尽无限春光，一入洞门深似海；纵有万般不舍，从此萧郎是路人……

从景区与游客的互动关系，或者说从景区在运营中衍生的文化意义来看，如果说张家界与《阿凡达》、太姥山与《熊出没》、西塘古镇与《碟中谍3》、重庆武隆与《变形金刚4》都是相互成就的话，那么，我要说，连州地下河一定是《西游记》或者《封神榜》这样的神话著作最为适合的取景地，它可以满足你关于龙宫、关于神仙洞府、关于天庭的几乎所有的热望和梦想！

曾经沧海难为水，除却巫山不是云。连州地下河，一个来了就不想离开，离开了还会时时想起的神话世界、童话王国。在这里，你可以充分领略到清远作为广东旅游大市的神奇魅力，你一定会为清远人在中华人民共和国成立70年沐风栉雨建设秀美山川所取得的伟大成就而骄傲！

备注：本文刊发于《云浮日报》副刊《三江之韵》2019年11月21日

桨声咿呀入画来

——游"岭南周庄"逢简古村

没到过威尼斯的人，不敢显摆自己去过意大利；没到过周庄的人，不敢吹嘘自己去过昆山；而没到过逢简的人，则不敢妄称自己到过顺德。

逢简村地处广东省佛山市顺德区杏坛镇北端，位于西江下游锦鲤江畔，肇始于西汉，成形于唐朝，鼎盛于清末，被称为"小广州"。古村四面环水，以水道为界，河涌呈"井"字形，自南往北流过古村，汇入西江支流，把村落切割成若干小沙岛。村落建筑沿河而建，沿河修筑石磡，长达10余千米，河边树木夹岸。主河涌流向由南往北串村而过，汇入西江支流。

虽则早已名声在外，逢简古村一如她的名字，随缘自适，简淡闲散，不追求霸气外露的张扬，不贪慕 4A、5A 级景区的虚名，任来者自来，去者自去。没有高大巍峨的门楼，没有气派宏阔的广场，没有圈山占水的围墙栅栏，没有繁华的旅游商业街，没有售票处也无须购买门票，她就像清新脱俗的邻家女孩，不带一丝脂粉气，不带一丝铜臭味，以她最原始、最朴素、最开放、最自然的姿态静静躺卧在珠三角的水网河汊之中。

如果非得给自己的旅程找个起点，那么就到游船码头吧！游船也就是普普通通的木篷船，三三两两泊在石台阶下，大的可载 10 人，小的仅载 5 人，船票 150 ~ 250 元。据船工说，承包旅游船的老板，无论天晴下雨，无论旺季淡季，每天上缴村里承包费 5000 元。看来，慕名前来此地游玩的游客还真不少呢！游客一批批登船开游，我们一家三口碰巧遇上两位散客，正好凑满一条小船的载客数。船工把船桨一磕，小木船便悠悠荡荡地顺着绿树掩映的河道向前滑行。

逢简是一幅古香古色的历史风情画，双桨轻摇，摇进历史的无尽沧桑。船行百米，就是逢简村最为古老的明远桥。明远桥始建于宋朝宝庆年间（约 1225 年），既是顺德最早的三孔石拱桥，还是顺德现存的最长石拱桥，也是我国现存文献记录中最早的三孔石桥之一。桥面成斜坡形，砌石级以利马车通行。现存为明代风格，桥拱成纵联砌置法，红色砂岩结构。桥栏石板刻有各种图案，桥两边柱头雕有石狮子，虽显残破，却增添历史的厚重感。桥上的游人，有的轻抚石狮，聆听来自远古的诉说；有的凭栏纵目，领略曲水流觞的风情。

"你站在桥上看风景／看风景的人在桥下看你／明月装饰了你的窗户／你装饰了别人的梦"，没错，桥和人的结合，又是一幅更好的画卷。古桥、古祠堂、古戏台、古牌坊……斑斑驳驳，质朴浑厚，古老的气息洗净你的浮躁与铅华，让你在空灵中追念先贤，品味哲思。而一门十秀才、三翰林的书香传奇，则更令你对小小的逢简村刮目相看。

逢简是一幅绿意婆娑的花木果蔬画，驾一叶扁舟，在波光艳影里心神荡漾。逢简村民素来有种树、护树、爱树的传统，河涌两岸，房前屋后，家家户户，种满了榕树、龙眼、荔枝、金桂、黄皮、石榴等树木。有的身形高大，耸入云霄，巨荫如伞，撑起一片阴凉，收纳百千鸟鸣；有的花事正盛，红白妖娆，芬芳馥郁，惹得游客惊叹，招引蜂蝶飞扬。更叫人感到惊奇的是，菜园、花圃也是临河而建，一不留神，眼前冒出一挂葫芦娃，葫芦兄弟们大腹便便，憨态可掬，攀在藤架上面对着游人窃笑；转眼，又是一串丝瓜，清瘦苗条，姿容优雅，正准备迈着猫步走向 T 型台，向观众们展示自己的绝代风华。稍远一点儿的地方，村郊野外，珠三角特有的桑基鱼塘的风貌滋润着你的双眸。这是一个喧闹的绿色的世界，舞动的生命的乐园，大大小小的生命都在以最自然的方式张扬着自己的活力与青春。走进这个世界，你不能不惊叹生命的美妙与神奇！

逢简是一幅带有浓郁岭南色调的市井风俗画，来到逢简，便要撑起一支长篙，去领略岭南水乡的世情风貌。逢简的街衢临河而建，逢简的民居临河而筑，穿河而过，看不尽的市井风情，说不完的水乡生活。小狗小猫安闲地趴在河边的栏杆边睡觉，孩子们在大榕树上爬来爬去，老人家在树荫底下悠闲地哼着小曲，牌友们则三五成群凑在一起斗三公。步行的游客沿着河涌两岸的街衢，一边欣赏曲折精致的水乡秀色，一边品尝琳琅满目的各色小食。天下美食在广东，广东美食在顺德。钵仔糕、荷叶糍、椰子炖奶、均安蒸猪，不但看起来很养眼，吃起来更能充分激活你的味蕾。从百年小石磨里流淌出来的手磨黑芝麻糊，是不是能唤起你童年最温馨的记忆？龙眼树叶泡制的凉茶，是不是很快就驱散了炎炎夏日的燥热？至于私房大菜，脱骨脆皮糯米鸡，金黄的薄皮下包裹着糯香软绵的生炒糯米饭，夹起一筷子放入口中，鸡皮酥脆，糯米饭伴有鸡油的甘香而口感不显黏腻，令人回味无穷。除了脱骨脆皮糯米鸡外，八宝酿鲮鱼、鲍汁杂锦菇、彭公猪手、拆鱼羹、煎鱼饼、蒸鲩鱼、大良炒牛奶、顺德鱼生……传统顺德菜，随便哪一样说出来都是如雷贯耳！除了满足吃货的口腹之欲，如果运气好的话，还可以欣赏到鱼灯舞、竞龙舟。

超然于热闹之外的，当数河涌里倏忽往来的游鱼和岸边垂钓的老翁。河涌里大大小小的游鱼并非刻意放养，而是春夏产卵季节从外面的大江大河里涌进来的野生鱼。水质的好坏，水环境的优劣，鱼是最权威的验证检测专家，只要看一看它们在河涌里悠游自在的神态就知道，它们一定很满意这里的环境质量。偶尔，也有游客投下一些面包屑来逗引鱼儿们，更多的时候，则是鱼儿们三三两两，游到岸边石础壁上嗫食吸附在上面的各种小生物。鱼儿们也常常成群地游到码头边的阶沿上，贴着水面嬉戏，不很怕人，游人走近，也并不惊慌，只慢慢地自行散去。钓鱼爱好者惊艳于这一方宝地，用一缕丝线，一根手竿，来窥探鱼儿们的心事。他们也并不贪婪，不在乎收获鱼的多寡，只静静地享受这一份悠闲与惬意。逢简村是不介意钓客的到来的，只要你不电鱼、不毒鱼、不网鱼，随便你在哪儿钓，随便你钓多久，都没有人来打扰你的好心情。

网诗云："碧影映湖间，悠然云水天。小舟轻入画，不敢大声言。"用在此间，正合适。

你心动了吗？

备注：本文刊发于《云浮日报》副刊《三江之韵》2019 年 10 月 24 日

南岭三绝

　　《论语·雍也》篇有言："智者乐水，仁者乐山；智者动，仁者静；智者乐，仁者寿。"意思就是智者像水一样灵活多变，仁者像山一样坚守；智者好动，仁者好静；智者快乐，仁者长寿。位于韶关乳源湘粤边界的南岭国家森林公园，就是这样一个让人乐水乐山、且智且仁、动静相宜、快乐长寿的地方。

　　南岭又称五岭，包括越城岭、都庞岭、萌渚岭、骑田岭和大庾岭，自西向东绵延于广西、湖南、广东和江西四省份，东西长约 600 千米，南北宽约 200 千米，是长江水系与珠江水系、江南丘陵与两广丘陵的重要地理分界线。南岭国家森林公园正处于南岭山脉的核心位置，这里有广东最高峻雄伟的山地，有广东面积最大的原始森林，有广东负离子含量最高的瀑布群，更有神奇的壶穴地貌、美丽的蓝松、多姿多彩的瀑布。

亲水谷
——万千翡翠伴玉壶

我们首先来到亲水谷景区。亲水谷景区以"幽峡、碧潭、奇石"著称。这里峡谷幽深，高山壁立，古木参天，石貌奇特，溪流潺潺，碧潭连串，是游客们溯溪亲水的好地方。

这真是碧潭的王国！在落差达 200 米，长度只有短短3500 米的河谷里，穿布着飞花潭、珍珠潭、九曲潭、青松潭、仙女潭等大大小小数不清的碧潭。从四周林海中汇聚而来的山泉水，清澈透亮，顺着山势跌进深深浅浅的石潭中，盈成或绿油油或蓝汪汪的潭面，就像贪图富贵的王母娘娘失手打翻了她的聚宝盆，万千斛翡翠瞬间倾覆在这河谷里。这些碧潭，或承接着如练的瀑流，或点缀着嶙峋的山石，或倒映着崖壁上挺拔的青松，或悠游着有黑色环斑的山坑小鱼，娴静时波平如镜，漪动时波光粼粼，正可谓一潭一景，一潭一画。流连在碧潭间，欣赏着一幅幅山水写意图，再平俗的人也会在心中涌起一些高雅的情怀。

似乎是为了与这万千斛翡翠相配，大自然又格外恩赐了南岭另一种极具研究和观赏价值的地质奇观——壶穴地貌。根据专业的解释，壶穴地貌是急流中挟带砂砾石磨蚀河床而产生的圆形凹穴的一种地貌。因急流中常有涡流伴生，砾石便挖钻河床，河流中断层、岩性不同或是跌水的下方在水流的磨蚀作用下，往往形成很深的坑穴，坑穴壁光滑如镜，其形似井，地貌学上称之为壶穴。在亲水谷或宽或窄的河滩上，分布着各种各样的壶穴。有的连缀成串，穴穴相承，贮水成潭，仿若串串蓝宝石；有的独处一隅，影只形单，死水微澜，空怀一腔伤心事。大者方可数丈，霸占河道中心，汇成天然泳池；小者仅容升斗，状若陶瓮瓦罐，惜无厨妇驱遣。

溪涧中随处倒卧着一些树木，桶口粗的树干横架在两岸，形成了天然的独木桥。大朋友、小朋友甚至女生们见了，都抑制不住好奇心，手脚并用，来来往往爬上好几遭。更有些游客爬到独木桥中间后赖着不下来，横坐在上面，晃荡着两只脚丫子，任清凉的溪水冲刷着双脚，涤去跋涉的疲倦。或者，干脆骑坐在树干上，想象着自己是古代的大将军，"驾、驾"有声，驰骋在广阔的大草原上。在亲水谷浪够了，歇饱了，该打起精神，攒足了劲继续下面的行程。

小黄山
——蓝松送我上青天

古人说："五岳归来不看山，黄山归来不看岳。"安徽之黄山，以奇松、怪石、云海、温泉四大奇观而闻名遐迩。南岭的小黄山虽然没有安徽黄山那么大的名气，但其奇峭超拔的气势完全不输于对方，那多达1300多公顷的魅惑蓝松更是令人啧啧称奇，叹为观止。

小黄山海拔 1600 米，顶峰叫乳峰，乳峰之巅建有奇伟壮观的乳峰阁。从登山口到乳峰阁，已铺砌好石阶。登山石阶顺着山势左右迂回，随高就低，蜿蜒盘旋，陡峭处几近直立，需攀缘铁索而上。山路在原始森林中穿行，参天大树隐天蔽日，珍稀濒危植物随处可见，如华南锥、铁杉、水樟、石梓、青檀等，无愧"广东物种宝库"的美誉。这里保存着世界上面积最为广阔的蓝松。蓝松又名广东松，学名华南五针松，是一种生长在南岭悬崖峭壁地区的物种。蓝松体态优美，松叶色彩随四季变换，春夏翠黄，到了寒冬，则会分泌出一种白色防寒物质，气温越低，分泌出的防寒物质越多，使得树冠呈现出美丽的宝蓝色，故得名"蓝松"。黄山松是画家们的最爱，而蓝松则是岭南画家的最爱，以蓝松入画已成为岭南画派的一大特色。

登山之旅是极其艰辛的，艰难处腿脚战栗，胸闷气短，呼吸急促，此时你几欲瘫倒而思放弃。可是，抬眼望望身旁在阳光的轻抚下益发神采奕奕、蓝光荧荧的松仙子，你岂能中途退缩而任其嘲笑？此刻的你，定会咬紧牙关，抹一把阳光在脸上，继续向着乳峰之巅顽强进发！

在蓝松仙子的陪伴之下，终于将 1900 多级台阶踩在了脚下，登上了巍峨隽秀的乳峰阁，伸手可揽青天，极目远眺八方，但见群峰绵延起伏，大地莽莽苍苍，令人胸中豪气顿生，血脉为之贲张。在这里，千米以上的山峰有 30 多座。石坑崆，海拔 1902 米，号称广东第一峰，有"广东屋脊"之称，云海日出独绝，四时异景成趣。第二高峰石韭岭 1888 米，石峰攒聚，连绵起伏，峻峭无比，是华南最雄伟的花岗石山峰之一。石韮岭下无数的深壑幽谷，用近 500 米的落差，把大小溪流撕扯出近百条大小瀑布，形成广东最大的瀑布群，负离子含量冠绝广东。

瀑布群
——自在飞花轻似梦

最著名且已开发的瀑布群位于石坑峡，从九重山到石坑口，落差近 400 米，长约 2200 米，汇聚了 20 多条大小不一、形态各异的瀑布，其中声名最为显赫的是双飞瀑、音韵瀑、清心瀑、虎口瀑、惊心瀑、飞流瀑、孔雀瀑、千米瀑这 8 条瀑布。

南岭的瀑布，一如岭南温暖宜人的气候、调和五味的粤菜、俚俗亲民的粤剧、灵动多变的粤语，她不追求雄豪壮观、磅礴恢宏的气势，不追求震天撼地、摄人心魄的声威，也不追求阳春白雪、曲高和寡的格调，她就那么自由自在、轻松随性地飞泻着，自然而然地展露着她的曼妙身姿。"自在飞花轻似梦，无边瀑雨细如丝"是对她最真切的写照。她是温婉的江南女子，她是浅笑的邻家女孩，是开屏的孔雀，是翩跹的蜻蜓，是飘飞的杨花，是枕边甜甜的梦。清心瀑，瀑流沿着花岗岩壁轻泻下来，飞花溅玉，瀑雨如丝，飘飘洒洒，吸入心肺，涤荡心胸，全身为之通泰，燥热因之尽消。孔雀瀑更是南岭一绝，宛如一只绚丽的孔雀，高昂着尊贵的头颅，曳着长长的屏花，向游客撒着娇，炫耀着它的美丽……8 条瀑布，瀑如其名，一瀑一景，各尽其妙，各得其趣，令人流连忘返。

瀑布群两侧，陡崖峭壁，古木森森。岩石铺砌的石阶，可直通千米以上的九重山。观光石阶或凿于崖壁之侧，或架于溪涧之上，百折千回，崎岖迂远。逡巡其间，栉风沐雨，观瀑赏景，大有不知今是何世之感。

在南岭山脚，有广东第二大人工湖"南水水库"，又称"南水湖"，水质晶莹透碧，水面辽阔浩瀚，湖光山色，美不胜收。在南岭豁口，有西京古道，沟通岭南与中原，长亭短亭，石板石凳，可供怀古与凭吊。

南岭，这块岭南最璀璨夺目的蓝宝石，期待着您的光临！

备注：本文刊发于《云浮日报》副刊《三江之韵》2019 年 09 月 19 日星期四

云城老街情

老街是一座城市的历史，也是一座城市的灵魂，沉淀着一代又一代人的记忆，牵系着无数游子的心，时时勾起他们的思念与回味。

广东大西关，地级云浮市，市政府驻地云城。云城是云浮市的政治、经济、文化中心，自明万历五年（1577年）建置东安县以后，一直是县治所在地。云城老街核心部分在西街，即解放中路、解放西路从城中路口到闻莺路口的这一段，街道两侧一水儿广式骑楼，在短短不到500米的距离排列着数百家各式店铺。

作为一个外来闯入者，我是在2001年的暑假走进西街的。那年，我和妻子一起被市直属重点中学邓发纪念中学聘用，从赣西北奉新来到了粤西云浮。到校第一天，学校尚在假期，校园里冷冷清清，是留守办公室的老覃接待我们的。老覃是办公室主任，一位广西大叔，他来得比较早，算得上是邓中的创校元老，为人非常热情、亲和。办理完报到手续，老覃叫了出租车，亲自把我和妻子送到住处。学校办公室的工作做得很细致，所有新聘老师都被安排在了云城区老教育局楼上，地址就在邓发小学隔壁，出门就是城基路，顺着城基路走几十步就到了西街。

　　收拾停当，我踏入西街，心中充满了新奇感。街道两旁，灰白色的洋楼林立，虽然有些沧桑，但非常整齐、干净。与内地城市迥然不同的是，基于地理气候的独特和中西文化的浸润，这里临街楼房的一楼都建有宽阔的行人走廊，走廊上方则为二楼的楼层，二楼仿如"骑"在一楼之上，人们形象地称之为"骑楼"。一楼前廊后店，用于开铺经商，二楼以上则居家住人。家家楼房紧挨，廊柱相接，立面统一，连续完整、中西合璧，多元共存。通街而望，廊道轩敞绵长，街面平整宽阔，楼房洋气美观。这种建筑结构和布局样式既可防雨防晒，又便于展示橱窗，招徕生意，实在是一举多得，皆大欢喜。这些带有西式风格的建筑，显然已经年深日久，墙面变得斑驳，楼上的窗棂、浮雕和女儿墙的脊线也已经有些破损，唯有雄浑厚重的古罗马方形廊柱和楼顶的巴洛克装饰依旧诉说着昔日的繁华与时尚。与内地很多中小城市商贩占道为市、行人和店家矛盾冲突频发形成鲜明对比的是，这里的骑楼街，店家通过让渡自己的物业空间，为行人为顾客提供了通行游览之便、遮阳避雨之惠，而畅顺的人流又反过来为店家带来了更旺的人气、更火的生意，真正实现了店家与顾客的共生共赢、互敬互惠。行走在骑楼街，感受到的不只是浓浓的商业气息，还有自在闲适、温馨亲切的人际氛围。闲暇时光，街坊们一方小桌，两把竹椅，饮茶、聊天、纳凉、会客，其乐融融！

西街居民都是广府人，白话是西街人的通用语，颇有些中原古味。对于我这个中文系出身、多少有点文言文功底的"北方人"（据说在广东人眼中，国人只分两种，一种是广东人，其他外省人统称为北方人）来说，半猜半蒙，也大概能够听明白七八分。"北方人"的耳朵，习惯了"妈""麻""马""骂"的简单变化，乍一来到有九个音调的白话世界，耳畔就多了几分平平仄仄平平仄、仄仄平平仄仄平的韵味。每天和街坊们一照面，打头一句必定是："老细（靓仔、靓女），有咩嘢可以帮到你？"心中便腾漾起一种自满、自足、自豪，不管你是不是真的富比陶朱、貌若潘安、闭月羞花、沉鱼落雁。离开时，必定满面春风，笑意盈盈，送上一句"多谢帮衬"，似乎不管什么生意，不是他们为你提供了什么货品与服务，而是作为顾客的你给了他们天大的恩惠与照拂。即便无意达成任何交易和协议，你只需轻轻一句"随便睇下"，或者"睇下先啦"，他们也决不会怪你耽误了他们的时间和生意，而是热情地叮嘱你"慢慢睇，唔使急"。临别时，总会热情地提醒你："慢慢行啊，得闲来饮茶！""北方人"最介意的，无非是"捞仔""捞妹"之类的词，似乎对你构成了莫大的污辱。可是，平心静气想一想，"捞"只不过是一种描述，一种形容，和"揾工""揾食"的"揾"一样，都只不过是一种表达习惯，并没有刻意贬低的意思。而且，街坊们似乎也察知"北方人"这种敏感的心思，决不会当你的面以第二人称方式使用这个词语。

柴米油盐酱醋茶，开门七件事，基本都可以在西街搞定。早起，自然是正宗的河口石磨肠粉。观看肠粉师傅的操作无疑是一种艺术享受。只见师傅从米浆桶里舀出一勺米浆，轻轻往方形蒸盘里一倒，拎起蒸盘左右摇晃一下以便让米浆均匀分布，然后迅速将蒸盘插进抽屉式蒸笼，不消一支烟工夫，取出蒸盘，熟透的米浆白如雪花、薄如蝉翼、晶莹剔透，用刮铲刮拢成条，状如猪肠，故名肠粉。截段装盘，撒上葱花，浇上生抽、花生油，那份鲜香、细腻、爽滑，还有一点点韧劲的感觉，连乾隆爷尝了都赞不绝口啊！这还只是斋肠，要是配上鸡蛋、肉末、虾仁、牛腩，佐以沙茶酱、芝麻酱，再来几筷子腌青椒圈圈，那简直就是人间极品啊！正餐呢，烧腊卤水是不错的享受。正对城基路口的位置就有一家烧腊档，是典型的夫妻档，老公高大帅气，老婆漂亮贤惠，夫唱妇随，相敬如宾，我在西街十年，从来没见过他们拌嘴吵架。每次去他们档口买烧鸭，总是见他们戴着白布头套、薄膜手套，笑眯眯地问要开好边的还是要整只的，选定之后会细心地帮你剁成小块，用快餐盒装好，再用胶袋为你配上一些酸莓酱之类的调料。买单的时候，小心翼翼地用一个长夹子接了钞票送进钱箱，再夹出找零递回给你。岭南炎热燥湿，难免火气上升，不怕，西街上隔不了几步就有一间凉茶铺，从邓老凉茶到徐其修凉茶到黄振龙凉茶到潘高寿凉茶，那是应有尽有，凡有个感冒发热、咽喉肿痛、湿热积滞、口干尿黄什么的，喝上一大杯凉茶，包你神清气爽，生猛如初。四季果蔬，轮番在西街登台亮相，番石榴熟透后有一股榴梿味儿，荔枝卖相越难看说不定越甜越好吃，黄皮带皮吃对小孩子脾胃不佳有奇效……

　　我从2001年来到云浮，至2011年调往深圳，和西街的情缘持续了整整10年，是她用她的慈爱与豁达、开放与包容、执中与调和，给我启蒙了粤文化与粤生活。可以说，云城老街是我岭南生活的第一部教科书。

　　后来，我去过梧州的骑楼城，去过江门的33墟街，去过广州的上、下九，去过香港的尖沙咀，恍然发现，那些都只不过是一个放大版或者升级版的云城老街！

　　而云城老街，则是岭南建筑、岭南文化、岭南生活的一个最普通、最具有代表性的缩影！

　　备注：本文刊发于《云浮日报》副刊《三江之韵》 2019年06月06日

乡

村

斫柴记

斫柴亦即砍柴，"斫"这个音，翻遍了字典，似乎只有这个字最为贴切，既符合客家人把 zhuo 读成 duo 的发音习惯，也与客家人源出中原、承继中原古音的身份相吻合。这里，可资借鉴与佐证的典故有两个，一个叫"运斤如风"，一个叫"斫轮老手"。《庄子·徐无鬼》里说："匠石运斤成风，听而斫之，尽垩而鼻不伤。"《庄子·天道》言，齐桓公曾问轮扁斫轮之术，轮扁答曰"行年七十而老斫轮"，后人遂称经验丰富、技艺高超的人为"斫轮手"。在这两个故事里，"斫"都是"用刀斧砍"的意思。而在客家人的话语体系里，凡用刀斧之类的工具劈、砍、削，统统称为"斫"。

斫柴是每个山娃子的务农基本功和人生必修课，就像打猪草是每个女娃子的本分一样。当然，在劳动力普遍紧张的年代，相互"客串"一下也是司空见惯的事情。

这样一来，在山农家里，有几个男娃娃，就必定依年龄大小、身材高矮，备好不同规格的全套斫柴工具：柴刀、柴格子、扁担。柴刀有轻有重，扁担有长有短，柴格子有大有小。柴格子，是装运木柴的竹制工具。把削好的竹条从中间用火烘弯曲，再用棕绳绷系两端，那样子，就像一张绷得很急的弓。两两一组，在弓背缚以棕绳，并预留好受纳扁担的绳套。扁担多用毛竹做成，中间扁平宽大，以利分散、减轻肩头的压力；两端窄小圆润，刻有用来固定绳结的凹槽。一根好扁担，平整光滑，线条流畅，身形优美，拿在手上，手痒心麻，左挥右劈，来一套自编自创的少林扁担拳；压在肩头，受力均匀，轻悠慢晃，七八里山路腾云驾雾。至于柴刀，虽然由专业的铁匠师傅打制，但拥有一把好用的、有个性的柴刀，几乎是每个娃子乃至每个男人的骄傲与梦想。

斫柴是重体力活，亦是智力活。身强体壮、做事精作之人，一次就挑好几副柴格子上山，别人一担柴还在路上棱蹭，他好几担柴已经"打博"（交替接驳）到家。出门走哪条路，上哪座山，在他心中早有盘算。闭了眼，五岳三山也只不过是块活棋盘，何处有柴可堪樵采，何处没柴无须孟浪；哪里柴密正需砍斫，哪里柴稀尚需养护；什么柴好烧火旺"火屎"（木炭）硬实，什么柴难烧火闷火屎泡软，全都有一本册子在心里记着。上得山来，两眼一打瞄，何处下手，何处拢柴，无须可行性研究，方案已然成型。说时迟，那时快，袖子一撸，刀斧在手，明知山有虎，偏向虎山行，运斤成风，劈枝削叶，簌簌间，三面山坡成扇形倒卧一大片。"裁柴"（把斫好的柴裁成长短匀称的段）最见刀功，功夫高者，根根刀口整齐，长短划一，装进柴格子，垒在屋墙前，就像用机器切割的一般，齐整整的，看起来十分赏心悦目，叫主人觉得很有面子；功夫未入流者，犬牙差互，挑在肩上，摆在院墙，羞于见人，徒增耻笑。农家院墙，是各家各户家底的展览馆，竹篙上晾晒的腊肉香肠豆腐干子，正门两边墙壁垒成城墙的柴垛，都是这一家子硬实力的表征，来来往往的行人见了，无不啧啧称赞。山村娶新嫂（新媳妇儿），"察家"是决定性的一个环节，婚事能不能成，关键是看你家的硬实力和软实力（后生仔够不够帅气机灵，公婆是不是好相处）能否打动女方家强大的亲友团！

斫柴是累活，亦是苦活。山是原生态的山，而原生态是一个听起来很美好实际上却很麻烦的词。群山如洋，林海茫茫，没可能去做人工的修整，自然蛇蚁横行，虫蜂蛰伏，山蚊成群。斫柴，无须长辈的教导传承，保护的是竹、杉、茶、松、樟等经济林木，斫去的是枯死的毛竹和妨碍经济林生长的杂柴。冬天到了，天气寒凉，蛇就喜欢钻进枯死的竹子里过冬。斫着斫着，冷不丁掉下一条蛇来，魂魄都能被吓飞了。最难防的是毒蚂蚁，一脚踩下去，踩到蚂蚁窝，受惊的蚂蚁四处乱爬，钻进你的裤管，咬得你双脚乱跳。还有那不知藏在哪兜树丛里的黄蜂，谁要是不小心扰了它的巢，蜂群即刻望风寻仇，蜇你个鼻青脸肿。还有一种"洋辣子"最是可恨，专门躲在树叶底下，趁你不留神给你的胳膊烙上一条痕，那种火烧火燎的感觉简直让你痛不欲生。蚊子也是山里的常客，尤其是在竹林里面，砍竹子留下的竹兜常年积水，极易滋生蚊孽。细针长脚的嗜血花斑蚊像疯狂的轰炸机群，没头没脑地向你扑来，贪婪地吮吸着你的血。你要瞅准了，一巴掌下去，鲜血飞溅。嗜血一族不会因为你的雷霆震怒、大开杀戒而有所收敛，它们视死如归，前赴后继，誓要将祖传的吸血大业发扬光大。碰上此等生灵界的无赖，你只有徒生愤恨却又无可奈何。至于茅草荆条把身上刮得青一道紫一道，身上的衣服湿了又干、干了又湿更是作田佬的家常便饭。

艰辛的劳作会淡化生活的欲望，使人变得易于满足。释担就座，一小块平坦的石头就是幸福；烈日当头，几片摇曳的树荫就是幸福；口渴难耐，将一根茅草插进滴答的石缝吸一口水就是幸福；饥肠辘辘，折几把半生不熟的野果就是幸福。走进莽莽群山，每一次出行都是旅游，山路弯弯，一曲一折都是天然水墨丹青。踏进浩瀚林海，每一次聆听都是赏乐，松涛阵阵，百鸟叽啾，不啻悦耳天籁。于是，幸福感便时时充溢着你的胸膛，让你感恩上苍的恩赐与厚待，怀着更大的善意、谦卑与仁慈去面对未来。

备注：本文刊发于《云浮日报》副刊《三江之韵》2019年10月10日

种豆南山下

种豆南山下，草盛豆苗稀。晨兴理荒秽，带月
荷锄归。

……

每当读到陶渊明此诗，便禁不住哑然失笑，劳作者都已
经勤勉到"披星戴月"的地步，居然还是"草盛豆苗稀"，让
久操笔墨之手从事稼穑之劳，真是一件头疼的事情。

种豆，从纯技术角度看属于比较容易的一类，陶渊明之
野草多过豆苗，一方面固然因为野草的生命力实在太旺盛，
另一方面陶渊明长于诗文而短于农事，"盛""稀"对举方能
凸显身份转换后的窘迫，不过是诗家习语，没有纠缠的必要。
然而，"种豆"之趣却也不是陶渊明这种半路出家的假农人所

能领会的。

豆，虽然也有移栽的步骤，但远不及水稻之繁复。精选饱满无瑕之豆种，清水泡胀之后撒入苗畦，覆以稻秆，不消三日，缕缕丝芽就从泥土中拱出。揭去稻秆之后，这些"芽宝宝"见风就长，身子蹿得很快，六七天工夫就长到四五寸长。光洁莹润的芽柱儿上，顶着两瓣肥肥嫩嫩的豆荚儿，也许是吸足了阳光的缘故，豆荚儿绿意盈盈，闪耀着生命最原始的光泽。在两瓣豆荚儿中间，隐约可见一膜嫩绿的叶片，农人满怀欣喜地称之为"天芯"。出了"天芯"，就意味着豆苗可以移栽了。移栽后剩余的豆苗可以炒来吃，味道比木桶豆芽还要清甜，带着鲜明的绿蔬气息。

待种的豆苗，用稻秆扎成一把一把，别上三角锄，在田塍上挖出一个个小坑，小心翼翼地种进去，然后填土压实。新栽的豆苗一线排开，迎着飒爽的田野风，抖动着健美的身姿。亮晶晶的水田里，成行成列的稻秧在清风中曼舞，似乎在庆贺五谷兄弟的加盟。唐代诗人李绅的《悯农》写道："锄禾日当午，汗滴禾下土。谁知盘中餐，粒粒皆辛苦。"这"锄禾"二字，在南方水田是万万用不上的，改成"耘禾"或许还可以。所谓"耘禾"，就是等移栽的稻秧分蘖，密密的叶片可以把行与行之间的空隙遮盖住的时候，农人赤脚下田给水稻除草松土。豆苗则更省事，趁着耘禾的空闲下一点儿草木灰，从稻田里捧一团烂泥巴糊在根部就大功告成了。

待到豆子成熟，同根而生的豆萁和豆子就要分离了。农人将泛黄的豆株连根拔起，捆成大捆，像挑柴一样用竹扦一头插一捆挑回家，摊在场院里晒干。收水的豆荚儿绽开，敲打一番，金灿灿的豆粒便纷纷滚落下来。豆子晒干收储在缸瓮里，随时取用，满足人们的口腹之欲；豆萁晒干成为厨房里的燃料，一点就着，火力极旺。同根而生，火釜相煎，难免令人唏嘘。曹植七步成诗："煮豆持作羹，漉菽以为汁。其在釜下燃，豆在釜中泣。本自同根生，相煎何太急？"心冷如曹丕者闻之，亦不免深有愧色。

豆菽作为五谷之一，在国人的生活中所起的作用远超其他粮食作物。充饥、榨油是基本的功能，荒乏之年更是补充营养的宝物，也是国人"食不厌精，脍不厌细"饮食文化所钟爱的食材。豆类有多种多样的烹饪方法，磨而成浆，还可制成豆奶、豆花、豆腐等。豆腐有"植物肉"之称，是真正的"国菜"。明代诗人苏雪溪的豆腐诗尽得豆腐制作之精微："传得淮南术最佳，皮肤褪尽见精华。一轮磨上流琼液，百沸汤中滚雪花。瓦缶浸来蟾有影，金刀剖破玉无瑕。个中滋味谁知得？多在僧家与道家。"清人张劭则曲尽豆腐体态之优美、食法之精妙："漉珠磨雪湿霏霏，炼作琼浆起素衣。出匣宁愁方璧碎，忧羹常见白云飞。蔬盘惯杂同羊酪，象箸难挑比髓肥。却笑北平思食乳，霜刀不切粉酥归。"进一步深加工，还可炸制油豆腐，风干之后能吃上好几个月；霉化成豆腐乳，沃以香油、辣椒末，点上几滴白酒就是可以窖藏终年的下饭宝。至于漉豆以为豉，萃取以为酱，更是百姓的调味佳品，所谓"北人喜酱，南人嗜豉"。

柴米油盐酱醋茶，开门七件事豆菽就占去一大半。一粒小小的黄豆，竟然有如此神奇而丰富的功效，之前种豆所付出的一点儿辛劳委实不值一提。

备注：本文刊发于《中国教师报》文化周刊"物语"栏目　2019 年 08月 21 日

茶乡乐韵久且长

　　都说游戏是儿童的天性，玩具是儿童的天使。对于 20 世纪 70 年代的山乡孩子来说，虽然没有天使的陪伴，却不乏爱玩的天性。弥足珍贵的是，慷慨的大自然中居然也潜藏着无数的小天使、小精灵，正等待着孩子们去寻找和发现。

　　我的老家在江西省奉新县，那里是有名的毛竹之乡和油茶之乡。回忆起童年时光，那摇曳的油茶树上还荡漾着我的游戏梦；那茂密的油茶林里还回响着我的呐喊和尖叫。

　　油茶树矮的两三米，高的五六米，枝干光滑、韧性大，四季常绿，是茶乡孩子常玩不厌的忠实玩具。油茶树的玩法多种多样，可以"骑木马"，可以"撑竿跳"，可以"荡秋千"，可以"坐跷跷板"……只要不上课，孩子们呼啦一声全跑上了山，你占这一棵，我占那一棵，你往东边摇，我往西边荡，你往下边压，我往上面弹，你顺着主干下溜，我撑起树枝飞截……沉寂的油茶林变成了热闹的花果山，孩子们灵动的身影赛过孙悟空麾下的小猴子，尖叫声、呼喊声、嬉笑声此起彼伏，这是何等快意和热闹啊！

光有玩，没得吃，终究是个遗憾。

别急，油茶林里全是美食！

一到春季，油茶花开，满山满树的白花挨挨挤挤，成千成万的蜜蜂嘤嘤嗡嗡，那凝聚在花蕊中的蜜糖，黄澄澄、亮晶晶、莹润润，仿佛正伸出一柄长长的小勺子，要把藏在孩子们心尖尖里的馋虫挖出来。迫不及待的孩子们，扯下一朵，两手一掰，舌尖卷向花蕊，甜滋滋的汁水便弥漫口腔、沁透肺腑；当然，也可以优雅一些，取一根小管，将管子插进花心，慢慢地吮着，回味绵长而悠远。

品完茶花蜜，齿颊尚留香，茶苞果又悄然登场。茶苞果也叫木子苞、山茶苞。将熟未熟的茶苞果，浅红淡绿，煞是妖娆，正如待字闺中的佳人一般。成熟后的果子燕瘦环肥，各尽其妙。肉薄者香甜味足，肉厚者汁多脆爽，各有各的味道。

更让人觉得奇妙的是，叶子在春季长嫩叶的时候会变异，变为茶耳，也叫"狗耳朵"，味道与茶苞一样。

玩家和吃货，居然就是这样炼成的。

秋深了，霜降了，油茶桃由青绿到浅红，由浅红到褐紫，从枝头到竹篓，压弯了扁担，堆满了墙角。在这个帮着大人采摘的季节里，孩子们又少不了一番嬉戏打闹。浑圆的油茶桃成了孩子们相互攻击的武器，你来我往，弹飞如雨，砸出了欢笑，砸出了哭号。

最美莫过榨油坊。吱吱呀呀的老水车，带动着碾压车一圈又一圈在碾槽里踽踽而行。骑坐在古旧的车架上，那份得意、那份新奇，一点儿也不亚于乘坐游乐园里的过山车。油茶桃剥出油茶籽，油茶籽碾成茶籽粉，茶籽粉蒸成熟香料，熟香料箍成榨油饼。在榨油工"吭哟吭哟"的号子声中，在一排排尖木的挤压下，乌溜溜、香喷喷的山茶油便羞羞答答地从巨型原木榨桶下的出油口流出，又被迅速装进油壶，送至四邻八乡，送往千家万户。

榨干油后的茶枯饼，扔进灶膛，是高热量的柴火；铲出来埋进火笼，红彤彤的茶枯饼炭火，能把你的屁股烤得一整天暖烘烘的；撒进田里，肥田又杀虫；化到水里，晕鱼又晕虾。

灶房里，茶油焖糯米饭，香飘千万家，把一群小孩子馋得口水直流。

对于男孩子来说，最喜爱的莫过于茶子木，其细、密、重、硬，可做陀螺、做弹弓，从童年玩到老年，从孙子玩到爷爷。

莫恨人生苦短，油茶相伴一生！

备注：本文刊发于《中国教师报》文化周刊"人生边上"栏目　2016年01月06日

又到新笋炫美时

在周末的例行亲情电话中，母亲很得意、很自豪地吩咐远在深圳的我："过年从老家带去的笋干，赶快吃。清明节快到了，山上的春笋得了暖阳，沾了春雨，正攒足了劲儿往上长呢，我准备采了新笋给你们晒笋干！"

母亲的话勾起了我的故园之思。看窗外，目光似越过南岭、井冈，沿赣水北上，在鄱湖之滨徘徊，九岭山脉中，千万亩竹海用无边翠绿抚慰我焦渴的双眼，千万竿新笋用飒爽英姿点亮我内心的骄傲。

我老家在江西奉新，奉新多山，属九岭山的分支和余脉，是中国有名的竹子之乡。竹乡多竹笋，笋有冬笋、春笋之分：冬笋质嫩味鲜，清脆爽口，营养丰富，素有"金衣白玉，蔬中一绝"的美誉；春笋笋体肥大，洁白如玉，鲜嫩味美，号称春天的"菜王"，被唐代诗人李商隐赞为"嫩箨香苞初出林，於陵论价重如金"。

立春一过，地气回暖，"闷骚"了一个冬天的笋宝宝就在地里待得不耐烦了，一个个争先恐后地钻出来。它们的样子呆呆的，萌萌的，像极了迪士尼乐园里戴着嫩绿鹅黄帽子的小丑。外面还飘着几分寒气，它们还不敢太热烈，太张扬，只怀着些惊喜，藏了些谨慎，悄悄隐在草丛里、树根后，静静打量着这个日渐躁动喧腾的世界。胆子再小一点儿的，就干脆潜伏在地表之下，侧了耳，谛听春风的呢喃，期待暖阳的召唤。身子趴下了，心却按捺不住，一不小心，往上随便拱一拱，地面就开了裂，隆成一个个小丘。上山寻笋的人也不着急，先吧嗒吧嗒抽两袋旱烟再起身。吸足了旱烟的锄头，精神头十足，仿佛得了灵气，专往笋宝宝的藏身之所而去。说是春笋，其实那模样，那品相，那质感，那口味，与冬笋相差并不大。

再往后，随着气温的升高，特别是经过春雨的滋润，出了土的笋娃娃开始拔节抽条了，身型逐渐变得挺拔起来，抖搂出大长腿，越站越高，越站越魁梧。在浩瀚的林海里，在寂静的夜空中，似乎能听见它们体内细胞在分裂在生长的声音，哔哔剥剥的，一夜就可以长高超过50厘米。日日走过的山路，就天天有了新的风景：昨天还只冒出些笋鼻尖尖儿，今日就出落成肥大的笋娃娃；前天也不过与你的膝盖齐平，现如今就高出你一头。如果说百花是用自己的姹紫嫣红，演绎了生命的美丽与妖娆，那么，春笋则是用自己蓬蓬勃勃的生长进程，宣示了生命的活力与神奇。

　　清明前后，是春笋快速生长的时期。几缕春风吹过，几场春雨淅沥，漫山遍野的毛竹林里便插满了高高矮矮的笋柱。杨万里在他的咏竹名篇《新竹》里写道："东风弄巧补残山，一夜吹添玉数竿。半脱锦衣犹半着，箨龙未信没春寒。"这"一夜吹添玉数竿"便是对春笋旺盛生命力和神奇生长速度的形象描述。后人常用"雨后春笋"来比喻新生事物大量迅速地涌现出来。面对着海量横空出世的鲜竹笋，勤劳而精明的老表早已谋划好：身板健硕，身姿修颀，有望长成参天巨竹的，锄下留情，好生看管；出土太早或太晚，无法长成毛竹的那种，则用锄头采挖回来食用。

　　新鲜春笋，脆嫩味美，荤素皆宜，是食客们的最爱。清代著名的文艺青年兼美食家李渔同学盛赞笋是"蔬食中第一品"，认为"肥羊嫩豕，何足比肩"，并亲授食笋经验，"但将笋肉齐烹……肉之肥者能甘，甘味入笋，则不见其甘，但觉其鲜之至也"。词坛老"愤青"陆游在品尝江西的猫头笋后，意犹未尽，慨叹"色如玉版猫头笋，味抵驼峰牛尾狸"，足见其对笋之鲜美完全没有抵抗力。其他如白居易、黄庭坚、郑板桥、苏轼、吴昌硕等，俱是个中高手，人人都有一套食笋心法。

　　海量鲜笋想要吃完是没可能的。在现代农业加工技术引进之前，老表们常用的加工方法有：一是将整头的春笋煮熟，压水、晒干，做成明笋干；二是把鲜笋刨片、焯水、晒干，做成"玉兰片"；三是把一些个头较小的笋，放进灶膛火堆里烤熟，烘干，做成小笋干。

那时节，家家户户忙着上山挖笋，此呼彼应，好不喧闹！那时节，家家户户忙着刨笋、煮笋，热气腾腾，笋香四溢，好不馋人！

备注：本文刊发于《南方教育时报》"艺文新志"栏目 2019 年 03 月 15 日

乡村旧影像：老电影

在 20 世纪 70 至 80 年代的乡村，看电影是一种很高级的文化生活和精神享受，公社有专门的电影队，会定期到各个大队巡回放映。

在社员们的心目中，放电影是一种很"高大上"的职业，放映员则近乎神巫，有一种与外面的世界（电影里的世界）沟通的能力，能够给大家带来一种全新的体验。公社的放映员是两位转业军人，根正苗红，又在部队的大熔炉里铸炼过，完全有资格胜任这项重要的工作。其中个头高一点儿、年轻一点儿的，据说当年是侦察兵，这更是给他增添了传奇与神秘色彩。两种因素叠加在一起，大家便都用崇敬的眼光去看待这两位大神一般的人物。放映员走到哪里，大家就跟到哪里；放映员说什么，大家都聚精会神地听着，生怕漏掉半句；甚至，连占位都以放映台为中心，似乎离放映员越近就越光荣。

那时候，交通条件还比较落后，放映员只能踩着自行车下乡放电影。放映机用专门的箱子装，影片则用一个铁盒子装着，铁盒子上印着片名。铁盒子有圆有方，大小与现在的"丹麦曲奇"的包装盒差不多。有便车的时候，放映员也会预先托人先把机器、片子捎过来。机器和片子一到大队部，就被锁了起来。隔着窗户，看着那些铁盒子，就像看见了天外来客一样。晚上放电影的消息跑得比风还快，一下子刮遍了整个大队。路人传路人，亲戚传亲戚，都把有电影看当成一种天大的喜事，恨不得把全部的亲戚都叫过来分享这一份快乐。人们只要听说哪个大队放电影，哪怕点上火把，跑上十几里路也在所不惜。

下午把桌子一摆，电线一拉，银幕一挂，整个大队的人，无论男女老少，心就全都浮了起来，像喝醉了酒一样，走路都带着酒气，恨不得天早早黑下来。虽然离放映时间还早，但大家其实已经没什么心思做农活儿了，总喜欢溜达到挂了银幕的晒谷场，这里摸摸，那里看看。实在有事要做的，也是一副魂不守舍的样子。远远看过去，银幕像块小手帕，却长了挂钩，两颗眼珠子时时往挂钩上挂一挂。明明眼睛看着放电影的地方还没什么动静，耳朵里却已经千百回响起电影放映的声音。天还没有要暗下来的迹象，孩子和父亲就急匆匆催着主妇淘米做饭，主妇不是煮饭忘了加水，就是炒菜忘了放盐。等不及的孩子，赶紧拖了板凳去提前占位子。这边饭一熟，也不辨咸淡，随便扒拉几口，碗都来不及洗，往大锅里一扔就去寻自己占好的位子。

在放映之前会做一些诸如调光、倒片、试带之类的准备动作。光柱打在银幕上，银幕一片雪白，人们的心情就莫名兴奋起来。在放映机和银幕之间，光带像是从无边的夜色里切出来的温热的一小段，似乎有无数细细密密、丝丝缕缕的气从地面升腾上来，浮向天空。平日里轻易看不见的灰尘，此刻却一粒一粒，纤毫毕现，在光柱里飘移。小飞虫也特别来劲，在光与雾的衬托下，上下翻飞。电影还没开始，孩子们的拿手好戏"皮影大赛"却早已开演，两只小手交叠绞缠在一起，举在光柱中，通过手指的灵活动作，在银幕上投出羊、狗、鸡、兔子、奔马等种种动物的形状，好玩极了。社员们男男女女，老老少少，脑袋凑在一起，心不在焉地扯些闲话。当银幕上快速现出一些符号和数字的时候，全场立刻肃静下来，大家都知道，电影要开演了。

放映正片之前照例会先放一些短纪录片、宣传片之类的，像是运动前的热身，或者唱大戏之前的鼓点，虽然是必不可少的程序，却完全不对观众的胃口，个个巴不得它早点结束。换上正片之后，首先出现在银幕上的是片头。长春、上海、西安三大制片厂的片头最为经典，寓意着工、农、兵的完美结合：最突出的当然是手指前方、气概非凡的工人老大哥，这是领导阶级的象征；解放军战士手持钢枪、威武雄壮，保卫着年轻的共和国；青年农妇手抱稻穗，健壮干练，浑身洋溢着生产热情。最激动人心的，是八一电影制片厂的片头：鲜红的五角星向四周放射着万丈光芒，"八一"两个字镶嵌在五角星中间，特别醒目。孩子们只要一看到八一电影制片厂的片头，听着威武雄壮的《解放军进行曲》，必定像打了鸡血一样兴奋得手舞足蹈、上蹿下跳。为啥？八一厂的片子都是打仗的，多过瘾啊！那要不是八一厂的怎么辨别呢？嘘，也有小窍门，看演职员表，有烟火，有枪械的，一准是打仗的！

那时候的影片基本都是窄银幕黑白片，不要说好看的打仗、抓特务的片子，就像《决裂》《金光大道》这一类的影片也都给人留下了一些永久的记忆，比如大谈特谈"马尾巴的功能"的孙教授、领着群众走互助合作道路的高大泉等。一般一个晚上放两部电影，两部片子放下来，夜都很深了，可人们不看到"剧终"两个字是万万舍不得离开打谷场的。

剧终了，大家回家了，躺在暖暖的被窝里，一边回味着剧情，一边沉入甜甜的梦乡。

备注：本文刊发于《宝安日报》"新城文艺"栏目 2018年12月25日

乡村旧影像：老水车

在很多人的心里，都悠悠转动着一架老水车，或者来自童年遥远而深长的记忆，或者来自梦中的世外桃源、梦里的江南水乡，来自田园情歌，来自乡土诗话。

我的老水车，准确地来说，该叫作水轮，是童年留给我的最熟悉的影像。在电气化普及之前的乡村，唯一的机器大概就是水轮了。在水力的冲击下，水轮哗啦啦地转动，飞速转动的水轮又通过轮臂带动木碓，或者通过齿轮驱动磨车来做功，可以舂米、舂豆、舂竹麻、碾茶籽等。

在我的记忆中，那时候每一个小山村都会有一个水碓房，几个山村会共用一个榨油坊。水碓房也好，榨油坊也好，都要依靠水车（水轮）作为动力，所以都得建在每个村的水口位置。老祖宗很聪明，村子基本都建在河流的边上，村民们临水而居，洗菜洗衣、饮牛饮马都非常方便。所谓水口，就是穿村而过的河流的出水位置。这个位置比较低洼，水位落差大，水能充裕，水力足。当然，得修建专用的引水渠，把河水引到水车的上方，而且越靠近水车，水渠修得越宽，以便蓄积更多的河水。水闸有两个：一个在水车的上方，用来控制水车，相当于水车的开关；一个在泄水口，如果关闭了水车那个闸门，那么就必须打开这个闸门让水流泄入河道。为了集中水力到水车的恰当位置，还必须定制一个专用木水槽。水车闸门一打开，汹涌的河水沿着水槽急速往下冲，急流猛烈冲击着水车的扇叶，推动着整座水车快速地转动。看见外面的水车在飞转，村民们就知道水碓房里面有人在舂东西，如果自己接下去也要舂的话，只需要用自己的箩担、簸箕装了东西摆在外面排队——箩担、簸箕上都写着各家名字，不用担心别人插队，也没人插队。上一家舂完了，出水碓房吆喝一声，下一家就来了。

走进水碓房内，会发现地面是从四周向中心略倾斜的，中心位置则埋着两口大石臼，每口大石臼对应着一根"7"字形的舂槌。水车运转时，水车两侧对向设置的轮臂会依次击打在舂槌底部，舂槌头则根据杠杆原理高高抬起。在轮臂压离舂槌底部的瞬间，舂槌头以自由落体的姿态狠狠地砸向石臼。晒爆的谷物在舂槌头的强力砸击下，谷皮纷纷脱落，稻谷变成糙米，糙米变成精米。这真是一个精彩的瞬间！眼看着沉重的舂槌在水车的带动下缓缓抬起，极费力地一寸寸举高，高到某个终点时，似乎时间一下子凝固起来，连同那个被举到极高的槌头，定格在半空中，把你的心也悬在半空中。就那么定着，好像整个世界就这样在骤然而至的寒流中被冻结。这种感觉该怎么来描述呢？幼年的我实在缺乏语言技巧来捕捉这种微妙的感觉。许多年以后，在一本摄影杂志上看到一张图片，一条鱼在跃出水面的瞬间，因为外面的温度实在太低，以至于这条鱼以跃动的姿态被冻结成一座永恒的冰雕。这幅图片一下子激活了我的记忆，是的，当年颇为熟悉的那种心灵的悸动又闪电般地从我的心上划过。槌头的砸击难免溅出、带出一些谷粒、粉末，时间长了，石臼的四周就铺了满满一层。别急，水碓房配有长长的高粱秆扫帚，你只管轻轻地扫回去就是。这个时候，你就真切体会到地势四周高中间低的好处了。

　　不同的是，舂米要把谷子晒到干爆，用手一搓就能脱壳；舂米粉要把稻米浸到涨透，用手一捻便成粉末；舂黄豆要把黄豆炒到嘎嘣脆，一舂舂到满屋子飘香。舂东西算不得重活，男人们把东西挑到水碓房就算完事，照看舂槌的活儿全都交给老人或者妇女。小孩子一般是不允许去水碓房的，水碓房靠近河道，舂槌威力又那么强大，对顽皮的孩子来说，实在太危险。偶尔，也有例外，比如急着去找水碓房里的人，或者送个什么急需的物什。虽然待的时间不长，但在孩子新奇的眼光里，总会有许多的新发现。比如，这里墙角的蛛网比别处的更显眼，更沉重，重得好像随时都会坠落下来。肥大的蜘蛛攀缘着蛛线，晃晃悠悠，好像在耍着杂技。那些偏荒一点儿的地面，细细铺着一层粉粉的东西，伸出指尖，可以在上面写好看的字，画好看的图画。要找的那个春东西的人，发梢头、眉眼上挂着些毛茸茸的粉尘，好像大冬天从雪地里走过的人，叫人觉得很滑稽，忍不住哈哈大笑。墙根下的土也特别干燥，土鳖虫在泥粉中钻来钻去，孩子用课本纸折成一个小簸斗，放些泥土在里面，把抓来的土鳖虫当宠物养着，就像现在玩仓鼠的孩子一样，一点儿都不觉得有什么不妥。大人为了把孩子哄回家，总是拿好吃的东西来做诱饵，孩子是经不起这诱惑的，意念里又添了些甜美的盼头。至于这许诺能不能兑现，其实是不大重要的，也许一转身连孩子自己都忘记了。

在没有"现代化"之前，老水车是乡村唯一的机器，一种把自然力驯化为生产力的机器，因而不免带有几分神秘的色彩。它在孩子，尤其是男孩子的成长史上，扮演着极其重要的角色，它以有意无意的方式在不断暗示、提醒着男孩，在可见的有形的世界背后，还存在着一个更广阔、更有力、更神秘的隐形的宇宙，让人心生敬畏。

随着电气化时代的到来，老水车逐渐退出历史舞台，而终于荒废霉烂，水碓房也倾颓成一抔荒土，唯有干涸的引水渠上还瑟缩着几茎枯草，似乎在诉说着岁月的沧桑。如今，实用型水车已然绝迹，只在一些乡村主题的公园、景区，复古性地仿制了一些老水车供游客观赏与怀旧。

而我，始终坚信，作为成长陪伴者的老水车，会永远活

在少年的心里；作为诗歌意象的老水车，会永远活在最美的
诗行里。

备注：本文刊发于《云浮日报》副刊《三江之韵》 2019 年 05 月 23 日

乡村旧影像：老榨坊

在走进老榨坊之前，我从来没有想过一棵树居然可以长得这么大，大到几个成年人手拉手才能把它合抱住！

是的，老榨坊最让人叹为观止的就是眼前这架巨无霸级别，用整棵大树的树干开凿而成的大榨筒。这是老榨房最关键、最核心的装备，被称为"坊母"，一切的工序最后都要汇总到这里，一切的产出也都要从这里诞生。看着一块块的茶籽饼被码进榨筒，看着黄澄澄、香喷喷的茶油汩汩滔滔、滴滴答答地从油槽里流出来，所有的艰辛，所有的劳作，都化作绵绵不尽的甜蜜与喜悦。

艰辛的劳作其实早在寒露、霜降就开始了，经霜的油茶果已经变得绛红，皮薄仁大，出油率高，正是采摘的好时光。山民们携家带口，全体出动，上山采摘油茶果。山高路远，坡陡路滑，榛莽丛生，虫蚁横行，要在高达五六米的油茶树上把所有的果子收摘下来运送回家并非易事。先将大箩担放在稍微平旷的地方，然后大人挎竹篓，小孩背书包，上树采摘。手脚麻利的大人，骑坐在树丫上，左手揽过挂满了果的树枝，右手一撸，哗啦啦，满枝的果子全部滚入竹篓。不消一袋烟工夫，竹篓就装得满满当当，哧溜下树把满篓的果子倒进箩担，又赶紧回到树上继续撸枝。小孩子也不甘示弱，利用个头小、体重轻、四肢灵活的优势专门爬到大人够不着的茶树梢头，左右开弓，把个小书包塞得鼓鼓囊囊。连小孩子也够不着的地方，也有神器来对付，家家都准备好了竹梢做的钩子，竹钩一伸，手到擒来。上一趟山不容易，中午回家吃饭严重影响效率，只能啃干粮。大人为了犒赏小孩，会做些好吃的带上，最馋人的是红薯糯米饭，还有那焦香干脆的锅巴，再来点咸辣萝卜干，那真是做皇帝都不换。采收回来的油茶果，经秋阳一晒，水分一收，没裂的全裂了，裂了的果壳缩成梅花瓣，用手随便一掰一挤，乌溜溜的果仁就全出来了。脱壳的果仁还需要继续晒几个太阳，或者在焙笼里用炭火焙一焙，才能拿到老榨坊里去榨油。油茶果营养丰富，连虫子都存了觊觎之心，削尖了脑袋都要往里钻。在太阳和炭火的热力下，偷吃得肥肥胖胖的虫子纷纷从茶果里爬出来，倘若不小心跌进赤红的炭火中，马上"滋啦"一声化作一道青烟，随之弥漫起浓酽的茶油烤肉的香气。

油茶籽的炼化之旅是从碾槽开始的。晒好的油茶籽一担担挑进老榨坊，老师傅把茶籽均匀地倒进碾槽里。水车闸门一拉起，榨坊外边哗啦哗啦的老水车通过齿轮驱动着榨坊里面的碾车吱吱呀呀地走起来。沉重的碾轮从满槽的茶籽中碾过，看起来有些晦涩，有些凝滞，有些吃力，其实很坚定，坚定到义无反顾。一圈又一圈，再干硬的茶籽也抗不住铁轮的蹂躏，逐渐崩裂粉碎，碾车的运行变得越来越轻松畅顺，刺耳的声音也变得和美轻柔。老师傅听了，踱过来，伸手捞一把，捻一捻，就知道火候够不够。碾好的茶籽此刻全都变成了粉末，师傅们一铲一铲把它们请进大木甑，架上大铁锅，开始第二道工序——蒸茶籽粉。大铁锅上蒸汽腾腾，大铁锅下炉火熊熊。用来烧锅的，不是木柴，不是木炭，而是榨油后的副产品——茶枯饼。榨完油的茶枯饼，干燥，硬实，被油渍透，易燃烧，热量高，是烧锅的好燃料。那时候还没有循环经济的概念，但物尽其用的经济原则在这里得到了很好的体现。火力是这么旺，一大锅水一会儿就烧干了，师傅不得不勤来照看，时时记着添水。承受了高温蒸汽的热力，茶籽粉发生了奇妙的变化，颜色变得棕红，油液已经开始渗透、润泽，油香随着蒸汽在榨坊里氤氲。事不宜迟，师傅们赶紧排开铁箍，在铁箍内铺下一层稻秆——这个有点讲究，稻秆得选用细长坚韧的糯稻秆，成扇形交叉铺放——快速地将蒸熟的茶籽粉用铁勺舀进铁箍，抹平、压实，再将稻秆的两端折回盖压在茶籽粉饼上面，再用脚踩得紧紧实实。这样，整张胚饼就制作完成了。密密实实的稻秆，就像一张密不透风的网，将热腾腾的茶籽粉牢牢地包裹起来。

最精彩的工序即将登场！师傅们将胚饼一箍一箍码入榨

筒内，就像银行里的点钞工把一枚枚硬币竖起来裹扎一样，每一榨可码十几二十块胚饼，并预留足够的空间用以填入木块和长木楔。一切准备停当，榨油即将开始。榨筒的前面，一根粗壮的长达4米的撞槌被4根铁链吊在房梁上，槌头包裹着铁片，长年的撞击已经把铁片磨得油光锃亮。撞槌由四人协作操控，前面两个是经验丰富年长一些的掌槌师傅，负责掌控方向，确保槌头准确地撞击在同样包裹着铁皮的木楔上；后面两个是膀粗腰圆的精壮后生，只管使出满身的力气，推着撞槌往前撞击。只见师傅们在手心吐口唾沫，搓一搓，一手扶着撞槌，一手拽了铁链，"吭育吭育"喊着号子，把撞槌向后高高荡起。在动能与势能转化的微妙瞬间，再次准确发力，推着撞槌以雷霆万钧之势向木楔撞去。"嘭——嘭——嘭"，钢铁与钢铁的碰撞，迸溅出火花，巨大的声响震得房梁上的积尘纷纷飘落。木楔一截一截打进去，在巨大的压力之下，胚饼里的油汁迫不及待地迸涌出来，汇成一股股金黄色的急流，顺着榨筒底部的油槽，欢快地流入铁皮油桶。随着木楔的深入、胚饼的收紧，出油的速度渐渐慢下来。师傅们的槌击停下来了，油液还兀自滴滴答答，可以延续一两个时辰。压榨、脱油后的茶胚饼叫作茶枯饼，变得特别坚硬，师傅们得费了老劲在木墩上把茶枯饼上的铁箍褪下来。您可别小看这茶枯饼，它里面含有丰富的茶皂素、茶籽多糖、茶籽蛋白等，它们都是化工、轻工、食品、饲料工业产品等的原料，用途可大着呢，老表们可以用来肥田、杀虫、洗发……

早在《山海经》中就有"员木，南方油食也"这样的记载，这里的"员木"就是油茶树。由此可知，中国的茶油生产史已有 2000 多年，在《八闽通志》《本草纲目》《农政全书》《天工开物》等古籍中，也都清楚记载了比较成熟的栽培油茶、榨制茶油的技术。我国独有的茶油，不但跻身世界四大木本油（椰子油、橄榄油、茶油和棕榈油）之列，更因为茶油中的单不饱和脂肪酸高达 90%，被不少国际组织公认为全世界最健康的食用油。萧春雷先生将东西方的两大木本植物油——茶油与橄榄油分别比作含蓄、神秘的小家碧玉和明艳、张扬的大家闺秀，前者悄然流行于中国南方村镇的民间传说中，后者堂皇出入于希腊神话和欧洲宫廷。她们天生丽质，同属于世界顶级的食用油①。

古老的茶油，像丝绸、漆艺、造纸、瓷器、茶叶等一样，是华夏文明古国馈赠给世界的又一项神秘而珍贵的礼物，而老榨坊则是这一馈赠仪式的古老见证！如今，随着现代冷压榨工艺技术的兴起，传统的热榨法已经式微，老榨坊也渐渐被废弃，只在偏远山区还偶尔能见到它苍老的身影。

而我，总在睡梦中，跨上咿呀咿呀的碾车，一圈又一圈，仿佛坐在小火车上环游世界。灶膛的火光红红的，茶油焖糯米饭的香气萦绕在我的鼻尖，忍不住深深地吸一口气，陶醉在这天下绝等的美味中永远也不愿醒来。

备注：本文刊发于《云浮日报》副刊《三江之韵》2019 年 07 月 04 日

---

① 引自《茶油，能从中国古老的油坊中走向世界吗？》，载《中国国家地理》杂志 2016 年第 4 期

乡村旧影像：老土纸

　　对于生在竹乡、长在竹乡的我来说，中国古代四大发明里的造纸术，不是印在教科书上的介绍，而是印在浩瀚竹海，印在溪畔田头，印在指尖篾帘，印在暖暖的阳光下的真切体验。

　　奉新是毛竹之乡，自然也是有名的老土纸之乡。奉新用古法制作的土纸，原料是嫩竹，故学称竹纸，俗称草纸，也叫火纸，其实与"草"没有关系，与竹和火倒是渊源深厚，一缘于造纸，一缘于用纸。与纸有关的名人，大家耳熟能详的是东汉蔡伦，他改进了造纸的工艺，用他改进后的工艺生产出来的纸被称为"蔡侯纸"。人们不太清楚的是，竹纸的问世标志着中国造纸技术的重大突破，因为竹子的纤维硬、脆、易断，技术处理比较困难，用竹子造纸的成功，表明中国古代的造纸技术已经达到相当成熟的程度。明代奉新籍著名科学家宋应星，在其科学巨著《天工开物》第十三卷《杀青》中，对竹纸工艺有总结性叙述，并附有造纸操作图，是当时世界上关于造纸的最详尽的记载。

竹纸制作的第一步是产麻。客家土语，称已成竹形、已开竹枝、尚未长出竹叶的嫩竹为竹麻。竹麻竹纤维已经成熟，而竹肉尚未硬化，正贴合造纸之需。钢刀雪亮，竹麻脆嫩，用力过猛，心神分散，都极易造成伤害事故。因此，上山产麻会附会上很多禁忌，上山前要敬神，上山后不可说笑，不得诳语，要专心致志，静心劳作。砍下来的竹麻，进一步加工，截成130厘米长，剖成3.5厘米宽的竹麻片，然后就可以开始第二步：沤麻。所谓沤麻，就是把竹麻片放入专用池塘（俗称湖塘），用石灰水这类碱性溶液长时间浸泡腐蚀，去除竹麻中的糖分等物质。沤渍和清泡需时100多日。经过沤渍和清洗的竹麻经过分拣，去除杂质，滤干水分，就可以送去水碓房舂麻，这是第三道工序。舂成粉末的竹麻，加水，配上做黏合剂的铁冬青或者阳桃藤的汁液，均匀混合成纸浆，就可以进入技术含量最高的第四道工序：抄纸。只见老师傅手持篾帘，从前往后在纸浆槽里轻轻一抄，拎起来，让浆液均匀地流向帘面；接着又横向从右往左轻轻一抄，再拎起来，让浆液均匀地反流过去。一纵一横之间，原本虚空透亮的篾帘上，蒙上了一层薄薄的纸浆，褪下来就是竹纸的初级产品——湿纸。成垛的湿纸还要经过压榨、烘焙、折纸等工序方能变成成品。整个竹纸的制作过程，分15个环节72道工序，非常烦琐复杂。

奉新的竹纸制作技艺最晚在明代即已臻于成熟，晚清和民国时期奉新已成为江西乃至全国重要的竹纸产区，竹纸生产鼎盛之状用"千碓万槽"来形容一点儿都不为过，从事竹纸生产的农户占到十之八九，真是"村村有槽坊，处处闻纸香"。即便是 20 世纪 70 至 80 年代，在笔者生活的山村，依然随处可见舂麻的水碓、沤麻的湖塘、抄纸的槽坊，笔者也亲眼见识过抄纸师傅的抄纸作业。

用竹子做成的土纸，最大的用途是制作冥币，烧化给先人使用，清明节的"挂纸"、七月半的"烧纸包"即缘于此。客家人称清明扫墓为"挂纸"。共同的祖先则合族祭扫，各家的亲人则各自祭扫。扫墓时，先要清垃圾，除杂草，刷墓碑，将坟场整修一新。然后，将 12 张小土纸绕着半月形的墓周压紧划界，代表着十二敬神，有闰月的年份则需加多一敬。接着，将一叠土纸洒上公鸡血，挂置于墓头，用石块压紧。最后，摆上祭品，持香躬拜，上香烧纸，燃放鞭炮。客家话"纸"与"祖"同音，挂纸寓意"挂祖"，风吹纸飘，寄托着对先人的哀思，尽显子孙的孝心。清明时节，行走乡间，黄纸飘扬者，定是子嗣绵长之家；片纸无痕者，俱是荒圮无主之坟。七月半，也叫中元节，俗称鬼节，也是重要的祭祀日，祭扫可以不到墓地，就在屋前空地进行。先将土纸横竖交叉折叠成纸包，纸包上书"中原地官，赦罪之期，阳居孝男（孙、曾孙）某某，奉上珍财一包，故显考（故祖考母、故曾祖考）公讳某某、老大人妣老孺人冥中受用"字样，点火焚化。纸包燃烧，热力辐射，暖空气上升，四周冷空气填补，形成对流效应，带动灰烬打旋飞扬。幼时，我缺乏科学知识，见纸灰旋转升空，以为鬼魂来摄取冥财，心下骇然，半日不敢出声。

除了这种"人神沟通"的精神作用，草纸在现实的生活里也起着很重要的作用。我们都知道，学会用火是人类进化史和文明史上具有划时代意义的事件。可是，在没有打火机、火柴（旧称洋火）的漫长年代里，如何保存火种确实是个棘手的问题。而有了草纸，一切似乎都迎刃而解了。老表们先将柴火燃烧后的火红的"火屎"铲进火笼里，再均匀盖上一层草木灰，火宝宝有了这一层厚厚的"棉被"，可以在火笼里很安详地"睡大觉"。老表们劳作回来，要取出火种也很简单，将草纸捻搓成细长的"纸媒"，插入火笼，待青烟冒出，取出"纸媒"轻轻吹一口气，"噗"的一声响，一团温暖亲切的火苗就从"纸媒"上燃起，点燃竹梢子、松明子之类的引火柴，塞进灶膛，架上燥竹片、棍子柴就可以洗锅做饭了。冒着轻烟的"纸媒"本身就是个很听话的便携式火种，只要不唤起明火，就可以烧很长时间。那些抽烟的老表，端着烟斗，夹着"纸媒"，一边搓捏着烟丝，一边摇晃着"纸媒"，一串串的烟雾就随着"吧嗒吧嗒"声升腾弥散，同样弥散开来的还有老表们极满足、极愉悦的心情。

在现代女性卫生用品走进千村万户之前，据说草纸是个代用品，而草纸无疑比草木灰要干净卫生方便得多，在呵护女性健康方面也是功不可没。

随着社会的发展进步，特别是改革开放以来，农村青壮年劳动力向沿海经济发达地区的大规模流动，土纸的生产已经衰落到几近绝迹。如今，土纸生产工艺已进入非物质文化遗产保护名录，逐渐演变成一种乡民集体的文化记忆。

备注：本文刊发于《宝安日报》"光明文艺"栏目 2019 年 06 月 17 日

本文被收入深圳市光明区作家协会远人主席主编的《当代中国生态文学读本》第 15 卷，四川文艺出版社出版

风

景

我歌唱这片土地

　　站在科学城展厅内，聆听着讲解员的生动描述，春潮在我柔弱的胸膛内激荡。我的目光越过沙盘，穿透墙壁，逡巡着 99 平方千米的每一寸土地。虽然我没有百灵鸟一样优美的歌喉，我也要用我嘶哑的嗓音歌唱这片土地，歌唱这片土地上的人民。

　　这是一片古老的土地，我歌唱她悠久的历史、灿烂的文化——6700 多年前的新石器时代，人类就已经在这里繁衍生息；1700 多年前，她就已经纳入郡县制管理，融入华夏文明的渊薮；有宋一代，她又成为海路贸易的重要节点，为撒播华夏文明添砖加瓦；明清时期，她已经形成许多聚族而居的村圩，哺育出灿烂的农耕文化；1931 年，设立公明圩，弘扬"公道""光明"的价值追求；2007 年，光明新区应运而生，极大地推动了本区域经济社会的发展；2018 年 9 月，光明区正式揭牌，成为特区经济发展新的增长极。

这是一片美丽的土地，我歌唱她的婀娜多姿、神奇秀美——大屏嶂山脉蜿蜒于东，阻挡着来自太平洋的狂风骤雨；凤凰山脉逶迤于西，抵御着来自伶仃洋外的暴虐气流；红花山托举着九层宝塔，傲然挺立于闹市中心；茅洲河闪亮着光洁的容颜，自南而北一路轻歌曼舞；公明水库汇聚起千万顷碧波，荡漾着蓝天白云的梦想；星罗棋布的社区公园，为休闲的市民展露着美丽的身姿。一条条马路一道道花带，一座座高楼一幅幅图画。和谐号穿梭出一束束流线，灯光秀变幻着迷人的光芒。

这是一片富饶的土地，我歌唱她的物产丰富、精华荟萃——这里生态优美，瓜果飘香，荔枝味美多汁，龙眼个大籽小，杧果肉厚香醇，黄皮酸甜开胃。这里土地肥沃，水草丰美，鸡鸭成群，牛羊欢唱。光明鲜奶，品质超群，行销全国，市场第一。光明乳鸽，皮脆肉嫩，骨香汤浓，营养丰富，食之难忘。公明腊肠，用料讲究，工艺独特，色泽鲜明，口感爽适，回味悠长。这里聚集了一大批产业集群，模具、钟表、内衣制造业初具规模；光伏、新医药、新能源方兴未艾。

这是一片火热的土地，我歌唱她的激情似火、拼搏进取——建设深圳北部中心和世界一流科学城的号角已然吹响，整个光明大地呈现出一派热火朝天的景象。在这里，你看到的是一双双炽热的眼睛，炽热地燃烧着光明人干事创业、敢为人先的特区精神；在这里，你看到的是一波波行色匆匆的人流，流动的人群中张扬着一种时不我待、只争朝夕的使命感、紧迫感。这里的每一寸土地都被激活，焕发着崭新的生机与活力；这里的每一朵花儿都绽放着笑容，宣泄着一种舍我其谁的豪迈与自信。看吧，一个个项目签约落地，一间间旧厂房被拆除，一座座小山包被推平，一栋栋高塔林立，一台台机车穿梭……

这是一片光明的土地，我歌唱她的高瞻远瞩、前途光明——在这里，汇聚了规划精英，在巨幅地图前精心擘画，松山湖中子科学城携手光明科学城，西丽科教城联袂河套合作区，共同打造世界一流科技走廊，比肩伦敦、波士顿，媲美京都、大阪。在这里，两大院校续新篇，三大装置建奇功，中心区人商两旺，云谷区配套完善，凤凰城共享智谷，光明小镇魅力无限。可以想见，在不久的将来，一座崭新的科学城将在这里横空出世，她将成为深圳经济发展新的增长极，成为特区科技发展新的驱动力。她对整个粤港澳大湾区的带动作用，对全国范围的辐射和引领作用，怎么评估都不过分。

光明，光明，有光自明。这束光来自地心的深处，这束光来自邈远的历史，这束光来自心灵的呐喊。这一束光打在鹏城，打在光明，打在我们每一个歌唱者的脸上。让我们共同努力，谱写更加光明灿烂的华美诗篇！

备注：本文刊发于《宝安日报》"光明文艺"栏目　2019年08月26日

他们都叫我鸟巢

坦率地说，我只是一堆钢筋，不，一堆废钢筋，一堆锈迹斑斑的废钢筋，就这样七扭八拐地团在一起，堆放在这片空地上。

我的这些钢筋兄弟们，出生在不同的年代，来自不同的世家，曾经居留在不同的家庭。这都没得话说，我们的使命就是这样：甭管你什么来历、什么身份，最终的归宿都是工地，都要被工人们拉成条，截成段，绑扎成各种各样的形状，再灌进水泥砂浆，固化成各种立体的造型，浪漫的诗人总爱称之为"凝固的音乐"。

被封闭在水泥里的感觉，并不怎么好受，虽然免除了日晒雨淋之苦，日子却过得不那么踏实。倒不是怕地震把自己的筋骨扯来扯去，而是，你们知道，在深圳这座移民城市，似乎从来都是白加黑，五加二。大大小小的工厂自不必说，机器成天在我们身上轰鸣，一直延续到晚上八九点钟，有时候甚至要熬通宵，能不神经衰弱嘛！迪吧歌厅就更别提了，晚上八九点钟，夜生活才刚刚开始，精力旺盛的型男潮女不折腾到下半夜是断不肯收场的。即便是普通人家，像我的主人家，小孩子把凳子挪来挪去，熬夜写作业，也很稀松平常。人都说，来了就是深圳人，这话套用在钢筋界，来了就是深圳的钢筋，咱得习惯这种没日没夜的生活。我们从深山岩谷里出来，历经烟熏火燎，百炼成钢，不就是为了有朝一日能挺直脊梁，撑起一片天嘛！

　　本以为这样的日子可以平平稳稳地过下去，却没想到平地上响起了惊雷，说是政府相中了这块地，要在这里起个大项目，而且动作很快，电视新闻天天播，报纸天天登，公告到处贴，红马甲日夜在社区穿梭。这不，我主人一家就为这事炸开了锅。女主人时不时拿着计算器，对照拆迁补偿方案，噼里啪啦计数，一会儿长吁短叹，一会儿眉开眼笑。男主人斜靠在沙发上，一如既往地关注着天下大事，一边看着电视新闻，一边气得把手里的手机敲得笃笃响。老祖宗则一边抹眼泪，一边絮絮叨叨："真要是把这楼拆了，可怎么对得起九泉之下的老头子啊！不行，不拆，不搬，谁来说也不行！"只有小祖宗一听"科学城"三个字就像打了鸡血一眼，止不住地上蹦下跳，嚷嚷着"奥特曼""奥特曼"，摆出科幻动漫里各种各样的古怪姿势。以我在深圳风风雨雨几十年的老经验来看，这事怕是悬了，一哭二闹三上吊，只要被老人家杠上了，多好的事情也十有八九要黄了。

很快，红马甲来到了主人家。领头的是个梳着马尾辫的大姑娘，模样很俊俏。老祖宗打定主意，要是谁敢跟她提拆迁的事就摔她一个冷脸，逼急了就往地上一躺，看谁横得过谁。没承想，大姑娘一进门就奶奶长奶奶短的，奶奶择菜她也择菜，奶奶扫地她就拖地，奶奶笑她也笑，奶奶哭她也陪着掉眼泪，就是闭口不提签拆迁协议的事。这可把老祖宗整得个没脾气。俗话说得好，伸手不打笑脸人，何况这么个懂事疼人的靓妹子！才过了一天，老祖宗自己就沉不住气了，扯了靓妹子坐在老头子遗像前，温言温语地说："姑娘啊，跟你说句掏心窝子的话。也不是我老太婆老糊涂了，不理解、不支持政府的工作。当年从越南被赶回来，除了一卷铺盖，啥都没有了。要不是党和政府妥善安置，我这一把老骨头都不知道丢到哪里去了，哪还盖得起这么好的楼房？实在是住久了，住出感情来了，不舍得啊！要是真挺着不拆，怕是到了下面，老头子都不会放过我这个老太婆。"老祖宗又颤颤巍巍地从抽屉里捧出一大摞发黄的奖状、证书，一张一张摆开："你看看，这都是老东西留下的。那年头，老东西铆足了劲，事事都要争先进，把身子骨都累垮了！"眼看着老太婆眼泪又要来了，红马甲妹妹赶紧赔着笑脸说："奶奶，我知道，我知道，爷爷是咱光明农场的大功臣！没有您和爷爷这一辈人的无私奉献、高风亮节，怎么会有光明的今天！"奶奶的脸上浮上一层幸福的红晕，一旁的男主人悄悄地向旁边的马甲哥使了个眼色，马甲哥悄悄把文件夹递了过去。

　　短短的22天过去了，科学城土地整备工作全部完成，这可大大出乎了我的意料。更让我吃惊的是，搬迁工作进行得非常干净，也非常麻利，施工队很快就进场了。吊机、挖机、炮锤、铲车、泥头车、洒水车，一辆接一辆开进来。炮锤突突，在墙壁上、楼板上钻出一个个坑洞。挖机伸出长长的铁臂，左扒拉，右扒拉。奇怪的是，我居然没有一点点疼痛的感觉。很快，整座楼房变成了一堆瓦砾，整个社区变成了一片废墟。洒水车工作很勤快，空气中不但没有呛人的扬尘，反而弥漫着一股清新的气息。也许是因为我在水泥块里憋得太久了，有一种挣脱樊笼、回归大自然的快意和新鲜。我大口大口地呼吸着深圳北带着森林与田园气息的空气，睁开惺忪的双眼打量着这片热火朝天的工地，只见公路北侧的猪婆山已经被劈去大半并安上了美丽的护坡，公路南侧的小厂房、小产权房已经被推平，而整条公常路已经被围蔽成了一个个独立的工区，吊塔林立，车水马龙。这幅场景，与当年总设计师巨臂一挥，小渔村华丽蜕变，深圳特区横空出世的情形何其相似！

　　唯一让我感到失落的是，我和我的弟兄们被挖机拢到一起后，就被晾在了山后的这片空地上，日晒雨淋，泥泞不堪。在短暂的新奇与兴奋之后，迎接我们的是漫长的等待和对未来的不可预期。尤其是看见那些崭新的钢条被整车整车地运进工地，被工友们当作宝贝疙瘩一样量来摸去，心里便特别地难受。再怎么说，我们都是为特区建设挑过大梁的角色，怎么能说废了就废了呢？就算我们老了，缺钙了，骨头脆了，反应迟钝了，挑不起大梁了，咱好歹也是响当当的一块钢啊！挑不起大梁了，敲敲边鼓总可以吧？垫个脚，搭个棚，再不成，卖废品也比落在这山窝窝里强啊！卖废品？谁说的？不，咱从来就不是废品，不是，永远都不是！谁再说废品我跟谁急。寂寞的日子是如此折磨人，我发现我都快有点神神道道了。这样的日子什么时候才是个尽头啊？

……

六月的最后一天，山道上来了一群采风的人，男男女女，老老少少。领头的是个著名诗人，据说 17 岁就开始在全国大报上发表诗作。他一边急匆匆走着，一边和身旁的另一个名叫刘炜的诗人大声谈论着什么。也许是刚刚听了科学城展厅讲解员的讲解，两个人的神情都十分激动，脸涨得通红。诗人嘛，都比较容易激动，一激动就忘记了世界的存在，这我理解。可他们在高谈阔论的时候，居然都不肯瞧我一眼，这不免让我感到一丝悻悻然。很快，又走过来两位美女，据说也是作家。其中的一位只瞥了我一眼，就惊叫起来："快看，鸟巢，鸟巢！"另一位美女也赶紧看向我这边，啧啧赞叹道："真的呢，还真的像极了鸟巢！"惊叫声引来了一个学写散文的新人，他小心翼翼地靠近我，从各个不同的角度打量着我，似乎我的存在勾起了他的某种回忆、某个念想。采风团年龄最小的那个孩子，名叫李思琪的，也眯起她的双眼，眼波滑过我粗糙的身躯。

啊，鸟巢，一个多美的名字！我回头打量了我自己一眼，这么多的钢筋攒聚在一起，团成一个毛茸茸的球球，有一些粗犷，有一些凌乱，有一些突兀的可爱。这个名字激发了我的想象，激发了我的诗意。是啊，在树上，在枝枝丫丫搭就的温暖的窠巢里，鸟妈妈孵出了可爱的鸟宝宝，诞生了一个美丽的新生命；在北京，用迪士尼巨型网状钢结构搭建的"鸟巢"，成就了建筑界的奇观，收获了无数赞赏的眼光，更孵化了多少体育健儿的奥运梦。而在光明，像我这样的"鸟巢"，又将要托举出鹏城人一个怎样伟大而具有前瞻性的科学梦！一想到这里，我又有一些自责，科学城的建设工作千头万绪，总要分个轻重缓急，我为什么就不可以耐下性子再等一等呢？

作为钢筋家族的一员，虽然我已经无缘再参与这一项史无前例的伟大工程，但是我知道，等到我汇入熔炉的那一刻，我会见证一个新时代的诞生！

备注：本文系 2019 年 6 月 30 日光明区作家协会组织的光明科学城采风征文专稿，发表于 2019 年 03 期总第 11 期《玉塘》杂志，并被收入由光明区城市更新与土地整备局、区文化广电旅游体育局、新湖街道办、区作家协会联合编写的《信念与情怀》一书。

老师们的微农庄生活

也许是因为地处关外，土地资源较为充裕的缘故，在小学部和中学部的中间地带，建完停车场之后还剩下一大块地儿。聪明的邱世和校长脑袋里灵光一闪，建起了微农庄，给本校老师每人划拨了一块菜地，供老师们业余劳作。在土地资源稀缺、寸土寸金的深圳，这还真算得上是一个奇迹，也是真金白银的集体福利。

微农庄实行"公私合营"。假山、花池和用水渠圈起来的中心地带属公田，由学校聘请专职花工进行专业经营；四周的田地开辟为私田，整理成一条一条的菜畦，分给老师们自主栽种侍弄。学校负责铺设灌溉管道，供给农具、大肥；老师们自购种子、小肥，负责打理自己的"一亩三分地"。

一条条刚刚整好的修长的菜畦，整齐地排列着，散发着新翻的泥土的气息，就像一张张新美的画纸，渴盼着画家们去挥毫泼墨；就像一幅幅精美的锦缎，恭候着织女们去飞针走线。晨跑之后，晚饭之前，扛着锄头，拎着小铲，"画家们"，"织女们"，三三两两，走进农庄。有的俯首苦干，挥汗如雨，大开大合，狠翻深埋，那一定是在施足底肥，夯牢梦想的根基。有的巧手飞扬，笑靥如花，轻手轻脚，细琢慢点，那一定是在下种培苗。看，那捏着薯苗，一一捋顺翻转的，不是擅长"牵着蜗牛去散步"的德育处郭主任吗？瞧，那蹲踞在一丛碧绿前喃喃自语的高老师，难不成把"快乐英语"的课堂搬到了菜地？贾头何止精于黑板演算，一下菜地，横平竖直，有垄有行，尽显数学天赋。欧医生的仁心仁术也不局限于校医室，放下听诊器，拿起小锄头，拔去杂草，除去病根，把一群菜娃娃侍养得肥肥壮壮。

在"城市农人"的辛勤侍弄下，小白菜吐了芽，星星点点，嫩嫩绿绿，像刚落地的娃娃，映着笑脸，那么娇柔，那么可爱，叫人忍不住抚上一指头。前几天刚插的小葱，安然度过移栽的劫难，适应了新居所，身姿开始挺拔起来，努力展露出小家碧玉的清新可人。从蒜瓣里钻出来已有两三个礼拜的蒜苗，正满怀热情地泼洒着它的生命活力，狂野而豪放，该是东坡老、稼轩兄的忠实粉丝吧？身形婆娑、舞姿曼妙的雪里蕻，朴实憨厚，性气平和，不争风，不邀宠，堪与《红楼梦》里的袭人媲美。红菜心舒展大方，外向开朗，贪吃嗜睡，继承的正是盛唐遗风、贵妃风采。初次登场的芥蓝，像一柄柄橄榄石雕琢而成的玉如意，倒插在菜畦里，安享雨的浇灌、露的滋润、风的熏陶，正做着沉入"温柔富贵之乡"的美梦。真可谓是一园当中，百蔬争艳；一畦之内，独领风骚。

眼看着自己的菜畦气象日盛，邻家的菜畦不输文采，心头时时涌动着一股热潮，或近距离拍个照，分享到网络上；或慷慨地掐一把，送给亲朋好友；更多的时候，则是行吟泽畔，走马观"蔬"，越看越像自己的亲儿子，越看越有成就感。

不容易啊，从一粒小小的种子，到一片片嫩芽，到一棵棵弱不禁风的小苗，到大放异彩的成熟菜株，得熬得住烈日的暴晒，经得住风雨的侵蚀，抗得了病虫害的戕害，这中间又得耗费园丁们多少的心血啊！没有古道热肠，缺乏仁爱之心，舍不得弯下身躯，舍不得挥洒汗水，又怎能化育这满园芬芳！

微农庄生活，不只是锻炼身体，不只是陶冶情操，不只是丰富业余生活，更是让全体老师深味为人师表的真谛，体察教书育人的内涵——既然选择了成为一名园丁，那就无怨无悔，玉汝于成，用青春、智慧和汗水去发现和培育更多的栋梁之材！

备注：本文荣获 2018 年光明新区群众文学作品评选二等奖，并以优秀作品集方式发表，后以"都市微农庄"为题发表于《南方教育时报》"艺文新志"栏目，发表时略有删改。2019 年 06 月 07 日出版。

华丽蝶变松白路

松白路是深圳西北部重要的交通干线，每天上下班早出晚归的人流车流都要在这条路上奔驰。早上我踏着熹微的晨光急匆匆赶去上早读，晚上披着闪烁的星光回家赶晚饭，从来不曾顾及这位"老伙计"。

今年教师节那天，光明区作协主席远人兄邀文艺圈的教师朋友小酌，我谨记交警"蜀黍""喝酒不开车，开车不喝酒"的十字箴言，舍弃鞍马，步行前往。走到松白街头，举目一望，不禁大吃一惊，几乎不敢相信，眼前这条宽阔靓丽的城市景观路居然就是往昔那"黄毛小丫头"！

说是"黄毛小丫头"，还真的一点儿不夸张。据校龄10年以上的老同事说，当年的松白路虽说规划也比较超前，预留的宽度和作为深圳交通名片的深南大道有得一比，但那光景实在是砢碜得很：路是沙土路，坑坑洼洼，尘土飞扬；屋是小民房，破破烂烂，参差不齐。甚至，路旁还留着大片的荒野，杂草丛生，蛇鼠穿行。

等到我2013年入职来到公明的时候，情形已经有了很大改观。路面已经硬底化，已经告别了黄沙、尘土。公路两边，陆陆续续建起了一些工业厂房，一些稍为洋气点的村委统建楼也已经拔地而起。但是，乱搭乱建、风格样式各异的各种小产权房，使得整个街区看起来凌乱不堪。很多慕深圳特区之名来到公明街道工作的人，见到这番落后景象，心里拔凉拔凉的。

这才过了多长时间啊，眼前的松白路就已经山鸡变凤凰，实现了妥妥的华丽转身。放眼望去，从西北往东南，大体量现代高端居住小区使整个城市品质有了根本的改变。那些因为历史原因得以保留的老旧建筑，也根据城市美化的总体要求，重新装饰，面貌焕然一新。而更令人拍手称绝的是，松白路上的附属设施设备，全部按照人性化、便利化的理念进行了更新改造。不必说漂亮的遮阳篷，也不必说舒适的候车椅、清晰的指示牌，就连垃圾桶都是按分类需要而专门设计配置的，甚至在候车亭和居民楼之间，还建有风雨连廊以方便市民乘车。至于绿植、盆栽，则更是把松白路从单纯的城市主干道提升到了城市景观路的境界。松白路的改造、美化工作对于细节的苛求已经到了"吹毛求疵"的地步，漫步松白路，你可以从转角、台阶、空隙、挡板、护栏等平素不为人注意之处的精细处理上，充分感受到整个提升工程不只是改头换面，而是脱胎换骨，浴火重生。

　　小小一条松白路的蜕变史，是中华人民共和国 70 年光辉征程的缩影。70 年的栉风沐雨，70 年的昂扬奋进，换来了今天的繁荣昌盛、幸福美好。

　　备注：本文刊发于《宝安日报》"光明文艺"栏目　2019 年 11 月 29 日

法政北路：繁华中的静穆与慈祥

走过光明的许多大街小巷，最不能忘记的是法政北路。

法政北路紧临光明招待所，光明招待所的东侧门就开在法政北路，因此法政北路也是进出光明招待所的重要通道。走到法政北路的人，大多是因着去光明招待所的缘故，而去光明招待所的人又十有八九是去品尝被誉为"光明三宝"之一的妙龄乳鸽，真可谓是路因鸽而结缘，路因店而现身。至于法政北路本身的来历和得名的缘由，少有人知，也少有人去打听追溯。

从车水马龙、喧嚣燥热的光明大街，右转拐入法政北路，就仿佛走进了深邃的时光隧道，走进了一个迥然不同的新世界。道路两边高大的行道树遮天蔽日，硬生生从灼热的南国骄阳下，剪出一段让人忘却记忆的阴凉。路不算宽，只有

来去两条车道，路面却特别干净、平整。路也不算长，也就
200 米的样子，却特别有纵深感，仿佛伸向没有尽头的远方。
两旁行道树也许在光明区算不上最古老、最高大，但排列得
这么整齐，又这么空寂，一下子就能唤起人的历史感、沧桑
感。细碎斑驳的阳光从树缝里漏下来，丝丝缕缕，似乎一伸
手就可以抓在掌心。恼人的阳光有了绿荫的过滤，涤去了轻
浮与燥热，变得沉静可人。那打在脸上的光斑，像柔和的粉
底，让青春的脸庞益发明媚和圆润。粗壮过人的树就这样静
静地站在你的身边，感受着你的呼吸，倾听着你的心跳，揣
度着你的心事。触摸着粗糙的树皮，用掌心感受着从大地深
处传递出来的生命能量，你的心灵是不是会有一丝战栗？

　　虽然和光明招待所只有一墙之隔，但外面和里面似乎是
颠倒了时空的两个迥然不同的世界。里面是现实的、物质的
世界，觥筹交错，飞觞醉月，极享口舌耳目之欲；外面是诗
意的、精神的、心灵的天空，桃李春风，江湖夜雨，宠辱皆
忘，静聆东南西北之音。也许不是所有的来客都能自如地穿
行在内外两个世界中，毕竟世人多耽于现实的物质享受，容
易被奢华的声色世界牵系，在快节奏的生活激流中无暇也无
意去进行诗意的追寻。然而，在繁华落尽的夜晚，宴终席散
的酒后，漫步在法政北路，浮躁的心灵会变得沉静，迟钝的
触觉会变得敏锐，一些平素被忽略的美会不经意地闪入你的
眼帘。两旁的行道树多半是原产澳洲的白千层，又叫玉蝴蝶。
这真是一种奇妙透顶的树，它的树皮像纸张一样，一层覆着
一层；它的花像小毛刷一样，一柄压着一柄。这些白千层年

深日久，身躯庞大，一个人的双臂已经无法合抱；树皮也剥蚀得厉害，坑坑洼洼，然而它的姿态益发挺拔，有一种岁月无法撼动的庄严与慈祥。

如今，因地铁 6 号线的建设需要，路周边的有些建筑已经被拆除，未来科学城、中心城的建设可能还会带来更大范围的城市更新。法政北路，这条光明城区的中轴线，这条承载着老光明人集体记忆的"中央大道"，它未来的命运令人牵挂。

备注：本文刊发于《宝安日报》"光明文艺"栏目 2019 年 09 月 24 日

狗尾草·狼尾草·芦苇花

　　不经意间，它就这样闯进我的视野，在光明小镇欢乐田园那个造型奇特的观景台边上，迎着绚烂的晚霞，在怡人的春风中跳着欢快的舞蹈，全身上下散发着狐媚的光芒。

　　一开始，我以为它是狗尾草。那身形，那弧度，那摇摇摆摆、颔颔点点的情状，像极了狗尾草。小时候，在乡下，没有什么玩具，天天爬树，下河，折腾花花草草。被虐得最多的，当然是狗尾草。狗尾草的茎，细细长长的，头上顶着千万颗草籽，毛茸茸的，活脱脱一条狗尾巴。折下来，左拼右接，可以做戒指，做兔子，做狗狗，做各种玩意儿。什么也不会做的，叼一支在嘴里偷偷挠人让人痒痒。可是，走近了，蹲下来，仔仔细细打量，又觉得和记忆中的狗尾草不一样。狗尾草是极朴实、极低调的，没有这么炫酷的色泽，没有这么奢华的格调。有个成语叫"狗尾续貂",比喻拿不好的东西补接在好的东西后面,前后两部分非常不相称。可见,自古以来,在人们的心目中,狗尾都是上不了台面的东西,狗尾草自然也高贵不到哪里去。

好在现代科技发达,凡有不认识的花草树木,只要打开手机里的识别软件,立刻就可以得到答案。一番搜索下来,才知道这种植物叫狼尾草。怪不得这么相像,原来是近亲属啊!狗是由狼驯化而来的,狼的野性,狼的狡猾,狼的灵异,在长期驯化的过程中一点点流失,留下的只有忠诚、温顺与服从。而眼前的狼尾草,也完全没有狗尾草的那种低眉顺眼、谦恭质朴,它热烈地张扬着淡紫色的光芒,一路欢快地延伸下去,如同一群撒着欢儿的小狼羔,全然不顾忌游客们惊诧的目光。台地四周,原本也种着一些别的花花草草,也有五颜六色、大大小小的蝴蝶在上面飞来飞去。可是和这些野性、奔放、热烈的狼尾草比起来,总显得有些孱弱和娇媚,缺少了一种诱惑力和感染力。狗尾续不了貂,如果换作狼尾呢,怕是不只更魅惑,还增添了一种生命的雄健美吧!

于是,我又想起了山野水泽漫天的芦苇,每到芦花飘飞的季节,白花花的芦苇秆以高挺的姿态在秋风中摇曳着生命的芳华。秋之白华,白之秋华,在万物衰零的落寞时空里,唱响未来的幸福之歌。它们是真正天养的生命,山川涵育,雨露滋润,活得泼泼洒洒。没有园丁的细心呵护,没有花工的辛勤浇灌,因而也没有一点儿矫揉造作的气性,就这样大大咧咧地舒展着,挥洒着,铺排着,涂抹着,在大地的幕布上渲染出浓烈而浪漫的图画。

　　芦花白，芦花美，花絮满天飞，千丝万缕意绵绵，路上彩云追，追过山，追过水，花飞为了谁？大雁成行人双对，相思花为媒。情和爱，花为媒，千里万里梦相随，莫忘故乡秋光好，早戴红花报春晖……

　　耳畔仿佛又响起了《芦花》那首经典歌曲。啊，那种意境，连想一想都很美！

　　备注：本文刊发于《宝安日报》"光明文艺"栏目　2020 年 05 月 06 日

春光灿烂，"三桥"走红

随着天气的好转，鹏城深圳阳光明媚，春暖花开，光明小镇浓妆淡抹，用黑科技打造的人文新景观"光明三桥"，吸引了大批游客前来打卡。

从光明滑草场正门左侧的绿道上山，一路树木葱茏，繁花竞秀，蜂飞蝶舞，令游客蛰伏已久的心情尽情舒张在大自然娇艳美好的怀抱中。男男女女，老老少少，或行或止，指指点点，时而高声惊叹，时而窃窃私语。一朵小花，一只翠鸟，都能引发孩子们热烈的好奇。而最让游客们神往的，要数设计精巧、理念独特、满满黑科技的"光明三桥"了。

首先映入游客眼帘的是"浮桥"。这座浮桥，彻底颠覆了传统浮桥存留在人们头脑里的印象。它既不是浮在江上，也没有排列整齐、铁锚锁定的木船作为载具，而是以轻盈的钢结构，以简洁灵动的几何造型，浮跃于几十米高的山谷之上。浮桥的主体造型是三个大小不一、高低错落的圆，圆的直径分别是 50 米、30 米、20 米。三个圆环置身于绿海当中，形成了一组极佳的观景平台，近看绿树鲜花，远观高楼大厦，朝览彩霞流云，暮赏落日熔金。最妙的是夜幕降临时，桥面自带的太阳能电板吸足了能量，悄然释放着如仙境般的缕缕白光，令人有一种分分钟穿越到未来的错觉。

如果说"浮桥"带给人的是飘飘欲仙的感觉，那么"探桥"则有一种把人带入世外桃源的神奇魔力。"探桥"觅选山水相邻的幽静地带，设计方案是运用起伏波动且具有亲水性质的环状栈道，打造具有探索意味的人行空间，突出表达场地的生态属性。设计师们巧妙利用现状林缘线和地形，创造活动空间；利用现有洼地，创造静谧的休憩空间。整个"探桥"的造型，犹如一个巨大的网球拍，桥面由钢铁和尼龙绳织网组成。走在镂空的织网之上，可以直接看到距离 5～6 米的地面，让人感觉到又怕又有趣。"网球拍"的拍柄部分，长长踞出湖面之上，游客在尽情欣赏湖光水色之余，不免生出"临渊羡鱼"之感。庄子说："鲦鱼出游从容，是鱼之乐也。"久居钢筋水泥丛林的都市人，此刻，该生出一些"结庐在此境，而无车马喧"的奢望吧！

当然，孩子们是没有这种隐秘心事的，他们的心早已飞到了那充满童趣与浪漫的"悬桥"。"悬桥"之"悬"，在于它的步步惊心，在于它的轻盈灵动，在于它的清脆悦耳。"悬桥"横跨在两山之间，连通大顶岭绿道和荔枝山，远接碧眼水库。桥长 90 米，桥面距谷底约 30 米，全桥通过"虚实虚"的结合形成精巧轻盈的效果：栏杆为虚，桥面为实，风铃为虚。设计师的灵感来源于风铃，桥身两侧悬挂的装饰性金属构件，在游客行走的作用力下，叮当作响，宛如天籁。大唐《开元天宝遗事》记载："歧王宫中竹林中，悬碎玉片子，每夜闻碎玉子相触声，即知有风，号为至占风铎。"据说这是风铃最早的起源。"风吹玉振"，鸣声清脆，是朋友的声声问候，还是恋人的私语呢喃？无怪乎多情的少男少女攀上此桥，都要流连忘返，遥寄私慨呢！

如果你以为"三桥"就是光明小镇的全部，那就大谬不然了。单单这条 13.3 千米的马拉松赛道，它的原木围栏，它的智慧路灯，它的发光路面，它的共生驿站，就处处彰显着人、大自然、现代科技的完美融合，令人叹为观止，更不必说古色古香的传统村落，四季芬芬的欢乐田园，波光潋滟的深圳第一湖，是如何夺人心魄了。

用深圳最美山湖绿道这根轴线，串起国家农业庄园、体育森林公园、主题公园、迳口等村综合产业服务区、生态小镇等五大功能片区，一座崭新的绿色生态文旅小镇正张开双臂，欢迎海内外游客的到来。

备注：本文刊发于《宝安日报》"光明文艺"栏目 2020 年 04 月 17 日

池小野趣多

在高楼林立的都市，能有这么一方小池，既保留着自然仪态、淳朴风韵，又疏淡地点缀着些人类智慧之美，实在是一件叫人颇感意外和惊喜的事情。

从松白路沿着马田排洪渠旁边的绿道北行，大约十几分钟的路程，就可以来到薯田埔社区裕湖公园。这方小池就隐身于公园的西北角。说是隐身，是因为四周的地势都明显高于小池，如果光是从公园的外面看，目光总是比较多地被公园里的花草树木所吸引，很难留意到视线之下，还隐藏着不一样的景致。

小池也就一两亩大小吧。形状呢，大抵像个酒葫芦。池水说不上清澈，也谈不上明亮，只是一片浑浊的微黄。朱文公行吟至此，是断然吟不出"半亩方塘一鉴开，天光云影共徘徊。问渠那得清如许？为有源头活水来"这样的诗句的。
不过正好，或许这才是它本来的状态，不带一丝一毫的雕琢
和伪饰。它就像李易安笔下的青春女子，带着微醺和慵懒，
静静地躺在花木扶疏的低洼处。小池的边沿，或高或低，或
密或疏，随意生长着一些芦竹、香蒲、再力花、美人蕉、狐
尾藻之类的水生植物，使得这方小池无论从哪个角度看去，
都有一种说不出的意趣。当然，这些植物不大可能是原生的，
只是设计者太巧妙，不会轻易让人看出"人为"的痕迹。这
或许就是人们常说的，"没有技巧才是最高的技巧"。花呢，
也总会有一些的，只是不集中，也不艳丽，这里一朵，那里
几朵，极朴素地在黄绿世界里显示着自己的性别存在。徜徉
在池边，一不提防，扑喇喇从草丛里惊起一只鹭鸟，抖着双
翅飞向池塘的另一边。正出着神，"哗啦啦"一声，肥胖的黄
金鲤翻滚着身子浮上水面，撞开一大圈一大圈的涟漪。叫人
在这方幽静的水世界里，时时能感受到生命的灵动与诗意。

　　在这里，找不到亭、台、楼、阁、轩、榭之类的硬质建
筑，甚至连栏杆、凳椅也没有。池塘边上设立的一处电力或
排灌设施，也没有刻意搬迁，只是给它穿上了绿色的"条纹
格衫"，以免大煞风景，失去和谐。这里的一切都是软质的，
没有钢筋水泥，也没有瓷板砖块；既不抹底，也不砌沿。就
这样，很自然，很随性地融入四周高高低低、起起伏伏的绿
草地中。

　　再远一些，则是公园里种植的各种树木，最抢眼的当然
要数红艳艳、火辣辣、烧天烧地的木棉花。在深圳，在岭南，

在这个姗姗来迟的春天，木棉花很容易吸引人的眼球，点燃人心中的激情。不过，被刺激起来的情绪总是来得快也去得快，眼见得烈火烹油，鲜花着锦，一转身油尽灯枯，残花败柳。倒不如守着这一方小池，守着自己的初心，在平平淡淡中体悟生活的真谛，安闲消受这份朴拙的美好。

备注：本文刊发于《宝安日报》"光明文艺"栏目　2020年03月12日

灵山秀水，诗禅奉新

当第一缕阳光从天幕中挣脱出来，我的家乡，海昏故县，江西奉新，就像一幅炫美的田园画卷，由东到西，徐徐展开。

迎接第一缕阳光的，必定是县境最东之宋埠镇牌楼村。这里是明末著名科学家宋应星的家乡。宋应星，字长庚，土生土长的奉新人，被英国汉学家、历史学家李约瑟称为"中国的狄德罗"。其科学巨著《天工开物》是世界上第一部关于农业和手工业生产的综合性著作，被称为"中国17世纪的工艺百科全书"。牌楼村自开基以来共出过48名举人、15名进士，现仍保存大量明清古建筑和文物古迹，如"三代尚书""进士第"牌坊，"父子文元"官厅等。"进士第"外荷叶田田，荷香袅袅；"进士第"内古巷深深，庭院重重，好一个耕读传家、文脉绵长的诗礼之家！

当红日挂上古老的回澜塔的时候，美丽的南潦河还刚刚从酣梦中醒来，湿地公园却已经响起鸟儿的脆鸣和晨练的脚步声。公园位于县城滨河东路东端，南潦河北侧。奉新的城市建设一马当先走在了全省前列，"一河两岸、三桥四区"的崭新面貌吸引大批参观者。现在，湿地公园又锦上添花，给美丽的城市景观增添了田园气息，成了人们休闲、健身的好去处。设计者借助有利地势，将南潦河水引入园区，滋润着园内的花草树木、鸟兽虫鱼，形成人与自然和谐共处的美好图画。

日上中天的时候，刺眼的阳光被挡在了萝卜潭茂密的树林外。萝卜潭位于罗市镇店前村境内，共有八潭八瀑，号称"江南第一瀑布群"。这些瀑布，或宽或窄，或高或矮，形态各异，气象不凡。势大则猛浪狂奔，如炸雷轰鸣；势小则碧水潺湲，有清音悦耳。瀑流飞泻，碧潭相接，一动一静，相映成趣。潭多奇石，平整者如床如席，可坐可卧；凹凸者似人似物，引人遐思。其形态逼真者，或如大象饮水，或如水牛戏波，或如鼋鱼钻沙，或如群蛙齐鸣。瀑潭两侧，青山夹峙，古树盘曲，奇花竞秀，盘桓其间，心旷神怡。

当夕阳把恋恋余晖抹在百丈丛林的时候，僧侣们又该在晨钟暮鼓中，手敲木鱼，口诵金刚，开始做晚课了。百丈山，又称大雄山，位于奉新最西之西塔乡，海拔1200米，山势奇伟，林木葱茏。百丈寺，天下名刹，唐代高僧怀海在此创立"天下清规"，倡导"一日不作，一日不食"的农禅生活，对佛教界的影响至深至远。眼前的百丈禅寺，殿宇庄严，花木扶疏，佛幢飘摇，香烟缭绕。寺外的禅林小镇干净漂亮，颇"通"佛性的鸭子列队缓缓而行。

灵山秀水，诗禅奉新，一个连夕阳也舍不得离去的美丽而丰饶的江南小县！

备注：本文刊发于《宝安日报》"瞰天下·故乡"栏目　2019年10月03日

夏夜萤趣

夏末秋初，夜凉如水，浩瀚的夜空缀满繁星，人间的流萤灯火明灭，一个充满童话色彩、引发浪漫遐思的特殊时段就这样嵌入了孩子们的记忆中。

"熠熠与娟娟，池塘竹树边。乱飞同曳火，成聚却无烟。微雨洒不灭，轻风吹欲燃。旧曾书案上，频把作囊悬。"这是晚唐诗人周繇的《咏萤》。相比之下，杜牧的《秋夕》更加直白："银烛秋光冷画屏，轻罗小扇扑流萤。天阶夜色凉如水，卧看牵牛织女星。"孩子们不懂失意宫女的孤寂幽怨，他们童稚而纯粹的心灵暂时还装不进这么沉重的东西。他们只知道，拿起扇子拍萤火虫，是夏夜最有趣的游戏；躺在凉席上遥望着星空，牛郎和织女的故事总是不经意地在脑海里浮现。

在孩子们的观念中，萤火虫真是一种另类的存在，它们自带照明神器，入夜萤光闪闪，有光而无火，发光而不发热，完全推翻了常识带给他们的认知。夏日的夜空，浩瀚而深邃，似乎宇宙间有一个黑色的巨大的收纳箱，把白天的喧嚣与纷乱、燥热和蓬勃全都隐去，只留下一块湛蓝湛蓝的幕布。而萤火虫就在这幕布前翩翩起舞。或许，这自带神灯的光明舞者本就应是夏夜大联欢的主角。你看，它们是那么从容、淡定，仿佛天地间的这一片夜空就是自家的院落，它们或动或静，或上或下，或远或近，或徐或疾，萤光闪烁，舞姿翩跹，似流星轻逝，如火树生花，灿若珍宝，光耀晨曦。连梁简文帝萧纲都忍不住赞叹："腾空类星陨，拂树若生花。屏疑神火照，帘似夜珠明。"端的是光彩异常。

夏夜赏萤固然是一大乐事，但我终究手痒难禁，似乎少了些豪兴与喧闹。止痒之物曰蒲葵扇，俗称蒲扇，雅称芭蕉扇。此物以广东江门新会所产为最佳，新会世称"葵乡"，具有千年葵艺文化，其火烙扇画古色古香，细腻精致，为天下一绝。《晋书·谢安传》有载："乡人有罢中宿县者，还诣安。安问其归资，答曰：'有蒲葵扇五万。'"谢公取用之后，风神潇洒，效者甚众，价格倍增，销售一空，此即"知名自谢公"之典，寓"物以人贵"之意。在《西游记》中，此物更被赋以至阳至阴之性，太上老君以此扇出火气，降服青牛精，克制金刚镯；孙行者三调芭蕉扇，扇出水汽，扇熄火焰山八百里山火，保唐僧西行取经。有此等灵通神圣之法器在手，孩子们立刻觉得自己功力倍增，学了那齐天大圣，施展出纵跳腾挪大法，声东击西，指上打下。一番奇袭猛攻之下，手无寸兵的萤光舞者撤离不及，纷纷坠地，成为孩子们的战利品，被尽数收于囊中。

在孩子们的世界里，谁的玩具最多、最新奇，谁就最有话语权和吸引力。在捕获这么多的萤火虫之后，如何处置它们，将它们制作成好看的玩具，立刻成了考验孩子们智慧的难题。他们四处出击，翻箱倒柜，或剪刀加糨糊，精心糊制纸皮屋；或反复淘洗玻璃瓶，当作阳光房……虫虫们躲进形制各异的灯笼，熠熠烁烁，光华璀璨，玲珑可爱。孩子们提了这灯笼，逡巡穿梭，走村串户，炫彩流光，悠游自得。大人们聚而观之，啧啧有声，赞赏有加。这种热闹景象，比起正月十五闹元宵来，一点儿都不逊色。漏断人静，兀自有那不依不饶的皮猴儿不肯入眠，父母没得法子可想，只好将那灯笼系于帐前——幸无火烛之虞，大可安心就枕。

大概，孩子们在梦中，也会提着这盏灯笼去天街巡游吧！在那里，会不会邂逅美丽的嫦娥姐姐？会不会遇见可爱的玉兔？

备注：本文刊发于《南方教育时报》"艺文新志"栏目　2019 年 08 月 30 日

本文被收入深圳市光明区作家协会远人主席主编的《当代中国生态文学读本》第 15 卷，四川文艺出版社出版

黄蜻蜓·绿蜻蜓·红蜻蜓

"小荷才露尖尖角，早有蜻蜓立上头。"嫩绿紧裹的荷尖，轻盈可爱的蜻蜓，被宋人杨万里轻轻捏在一起，就组成了一幅清新可人的初夏风物画。

如果说蝉是夏日殷勤的歌者，那么蜻蜓就一定是夏日勤勉的舞者。它们以天空为舞台，在清风流水的应和下，舒展着婀娜的身姿，踏着欢快的舞步，跳着自编自导的芭蕾舞，成为夏日最常见、最具有代表性的景象。

黄蜻蜓是蜻蜓家族里真正的大家族，种群数量庞大，"人丁"尤为兴旺。夏日的黄昏，场院里，马路上，密密匝匝，飞来飞去，全是老黄家的子孙。它们自恃"人多势众"，全然不把娃娃们放在眼里，更不要说那些等而下之，在土里刨食的鸡公、鸡㛏① 了。它们肆无忌惮地在娃娃们的眼皮子底下飞来窜去，撩拨着他们极易冲动的好胜心。娃娃们拉开架势，干脆扯一条竹梢在手，呼啦啦一把盖下去。几只躲闪不及的黄子黄孙即刻被扫倒在地，铣羽削足，状极狼狈。娃娃们踏上一步，正要收拾战果，斜刺里蹿出一只受了惊的抱窝鸡，耸动着脖子啄将下去，一口就将落地的黄蜻蜓叼走，再昂起头摇一摇，示威似的把猎物吞下肚。失落的娃娃们立刻将怒火转移到抢食的鸡身上，挥舞起竹梢与抱窝鸡展开了一场追逐战，狗狗们一看天下大乱，也摇着尾巴加入了混战。一旁观战看戏的大人们，个个笑得前仰后合。没有享受到意外大餐的大鸡公，假装闲庭信步，东瞅西瞅，冷不防向空中一纵，居然也能叼住一两只落单的黄蜻蜓。

绿蜻蜓是蜻蜓家族里仙气十足的小姐姐、尊贵漂亮的小公主。它们姿容俏丽端庄，身段玲珑曼妙，衣着光鲜靓丽，气度雍容优雅。它们或成群结队，或三三两两，更多的时候则是孑然一身，信马由缰，自由自在，翩翩飞舞，穿梭于枝条藤蔓间。如果说黄蜻蜓是贾宝玉所说的泥做的骨肉，那么绿蜻蜓就是水做的骨肉，见了就让人觉得非常清爽。它们逐水而居，把河流、溪涧当作自己的家园，时常掠着清亮的水面滑翔，像花样滑冰女郎从光洁的冰面飘过。飘累了，就找一根枝条、一片树叶、一朵花，轻轻地靠上去，稳稳当当地停下来，一边歇息，一边欣赏着宜人的风景。它们是那么沉

---

① 方言，母鸡。

稳而安详，并不大介意打猪草的小姑娘在河岸上走来走去，也不受捕鱼捞虾的咋咋呼呼的光屁股男生的惊扰，自顾自享受着自己的安闲时光。沉不住气的倒是这些孩子们，一看见漂亮的绿蜻蜓从眼前晃过，便止不住心旌摇荡，追随着这美丽的身影或东或西、或快或慢、或行或止，以至于常常耽搁了正事。背着半筐猪草，捧着一只绿蜻蜓回家，即便要被大人责罚也在所不惜。请回家的宝贝，怎么宠都不嫌过分，好吃好喝地伺候着，是断断不肯为难、委屈半分的。可惜人仙异界，有些清福是消受不起的，唯有林泉才是真正的乐园，只有忍痛割爱了。

红蜻蜓是蜻蜓家族里的奇男子、伟丈夫，性情又格外高冷，高踞在浮尘之上，轻易高攀不起。他们的体格，是寻常黄蜻蜓的三四倍，身躯伟岸，头大睛圆，翅宽尾长，状如《西游记》动画片里的孙行者。虽然没有孙行者一个筋斗云十万八千里的神奇本领，但孩子们的竹梢子是无论如何够不着的，断无性命之虞。遇强愈勇的孩子们岂能甘心，拎出捕蝉神器——竹竿蛛网，试图如法炮制，无奈这红蜻蜓是猴精变的，性极机警，一有风吹草动就逃之夭夭。不过，人算不如天算，躲得过孩子们的屠龙大法，却躲不过飞鸟的神叨瞎㧓。于是，走着走着，冷不防天上"啪"的一声掉下个巨物。近前一看，此刻却缺胳膊少腿，气息奄奄，命悬一线。失了手的鸟儿们，心有不甘，又不敢扑下来，只在电线之上打着旋旋。尝惯了大荤的狗狗，慢悠悠转过头来嗅一嗅，又穷极无聊地踱开。好打野食的鸡儿们却如获珍宝，立刻围上来狂啄一通。不待孩子们细细考究一下这天外来客，地上就只剩下一地鸡毛。真是天有不测风云，蜻蜓有旦夕祸福！

夏天真是一个热闹的季节，日有蜻蜓为戏，夜有萤虫相伴，醒则蟋蟀斗巧，睡则新蝉催眠。唯一的遗憾，是流光漏得太快，才一眨眼工夫，感觉浪都还没有浪够，就又要收敛起皮囊，熬过秋日的萧瑟、冬日的漫长。

备注：本文刊发于《宝安日报》"光明文艺"栏目　2019年12月24日

情

感

老母亲的电话粥

　　粥是岭南美食，白米粥软糯回甘，萝卜青菜粥清心养颜，皮蛋瘦肉粥黏稠顺滑，虾蟹粥香浓味美，但再美味的粥都比不上老母亲的电话粥暖心暖肺。

　　我的母亲是个农村妇女，也是家庭主妇，但和一般的村妇、主妇不同的是，她有一定的文化，见过些世面，参加过文宣队，去过韶山瞻仰过毛主席故居。在"全民办合作医疗"的背景下，因了父亲是乡村赤脚医生，她接受过一些基本的医疗培训，如药剂、护理、助产等。

　　在农村，勤是生存的第一要诀，何况作为一个赤脚医生的堂客（妻子）。母亲平时辛勤地操持家务，照料着一大家子的生活；诊所病人一多，她就变成了忙碌的药剂师和护士，抓药配药，替病人挂点滴，处理一般患者的外伤创口。农忙的时候，母亲领着我们兄弟五个，犁田、插秧、耘禾、杀虫、施肥、收割，一步都耽误不得。吃过晚饭，她还得洗洗涮涮，处理善后，忙碌到深夜。刚刚上床稍稍有点睡意，又总是被不期而至的急促敲门声惊醒，病人家属来请父亲出急诊，母亲也得跟着起床，根据家属的病情描述准备相应的器具和药品。假如碰到的是替女人接生之类的出诊活，多是母亲出马，一去就是大半宿；如果遇到难产，就得父亲、母亲双双出动，一蹲就是一整夜，再严重一点儿的还得雇车陪同家属把产妇送到县城、省城的大医院处理。

赤脚医生之家，也算是人员密集场所，迎来送往，乡里乡亲，免不了病人及其家属的搅扰，母亲总是想方设法尽其所能替病患者提供帮助，小到端茶递水，大到伺候住宿吃饭。我们家既是诊所，也成了免费的餐馆和客栈，临时加碗筷加床铺的事一年四季不断。有时候，剁了些肉，买了条鱼，还没轮到孩子们上桌，早已被留下来看病的人吃得七七八八。我们这群馋坏了的小屁孩难免有些怨气，少不得要抱怨几句，母亲总是安慰教育我们说，他们是客人，得紧着他们先。我们后上桌，好歹还有些热汤热水，等母亲灶上灶下忙碌完端起饭碗的时候就真的只剩下残羹冷炙了，而母亲却毫无怨言。邻里之间，谁家要办喜事，谁家少个针头线脑、酱油盐巴的，母亲总是大方出手；亲族内部，外公母舅有大事，不须招呼，身为老大的母亲总是冲在最前面。

大集体的时候，家里人口多，孩子又还小，父亲一心忙于诊所的工作，替村民开药打针，只有母亲一人在生产队参加生产劳动。每次一到分口粮的日子，总不免听到一些村民的冷言冷语，说什么做事就没看到几个人，领口粮就冒出这么多人。这话是极没有道理的，父亲虽然没有下田劳动，但他没日没夜背着药箱四处巡诊，不也是为村民服务替集体分忧吗？何况，当初从杨树垄老家迁到现在的墩上大队大禾生产队，也是大队书记出于本地没有赤脚医生的窘境，专门邀请我爸把全家迁来入籍。面对村民的指桑骂槐，母亲虽然很气愤，但也只是听在心里，从来不与别人争吵。可以说，在我的记忆里，从来没有见过她和别人争吵，更别说拉扯打闹了。

而对于我们孩子们来说，最感恩、印象最深刻的是，母亲对孩子们的那种不讲条件不求回报的自然天成的爱与呵护。父亲脾气比较暴躁，孩子们一旦出现某些他不能容忍的行为、现象，常常要经受皮肉之苦，母亲总是出言相劝，起身呵护。孩子们第二天要搭早班车去县城、省城上学了，父亲还无所表现的时候，母亲总会及时提醒父亲，该给孩子们一些生活费、零花钱了。孩子们陆陆续续娶妻成家了，有的在家乡，有的在县城，有的在外省，母亲辗转在老家、县城、福建、广东这些地方，伺候儿媳生产，帮着做家务、带小孩。五个儿子，有做公务员的，有做老师的，有做医生的，有自谋职业的，经济条件有好有差，母亲从来都是一视同仁、一体看待、一心一意关怀爱护，从来不厚此薄彼。第三代中，有男孩有女孩，母亲也从来没有过重男轻女或重女轻男的思想，无论男娃女娃全都当作自己的心头肉来疼爱。在一个大家庭里面，父子之间、兄弟之间、妯娌之间没有矛盾是不可能的，幸运的是我们有这么一位善良的好母亲，她无私的爱成了最有效的黏合剂。到现在为止，我们兄弟五人，还能够为社会做出一些贡献，还能够团结一体相帮相助，除了父亲的严格教育，靠的就是母亲爱的感化与熏陶。

现在，条件好了，手机普及了，隔三岔五地，母亲就要打电话来探问一番，大家身体好不好，大人工作怎么样，孩子学习进步还是退步，等等。在城里生活，举目无亲，生存的压力让人伤痕累累，母亲不期而至的电话粥是疗伤的特效药，那些温存体贴的话语把悒郁的心熨烫得舒舒坦坦、服服帖帖，孩子们又滋生出新的力量去面对生活的挑战。对于我们家的小男生来说，奶奶煲的电话粥是最好的礼物，听到奶奶亲切的声音，孩子高兴得欢呼雀跃，在沙发上跳来滚去。要是母亲来了城里，又免不了惦记老家的那几个娃，拿起电话心肝宝贝一仔、轩仔、博仔温存个遍。母亲煲的电话粥是孩子们的营养餐，滋养着孩子们的心灵，带给孩子们生活的勇气和信心。

感恩母亲！感恩母亲的辛勤养育！感恩母亲时时煲来暖心电话粥！

备注：本文刊发于《云浮日报》副刊《三江之韵》2019年03月07日

雪里蕻，舐犊情

雪里蕻虽是普通蔬菜，却颇有来历。蕻，《广韵》音"胡贡切"，《集韵》释为"茂"。《广群芳谱·蔬谱五》："四明有菜名雪里蕻，雪深，诸菜冻损，此菜独青。"谓此菜于雪时反茂，故名。老百姓不清楚这些，以讹传讹，念成雪里红，亦属情有可原。

雪里蕻广泛分布于湘、鄂、赣、渝诸省市，是当地民众的家常菜。其性温，其味甘辛，有提神醒脑、消肿解毒、开胃消食、明目利膈、减肥排铅、抗癌养身之功效。每当雪里蕻上市的时节，将新采的雪里蕻在沸水里烫过，切成末末，撒点红辣椒，加点肉末，炒出来，端上桌，香气扑鼻，翡翠葱绿，刺激着鼻翼，逗引着双眼，让人食欲大开，饭量倍增。雪里蕻是最没有娇、骄二气，也最大度、最亲民的蔬菜，既可供上市之需，亦可济乏时之穷。腌制好的雪里蕻，不仅耐储藏，且风味更佳，食用方法多样，百搭百顺，在万物肃杀的凄寒岁月里极大地丰富着人们的味觉享受。

作为赣人，我自小习惯了雪里蕻的佐餐之伴，游走客居粤西之后，难觅雪里蕻的踪影，口舌之间便滋生出如许孤寂落寞。虽有"食在广东"之名谚，但那是对大众经验的总结，并不适用于小众的我。每日拎了菜篮上集市，中山脆肉鲩再活色生香，肥嘟嘟的花甲再喷水如鲸，思劳兔再食骨有味，腰古麦再肥厚甘甜，总不及雪里蕻之魂牵梦萦、红菜心之勾心割肺。放眼大集市，琳琅满目，人头攒动，真爱难觅，怅然若失，憾恨难消。久之，衣带渐宽，为伊消得人憔悴。幸一年两得大假，扶妻携子重归故里，下车之始，必点雪里蕻一盘、红菜心一碟，以安慰焦灼难耐的胃，熨帖孤苦无依的心。

岳丈是乡村教师，有农田十余亩，菜地八九畦，教书之余，躬耕垄亩，劳作菜畦，五谷丰盈，菜蔬自给。岳母锅碗瓢盆，浆洗缝补，极尽辛劳，纵有方城之好，终属小娱小乐。老两口无欲无求，勤俭度日，唯一眷顾的，就是远嫁之女、远游之儿。儿女的喜好就是自己的喜好，甚至远胜于自己的喜好。知道儿女漂泊在外，最思念家乡的风物，即便无衣食之虞，也要张罗着，撒下整畦雪里蕻的种子，在田垄上插下许多的豆秧，在坡地上种下满坡的花生，在水田里栽下大片的荸荠。腊肉、香肠之类的更不必说，早早就晾晒好了。

每一次从老家返回广东，车子的后备箱总是挤了又挤，塞了又塞，老两口恨不得把家里所有的好东西全都塞进后备箱，让我们带到广东慢慢享用，不管这东西在广东买得到买不到。每一次的满载而归，载走的何止是家乡特产，还有留恋的目光、牵挂的心，还有如山的父爱、如海的母恩。比如，雪里蕻，晒得干干的，腌得香香的，切得细细的，一点点拨进洗净的五升装塑料油瓶里，压得严严实实，随吃随取，取完旋紧瓶盖，不进风，不漏气，可以长久保持原有风味。每次用筷子伸进去，掏挖出一小碗，香油清炒，十分下饭，足慰乡思。

然而，瓶口是那么的窄小，勉强容两根筷子通过，几无旋转活动的空间。靠近瓶口的部分，尚且容易掏挖，愈近瓶底愈加需要平心静气。

取食尚且如此费劲，那么我的岳丈、岳母得需要多大的耐心、多久的工夫才能把那满簸箕的腌雪里蕻全部装进这塑料瓶啊！末末雪里蕻啊，末末都是父母的儿女心、舐犊情！

备注：本文刊发于《宝安日报》"光明文艺"栏目　2019年12月17日

推着儿子去上学

儿子在实验学校读七年级，下楼梯的时候，连跑带跳，没个正形。这不，祸事来了，把右脚给崴了。到医院拍片一检查，得，踝骨骨折！医生手脚倒是挺麻利的，拾掇起病人来驾轻就熟，才一会儿工夫，儿子受伤的脚就打好了石膏，坐着轮椅被推出了治疗室。

这样一来，正常的生活秩序全被打乱了，所有的计划都得推倒重来。不要说先前所憧憬的清明踏春、郊外远足、温泉之旅要无限期推迟，就是日常的上学、穿衣、吃饭、洗澡、方便都一下子成了棘手的问题。儿子已经高过我两指，体重也有50多公斤，再也不是那个可以抱在怀里、牵在手上的小家伙了。而我自己，随着年龄的增长，体重的增加，血压血脂的升高，已经越来越不堪重负。好在，校医室的条件还不错，给儿子配备了折叠式轮椅，可以暂时借来应急。于是，每天推着儿子上学、放学，照顾他的饮食起居的光荣任务便落到了我这个老爸的身上。

当然，在坐上轮椅之前，儿子也是儿子，老爸也是老爸，只不过，通常的情形是，老爸总是步履匆匆，在扮演着社会赋予他的"人民教师"的角色，成天为"别人家的孩子"忙碌着；而儿子呢，从小到大，只是一条跟屁虫，或者干脆就只是老爸的影子，虽然日日跟在身后，却很少注意他的存在。你走在前面，他跟在后面，你的目光总是盯着前方，盯着别人。一忙碌起来，几乎忘记了后面还跟着一个可怜兮兮的娃。很多时候，因为他的磨蹭耽误了上班时间，因为他的纠缠妨碍了手上的工作，心中便不免火起，大声呵斥起来。自然，孩子是无力抗辩的，挨了训也只能噘着嘴把幽怨埋在心底。许多次，当孩子提出一些不太过分的要求，嘴上应着"好，好，好"，一转身很快就把自己的允诺给忘了。孩子追问起来，只好觍着脸再一次开出空头支票："行行行，回头一定给你买。"现在不一样了，儿子坐在前面，你在后面推着，得时时处处注意着，路是不是平顺，前面有没有障碍物，会不会碰到儿子的受伤的脚。你得时不时俯下身问一问：孩子，饿不饿？要不要喝水？想不想上洗手间？脚还疼不疼？倘若他提出什么要求，你总是忙不迭地应承，想方设法去落实。仿佛你手上推着的，不是轮椅，而是你整个的世界。

也不记得从什么时候开始，小时候喜欢在你身上爬来滚去、在你头上捶捶打打的小家伙，慢慢和你变得生分起来。

你呢，也开始认真扮演起严父的角色，成天不是督促学习，检查作业，就是谈做人的道理，似乎只要离开了你的谆谆教诲，孩子人生的列车就会脱轨，理想的巨轮就会迷航。父与子就像两条平行线，再也没有交汇的一天。作为孩子母亲和丈夫妻子的她，就免不了经常各"打五十大板"，唠叨完这个再唠叨那个，然后摇摇头，一副哀其不幸、怒其不争的表情。

这跤一摔，就无形中把僵局打破了。从起床开始，他把脚伸过来，你就得小心翼翼给他穿上袜子套上鞋，然后架着他一跳一跳进洗手间，扶着他卸下体内隔夜的负担，帮挤牙膏拿毛巾完成基本的洗漱。上下楼梯，他的一条胳膊搭在你身上，另一条扶着墙或栏杆；你一手搂着他的腰，一手拎着折叠起来的轮椅，紧密配合着完成艰难的跋涉。饭堂是去不成了，只能给他打包。端着塑料餐盒，你得努力回忆他爱吃什么不爱吃什么，还得兼顾休养期的营养需要，尽量做到荤素搭配。晚上睡觉，你得轻轻地抬起他打了石膏的脚，就像捧着薄胎瓷器，小心地放到床上，再轻轻地盖上被子。陪睡是必需的，只是不能睡安稳，时不时要查看一下有没有掀被子，有没有翻身到床铺的边缘，会不会掉下床去。先前的隔膜，就在这种肢体的亲密接触中消弭于无形，彼此都体认到唯有相互扶持、彼此守望才能走出生活的泥淖。

坐上轮椅，成了病人，推着走着，在校园里、楼道上、课室里，就成了目光的焦点。先前聚拢的人群，自动分裂成两半，空出通道给轮椅通行。上楼下楼，免不了磕磕碰碰；过坎越沟，免不了欹欹侧侧。许多双手伸出来，不管认识的不认识的，或者帮你拎书包，或者帮你抬轮椅，或者帮你拿拐杖，或者是搀扶一把，或者是护在一旁。完事之后，不等你说声谢谢，问下姓名，就消失在滚滚人流中。每天就这样感受着自然而然的人性的美好，体会着人情的温暖。除了欣赏人心的风景，当然更可以欣赏自然的美景。放慢了脚步，涤荡了心胸，不经意间一些美丽的风景往往自己钻到你的眼前。甬道旁的蝴蝶兰悄悄地冒出来，在柔风中微微颤动，有一种楚楚可怜的娇羞。光秃了一个冬天的凤凰树，也无声无息地吐出了嫩绿的新叶，快活地在你的头顶上簌簌着。

坐上轮椅，仿佛就抓住了时间的轮毂，让生活的节奏变得缓慢起来，可以用心去细细地品味世界的美好；推起轮椅，仿佛就推起了家庭的未来，感受到了责任的重大，每一步都走得特别踏实，特别稳健。生活就是这样，总有些东西来得猝不及防，来得情非所愿，在最初的惶惑无助之后，你会慢慢发现，一切并没有你想象得那么可怕，那么不堪。上天在夺走你一些东西的同时，多多少少也会给你一些回馈，让你有了一些意料之外的收获。

备注：本文发表于《新时代湾区文学》微刊　2018 年 10 月 06 日

露重霜寒泪潸然

不知是不是真有所谓的心电感应，那年霜降，在匆匆交代完手上工作后，我鬼使神差般踏上了回老家的路。

一下车，就看见家里聚着很多人，男男女女，老老少少，收碗筷、抬桌凳，忙得不可开交。屋前空地上，似乎焚烧过什么东西，灰烬里还冒出些青烟。我有些蒙，没听父母说要办什么喜事，这些人都聚在我家干吗？

我隐隐有些不祥之感，赶紧钻到小客厅一看，妹妹不在。再"噔噔噔"上楼一看，妹妹也不在。平素妹妹不是在屋檐下坐着晒太阳，就是在小客厅里看书，身子乏了也会去楼上卧室躺着歇会儿。我又里里外外把所有可能的地方都找了一遍，还是没见妹妹的身影。席终人散，来帮忙的亲戚、乡民陆续离去，家里渐渐冷清下来，只剩下自己一家围坐在小客厅。秋意已深，又是山区的夜晚，露重霜寒，寒气一阵阵升起来。父亲隐隐有些责怪在乡政府工作的大哥的意思，怪他没给我打电话，让我早点回来。妹妹自己也有预感，挣扎着不肯合眼，想要再见哥哥一眼。

听到这里，我再也抑制不住悲痛，号啕大哭起来。这是一种撕心裂肺的痛，一种刻骨铭心的痛，一种绝望的痛。我坐在沙发上，头埋得很低很低，两手捂住自己的脸。泪水情不自禁地奔涌，滴滴答答流到掌面，又从指缝里滑落，淌到裤子上，滴到地面。就这样无所顾忌地恸哭着、呜咽着，直到把所有的眼泪都流干。

妹妹患病的时候我还在省城读大四，临近毕业。妹妹被送到省人民医院住院，接受化疗。那段时间，我常在学校和医院之间来回跑。等到毕业分配到镇上教书，妹妹也已被送回老家休养。为了治好妹妹的病，从来只相信科学的父亲变得神神道道起来，听说练气功可以排毒，就天天打坐练功，一遍遍催动丹田真气替妹妹排毒；听说多吃鸭子可以凉血，就四处托人买鸭子做给妹妹吃；听说喝生的甲鱼血可以补血，就专门找到抓甲鱼的去订货……妹妹的病情不稳定，时好时坏，大哥也拿不准，有时候接到家里的口信匆匆从乡政府赶回家，第二天却啥事都没有。然而，没料到，这一次竟来得这么凶险，这么快，人说没就没了。

即便已经过去了很多年，只要一想起那年霜降，妹妹躺在病床上挣扎着不肯合眼的情形，我就心如刀绞，潸然泪下。

备注：本文首发于《广元晚报》文艺副刊《笔墨香》 2019 年 10 月 25 日

本文后来被深圳特区报社"读特"融媒体"聆听美文"栏目 226 期选

用，修改后以《怀念我的妹妹》为题播出

一束心香祭叔公

阴霾渐消，莺飞草长，思念像春草一样，一点点弥散开来，用记忆点燃一束心香，遥祭离开人世已经整整14年的叔公。

叔公是祖父的亲弟弟。祖父福薄，在父亲年幼的时候就已病殁，自然不可能给我留下任何印象。叔公则不同，他只比父亲年长一岁，与父亲名为叔侄，实则与兄弟无异，再加上性情仁厚，对晚辈尤多爱佑，成为我人生中最温馨的一抹记忆。

记忆的起点在老屋的阁楼，阁楼的窗口，黑魆魆的夜，沙沙的脚步声，若有若无的女人的呜咽，被窝里的我吓得蜷成一团。母亲说，那是叔婆的魂魄不舍得离去，还在哭，还在游走。白天刚刚办过丧事，我的第一个叔婆因病去世了。

同样是深沉的夜，昏暗的灯光从夜空里挖出了温暖的一角，几个人影凑在一起热烈地谈着天。一个陌生的身影拿出了一颗棕灰色、毛茸茸的球球，接过父亲递来的柴刀，费力把它劈开，一股汁水汩汩滔滔流出来。父亲赶紧用搪瓷缸接了，分给大家品尝，据说，有一股潲水的味道。那个陌生的身影是叔公，那颗球球是椰子。后来才知道，叔公五度被选派到海南岛选育水稻良种，并在 1978 年荣获江西省劳动模范称号，那年我才 8 岁。我的第二个叔婆，就是在火车上被叔公的英俊儒雅的风采所吸引，而从湖南追到江西来的。

后来，我上学了，从中学到大学，现在想起来都很神奇，每当我山穷水尽难以为继的时候，叔公总会奇迹般地出现在我的眼前。10 元，或者 20 元；一个人，或者和他的司机。20 世纪 80 年代的 10 元、20 元，几乎是我一个月的伙食费！叔公，一个高小毕业只有简师学历的人，凭着自己的好学上进，凭着他为全县农业生产做出的突出贡献，一调农技站，二调良种场，成长为正经八百的国家农艺师和正科级党员领导干部。那时候的叔公，不但是我生活上的救急菩萨，也是我成才路上的引路人。他借着出差的机会，经常到学校来看望我，给我经济上的资助，教给我许多人生的道理。

然而，在 1992 年我大学快毕业的时候，叔公却不幸患上了鼻咽癌。虽然经过痛苦的化疗、放疗保住了一条命，但是身体状况从此每况愈下。在挨过 14 年漫长的病痛生涯后，于 2006 年 8 月凄然辞世。那时候，我已离开江西老家，漂泊在外，未能见上叔公最后一面。

　　每每想起叔公的音容笑貌，我除了感激、怀念，就是深深地愧疚：他之于我，关怀备至；我之于他，音书杳然。岂不令人心痛哉！

　　备注：本文系《中山日报》副刊《文棚》"清明思亲"征文，发表于2020 年 3 月 20 日

雪白火笼红

在我脑海里，总有一幅雪白火红的画面在浮现，它时时带给我一种特别的温暖，特别的幸福。

那天，天下着小雪，雪很白，天很冷。起床的钟声一响，刚上初中的我急急忙忙爬起来，手忙脚乱地打水洗漱。一不小心，桶里的水晃荡出来，把脚上的布鞋打得透湿。很快，鞋子变得冰凉冰凉。我既没有多余的鞋子替换，也不懂得该向谁求助，只会傻呆呆地坐在大通铺的边沿发愣。脚冻得越来越厉害，像有千万根针从地心伸出来，扎着我的脚板。

很快，做早操的钟声催命似的响起，住校生们一窝蜂地涌向操场。我无暇多想，三两下扒掉湿淋淋的鞋子，像根弹簧弹了出去。打着赤脚做操的滋味真不好受，又冻又疼又痒又麻。我跳着脚，似乎每跳一下，就能逃离摆脱一点点痛苦。

这样一来，做操的动作就十分滑稽，像个小丑一样。我的古怪行为，引起了班主任林立海老师的注意，他大步流星地向我走来。

当他看见我光着一双脚在做操，大吃一惊，急促地问道："怎么会光着脚？出什么事了？你的鞋子呢？"我的脸涨得通红，嗫嚅着，自己也不知道说些什么。林老师大概也看出了什么端倪，一把抓住我的手说："跟我来！"他几乎是半拽半拎，小跑着蹿上楼梯，把我扔进他的房间，按在椅子上，顺手拖过一只火笼，嚓嚓嚓，用火筷子把炭火翻插得通红，塞到我脚下。"你这个孩子啊，光着脚是很容易冻坏的！"他一边责备我，一边脱下他的旧军大衣裹住我，又找了一双干净的布鞋套在我脚上，心疼地说："快烤烤火，暖和暖和！"接着，似乎想起了什么："你的鞋子呢，在哪里？"我哆嗦着，用手指了指楼下学生宿舍。"你坐着别动，哪儿也不许去！"他用不容置疑的口气命令我。说完，"咚咚咚"跑下楼，从学生宿舍把我的湿鞋子找来，用另一个火笼来烘。他一边帮我烘鞋子，一边温言细语地和我说些闲话。

那个寒冬的清晨，一股暖气从脚底升腾起来，痒痒的，麻麻的，直透心底……

备注：本文刊发于《广元晚报》文艺副刊《笔墨香》 2019 年 09 月 06 日

最是杧香已惘然

　　在光明中学的校园里，曾经有一片树，一片杧果树，一片花一开就满目粲然、果一熟就芳香四溢的杧果树。

　　那是我初来深圳的第二个年头，在经历了一些磨难和周折之后，带着惶惑与伤痛来到了这间学校。没过多久，校园里的杧果树就陆陆续续开花了，花形细微，气味浓烈，像极了青春期躁动而迷乱的孩子们。高中的孩子，多为归侨和农工子弟，纯朴而调皮，不那么好对付。每天早晨穿过杧果林走进课室，嗅着杧果花的特殊的味道，就不免有些小兴奋和小激动，想象着又要开始新一天与"小魔鬼"们的征战，我就暗暗告诫自己，一定要稳住阵脚，小心应对。

　　漫长的花期之后，不知不觉，枝头开始冒出些小果球。这些小果球还不大结实，深圳的天气又不大稳定，不定什么时候就起一阵风，劈一场雨，把这些小果球打得七零八落。早上走过杧果林，看着地面上这些无辜的小果球，不免有些恻隐。都是些没成年的果娃娃，好不容易孕育出来的胚子，没在枝头晃悠几天，就被打落在地，让保洁阿姨给扫进了垃圾箱。手下的娃娃们呢，也不比这些小果球强健多少，一不留神，就整出些祸端来。有一回，几个淘气包硬生生用剪刀把一个女生的漂亮书包戳出几个洞来，还倒了些牛奶在里面。气不打一处来的我，把几个肇事分子带到卫生间，抄起水管作势要往书包里灌，几个小坏蛋立刻怂了，赶紧向受害女生赔礼道歉。学校地处闹市，孩子们很容易受到社会不良风气的影响，老师们个个都是战战兢兢，如履薄冰，细心守望着这些不成熟的"小果球"。

经了风，经了雨，不知不觉，小果球一天天长大起来。某一天，从杧果树下穿行，猛一抬头，发现枝头已经挂满了成熟的杧果。这真是一种奇妙的感觉！杧果的果形是如此的曼妙，线条是如此的妖娆，通体闪耀着或青绿或暗紫或橘红的光芒，散发着淡淡的令人迷醉的果香。成百成千的杧果晃晃悠悠从树上悬坠下来，又轻轻地弹了回去，像一大群穿着肚兜的娃娃在春晚的舞台上玩着杂耍。而在树叶的更深处，天知道，里面还隐藏着多少这样可爱的"福娃"！或许，他们正眨巴着眼睛在匿笑，就像那变成金色花和妈妈嬉戏的孩子。泰戈尔也一定是经常穿行、漫步在这样的花树下、果树下，他的灵魂也一定感受到了这些花果的召唤，得到了某种神秘的启示，因而写下了《金色花》这样充满了宗教与哲学意味、流淌着浓浓爱意的传世之作。我虽然没有泰戈尔那样的文采，却有着和他一样的初心，每次从果树下走过，都忍不住伸手托住这些果宝宝，仔仔细细地打量一番，和他们呢喃几句连自己都听不懂的悄悄话。

　　成熟是一件无比美妙的事情，无须催促，无须等待，就这样自然而然地降临。就像嘉惠在寄给我的明信片上说的："老师，我从来没有想过，我也可以做班长。当初，您鼓动我试一试的时候，我心里是惴惴不安的，我怕我自己没有这个能力。是您的信任和鼓励让我坚持了下来，让我在接下来的日子里一天比一天做得顺手。"其实，我在光明中学只做了一年临聘教师，第二年就调到了别的学校。很快，全部心思又投入到了另一拨孩子身上，渐渐与高中的孩子们断了联系。一晃两年又过去了。某一天，突然接到简泽文的电话，说约好了时间和地点，邀我去参加毕业晚宴。我紧赶慢赶走进包厢，一大群孩子呼啦一下围上来，热情地握手拥抱，问长问短。一旁的续任班主任故作嫉妒地说："廖老师，还是你这个亲爹亲啊！我这个后妈始终都是后妈。"我知道她在调侃，在说笑。这是一群成熟了的娃娃，懂事了的孩子，是断断不会让"后妈"伤心难过的。一霎时，我的眼前又浮现出了那幅场景：满树满树成熟的杧果悬坠在身前，忍不住，轻轻伸出手，托住了，细细地打量，悄悄地呢喃……

　　后来，听说因校园改、扩建的需要，那片杧果林被砍掉了，建起了球场，建起了漂亮的新校门，心下居然暗自"痛悼"了好长时间，仿佛被砍去的不是果林，而是记忆深处的某段历史、心灵深处的某个柔软的角落。

备注：本文刊发于《宝安日报》"光明文艺"栏目　2019 年 11 月 26 日

人
物

父亲的出诊箱

它静静地立于桌子的一角，颜色已经变得暗红，革面斑斑驳驳，背带磨得非常光滑，那个红十字依然闪耀着光芒。

这是一个普普通通的出诊药箱，是每个乡村医生的标准装备。它分为上下两层：上层放有各种小瓶装口服片剂，还有体温计、消毒棉、碘酊等；下层是几种常用针剂、针盒、听诊器。

药箱的主人，我的父亲，出身不好，在极"左"年代，很不受待见。我爷爷曾经是国民党青年军军人，我奶奶的父亲，也就是我父亲的亲外公，是当地所谓的"土豪劣绅"，担任过保长。顶着这样的历史包袱，我父亲升学、入党都受到重重阻挠。早年能当上民办教师，也是因为实在找不到其他有文化的人来干。幸运的是，后来碰上大办农村合作医疗的运动，被选送去卫校学习了两年，从此放下教鞭，拿起听诊器，做了一名赤脚医生。"赤脚医生"是农村社员对"半农半医"的大队卫生员的亲切称呼，带着浓浓的乡土气，贴切而形象。作为农民，兼着医生的职责，一身二任，双岗双责，没有上班下班之分，随叫随到；没有内科、外科、妇科、儿科之别，样样皆通。

这个药箱，它记忆最深的，一定是许多个不眠之夜，父亲背着它，急匆匆行走在山路上的情景。许多次，当父亲头挨枕头刚刚沉入梦乡，外面就响起了"咚咚咚"的捶门声，然后是一声高一声低的呼唤："廖医师，廖医师，起来帮我家看个病！"父亲赶紧起床开门，一边询问患者病情症状，一边根据家属的描述准备相应的药品、器械。收拾停当，打起火把，跟随着家属的脚步，跌跌撞撞，行走在高低不平的山路上。近则三五里，如坳头、杨树垄；远则二三十里，如九溪洞、云阳山。到了病人家里，早已热汗淋漓，来不及喝口热茶，立马量体温、听胸腹、把脉、配药、打针……一折腾，就一两个小时。要是碰上生孩子难产的，更不得了，一守就是大半夜甚至几天几夜。病情严重，需紧急转院往县上省里送的，父亲还得帮助联系车辆；家属手头拮据的，还得四处求人帮着筹集费用。方圆百里，老老小小，男男女女，靠着这个小小的药箱，靠着父亲的精湛技术，战胜了病痛，赢回了健康。老表们一提到父亲，无不伸出大拇指，赞一声："廖医师，恰价（赣方言：了不起、厉害之意）！"

如今，父亲年事已高，身体大不如前，视力模糊，扎针很难找到静脉；腿脚乏力，再也翻不动高山大川。村里也人丁稀落，年轻一代不是外出打工，就是进城置业。一到晚上，偌大的墕上村灯火寥落，连狗叫都难得听到几声。

这个暗红的出诊药箱，蒙上了厚厚的一层灰，神情落寞地望着角落里年迈的父亲，只有那个闪耀着光芒的红十字，能点亮父亲的眸子，映照出数十年走过的长长的山路。

备注：本文刊发于《宝安日报》"光明文化"栏目　2019年09月27日

生命因语文而不朽

久仰先生的大名，当然，首先是缘于语文，缘于"语文味"，其次，也与先生夹枪带棒的话语风格，与先生在深圳语文界的恩恩怨怨不无关系。唯其如此，先生在我心目中的形象，是立体而非平面的，是平等而非高傲的，是亲切而非冷峻的。

甫一见面，先生就为让听会的老师久等而抱歉，光明区的变化实在太大太快，自己走着走着就迷失了方向。其实呢，我们这些听众也刚刚落座，后来的老师也正陆陆续续地签到入场。坐定之后，先生柔和的目光从会场缓缓滑过，回头看了看大屏幕上自己的特制肖像，禁不住笑了，摸了摸乌黑的头发，自嘲道："不好意思，权衡再三，还是把它染黑了，看起来精神一点儿！"

先生已经办妥退休手续，不再参与教科院的事务，只是偶尔回院收拾一下书报资料。告别忙忙碌碌、是是非非的高中语文教坛，正应该放慢曾经匆匆的脚步，调养身心，好好规划一下未来新的生活。不料，没过两天安生日子，又被"窥伺"多日的光明区教研员刘晓华老师盯上，一通电话，几句"吐槽"，先生心一软，又"自投罗网"了。光明区刚刚挂牌，未来几年要新建、改建、扩建30多所中小学，管理干部和骨干教师的缺口非常大，"卓越百人"计划应运而生。再没有什么事情比培养教师更重要、更迫切的了，先生是知道的。也再没有什么事情比坚定老师的教育理想更重要、更迫切的了，先生也是知道的。于是，"人生的理想和理想的人生"便成了盘桓在先生脑海里的既高远又现实的话题。

人生的起点在何处？人生的梦想肇始于何方？先生的目光越过万水千山，飘落在楚天汉水之间，眸子里腾起一层迷雾。记忆中那个面色黝黑、身型瘦小、五官也不清奇的孩子，赤着双脚，病容恹恹，萎缩着痨病壳子向他走来。这是一个姥爷不亲、舅舅不爱，因为在课堂拉稀窘事一提起来就会被人耻笑的孩子，最大的梦想就是能吃上一顿干饭，最大的愿望就是大舅能进自己的家门陪母亲说几句体己话。嫁出去的女，泼出去的水。女子在婆家的地位，在婆家的脸面，其实全是娘家人给的。当母亲絮絮叨叨、一脸悲伤地向他诉说起大舅站在大门外，一步都不肯踏进家门的情景时，病伢子孱弱的身躯里瞬间迸发出一股强劲的能量："姆妈莫伤心，伢子会有出息的！"那时候的病伢子，没读过《论语》，不知道

"子在川上曰，逝者如斯夫"的名言，更不知道，孔夫子就是站在他们家前面的孔河边抒发着流光似水、盛年难再的感慨。"书中自有千钟粟，书中自有黄金屋，书中自有颜如玉"，靠读书改变命运、振兴家族的梦想的种子，就这样悄然撒进了伢子的心田。

追逐梦想的路，注定是坎坷不平的，哪怕他是成绩最好的孩子，是"学霸"。尽管学业水平超群，在 1976 年高中毕业之后，先生无路深造，却有幸进入民办教师的行列。站上讲台，执起教鞭，上公开课是免不了的，尤其是新老师。先生坦言，第一次上公开课，是壮着胆子上去的，自己也不知道讲了什么，直到下课铃响兀自冷汗涔涔。童言无忌，孩子们指着先生的嘴唇说："老师，看，你的嘴唇在发抖！"奇怪的是，公开课的效果却出奇的好。回忆起早年的这段经历，先生很得意地用了"一骑绝尘"这个词语。随着政治与社会形势的好转，随着高考的恢复，先生饮上了"二啖汤"，于 1979 年 9 月以优异成绩考入湖北大学中文系。大学的生活清苦而紧张，先生自述要连吃三天雪里蕻才会轮得到吃一回荤菜，冬天没有毛衣，夏天只有一件的确良衬衫，晚上洗白天穿。大学四年，就有三个春节没有回家，只为节省一些车费，多留校读点书。唯一回家过春节的那次，见到姆妈，只有一个简单的心愿："姆妈，你给我煮一溜尖儿大碗荷包蛋吧！"营养不良的结果是，直到 1983 年 7 月大学毕业时体重也才91 斤，比好些女生还轻。

做民办教师就已崭露头角的先生，有了正经八百的科班出身之后，在事业上更是如虎添翼。鄂西8年是先生在教学业务上快速发展和走向成熟的关键时期。在社会兴起文化热的大背景下，先生以极大的热情投入教学和研究当中。先是被校长"钦点"参加湖北省中青年教师优质课大赛取得佳绩，后又被全国中学语文教学研究会评为全国青年教改新秀一等奖。他所撰写的教学论文两次荣登《新华文摘》，三次被中国人民大学复印报刊资料全文转载，获评全国优秀论文第一名一次，被国际学术会议引用一次。其中，《教学风格论》一文，发表在1988年第2期《教育科学》上，引起我国著名教学论专家张武升博士极大关注，被认定为是我国尝试建立教学风格论学科的第一篇论文。我国教学论权威专家、著名博导李定仁教授也高度评价这篇文章，认为该文对"教学风格"的定义是我国教育理论界对"教学风格"最好的定义之一。也正是因为在教学和研究上的种种"一骑绝尘"的表现，先生于1990年10月被华中师范大学作为有突出成绩的优秀在职人员破格特招为教育学研究生。

东方风来满眼春，珠海、深圳作为改革开放的前沿和干事创业的人才高地，向内地各行各业的专才伸出了橄榄枝。1993年，在珠海，先生第一次见识了大海的广阔，领略了大海的宏博。珠海7年，先生站在一个全新的起点和高度，重新审视了自己所走过的教育与治学之路。而真正以博大胸怀给先生提供事业的广阔舞台则是深圳。从1999年到2018年，近20年的时间，先生只做了一件事——提出、定型、推广语文味教学法。从2001年初步提出语文味构想，到2002年以

《荷花淀》演绎语文味经典课例……短短 5 年时间，语文味教学流派已在全国形成星火燎原之势。2007 年上海《现代教学》杂志开展语文味专栏讨论。2009 年北京《中国教师报》连续两个月开辟专栏讨论语文味。迄今为止，全国已有数十家媒体开展语文味专题讨论，百度文库已收录语文味主题论文数十万篇。先生主讲的《荷花淀》《咏雪》《子衿》《人民英雄永垂不朽》《把玩诗歌》等极具语文味的大型公开课，在全国语文教学界产生极其广泛而深远的影响，成为"一直被模仿"的经典课例。在深圳的 20 年，又是一骑绝尘的 20 年！

……

恍然一甲子，回首来时路。先生自嘲说：手无高学历，身无高职称。撰文百余篇，著书百万字。孜孜语文味，三月无肉味。生不思永垂，死何求不朽。尽管先生对生前名身后事看得很淡，但面对着台下几百双在浮华世界里略显迷乱的眼睛，他在调侃炒房党的同时，还不忘叮嘱一句：金山银山，不如有一座自己的语文江山。

此刻的先生，身子微倾，抬首昂视，目光如电，射向远方，眼眸中闪烁着一种在语文味王国里驰骋四海、笑傲江湖的光芒。他倔强的嘴唇紧绷着，唇线是那么执着、坚定。

这是一个为语文而生的人，无论他退与不退，在与不在，都注定要因语文而不朽。

资料链接：程少堂，教授（社科系列研究员），当代语文教育家，湖北省武汉人，语文味教学流派创立者和核心人物，改革开放后我国语文教学界"新生代"名师代表，粤教版新课标高中语文教材分册主编，1997年参加编写全国高校公共课通用教材《现代教育学》（高等教育出版社，2010年已出第3版）（第三章《教育的规律、原则与艺术》），出版"语文味"系列丛书。华南师范大学、南京师范大学特聘硕士生导师，深圳市教育科学研究院中学语文教研员。2014年被全国中语会评为全国中语界首届十大学术领军人物。

备注：本文发表于《光明教育》，2019年第2期，亦曾刊发于《中山日报》副刊《文棚》，并被程少堂先生收录在其学术网站"少堂志林"

实验有个"登山客"

过岭烟霞开画卷，

穿林足迹写春秋。

清风若解行人意，

一路随君天下游。

这几句诗说的是明代大旅行家徐霞客。他幼年好学，博览群书，尤其钟情于地经图志，少年即立下了"大丈夫当朝碧海而暮苍梧"的旅行大志。他一生行程数万里，足迹踏遍16省，游历名山大川，留下60万字皇皇巨著《徐霞客游记》，堪称驴友界的开山鼻祖！其穷山究水的探索精神、百折不回的顽强意志，激励着一代又一代的华夏儿女。

他既没有徐霞客跌宕起伏、坎坷不平的传奇身世，也没有徐霞客博览典籍、学贯史地的超拔之才，但他和徐霞客一样有着一颗挚爱大自然的赤子之心，也和徐霞客一样有着一个寻山问水遍访天下名山的"游历梦"。短短两年时间，他的足迹就踏遍了珠三角，进而迈向整个南粤大地。从塘朗山到凤凰山，从羊台山到梧桐山，从排牙山到七娘山，从银瓶山到大南山，从白云嶂到天堂顶，一座座高山匍匐在他的脚下，一座座高山又浮现在他的眼前。或许，对于他来说，攀登的路永远也没有尽头，更好的风景永远在山的另一边，"踏遍青山人未老"，风景"那边"独好。

他叫张任伟，"勇于任事"的"任"，"风骨伟岸"的"伟"，深圳市光明区实验学校党总支副书记，工会主席。他身形魁梧，粗眉大眼，嗓音洪亮，走路脚底生风，办事干脆利落，典型的东北汉子。

说起与登山的结缘，老张至今仍深感幸运。和许多步入中年的教育工作者一样，老张也曾经深受"亚健康"的困扰。那段时间，心慌心悸、颈椎不舒服、睡眠质量差，各种病痛反复折磨着老张，令本就工作繁重的老张面色灰暗，病态恹恹，苦不堪言。一个偶然的机会，老张结识了一位资深驴友，驴友的一番话让他大彻大悟：生命的质量取决于你的生活方式和生活态度。在这位资深驴友的引领和指导下，老张开始涉足慢跑、徒步和攀登。从 5 千米到 10 千米，从 10 千米到 15 千米……随着运动量的加大和锻炼次数的增加，老张的身体发生了奇妙的变化，面色变得红润起来，腿脚变得轻便起来，全身又充满了青春的活力。到医院一检查，各项生化指标，该升的升了，该降的降了。

尝到了甜头的老张，从此一发而不可收，打心眼儿里爱上了户外运动。慢慢地，他发现，从事户外运动，身体的健康和健康的身体只是这项运动的副产品，真正吸引自己的、真正让自己乐此不疲的，是这种"永远在路上"的生活状态。对于一个健康的灵魂来说，满足于舒适的生活现状，懈怠于缺乏目标的未来，简直就是对自我生命的轻贱与浪费，而这又恰恰是导致"中年人""都市人""机关人"变得日渐"油腻"的重要原因。无论是出于对身体健康的追求，还是出于对灵魂健康的修复，都必须时时为自己设置奋斗的目标，让自己的生命始终处在一种朝着目标不断奔跑、跋涉、攀登的状态。户外运动的魅力就在于，它不断地激发着你的生命的能量，怂恿着你一次次地把"不可能"踩在脚底下，一次次地突破自我的局限，一次次地创造生命的新高度。

其实，还远不止这些。走进大山，走进河谷，走进莽莽密林，走进高山草甸，走进满山的红杜鹃，走进芦花飘飞的滩头，呼吸着天地的灵气，吸纳着日月星辰的光华，个体的生命与宇宙的生命融为一体，灵魂得到了净化与升华。个体的生命会自觉走出自我躯壳的狭窄空间，以同理心、同情心去关注、悦纳、呵护其他一切生命体。这是一种精神的蜕变，一种生命的自觉，一种境界的提升。无须人为的组织，无须刻意的号召，在每一次的户外运动中，老张自觉地化身为绿色家园的"守护神"。随身携带基本装备，走到哪里就把生态环保、绿色低碳的理念带到哪里，走到哪里就把好事做到哪里：在茅洲河，老张溯河而上，实地考察了全流域治水治污的实际效果，发现了许多可以改进的地方；在凤凰山，老张沿着登山步道，一边清理部分不文明游客随手丢弃的垃圾，一边耐心劝导着这些"环境破坏者"；在四友湾，老张救起因家庭矛盾一时想不开而自寻短见的大妈，并将其送至家人身边……

渐渐地，老张成了实验学校的一面旗帜，成了教师健康新生活的风向标，在他的身边聚集起越来越多的"同道中人"。其中，既有身强力壮的体育达人，也有纤细瘦弱的教书先生；有直来直去的理科男，也有风花雪月的文艺女；有饱经风雨的杏坛宿将，也有初登讲台的教苑新丁。他们给自己的队伍取了一个很霸气的名字，叫作"迹行天下"。台湾著名作家刘墉说过："你可以一辈子不登山，但你心中一定要有座山。它使你总往高处爬，它使你总有个奋斗的方向，它使你任何一刻抬起头，都能看到自己的希望。"实验学校党总支书记、校长曾广波更是一语中的："实验的崛起，光明的崛起，靠的就是这种'永远在路上'的精神！"

是的，老张，你，我，我们实验人，我们光明人，甚至我们全体特区人，我们都是登山人，我们都是当代"徐霞客"，我们都在攀登着自己生命旅程中的一座又一座的大山，我们"永远在路上"！

备注：以本文为底稿，经联系记者加工后，以《用智慧征服山头，让环保理念"迹行天下"》通讯稿形式刊发于 2019 年 01 月 08 日《宝安日报》，记者龙冠斌，通讯员廖立新

一个另类教师的坚守

初识小 H，是在高中的校园里。高中的校园，最为人赞赏的，是校园里郁郁葱葱的几十棵杧果树。那时节，杧果树正开着花，浓郁的杧果花的气味弥漫在微微湿润的空气中，让人有一种迷醉的感觉。

他皮肤黝黑，身材瘦弱，鼻梁上架着一副金属框眼镜，文质彬彬，很有些书卷气，是个标准的文科男。大学毕业以后，在广州的某所中专待过一段时间，后来辗转来到深圳，在好几所学校做过代课老师，但每次都做不长久。没办法，在深圳这种地方，代课老师如过江之鲫。且不说一个正编职员岗位放出来会有多少人去拼抢，就是临时代课的岗位，哪怕再偏远再不起眼的小学，也会有大把的人来投简历，其中不乏高学历的硕士、博士，甚至海归。在人才富余的大背景下，用人单位难免吃坏胃口，明里暗里坑人的事常有发生。来高中之前，小 H 刚刚与某实验学校发生龃龉，连社保、公积金都在扯皮。现在，他在高中代课，老婆带着年幼的孩子暂居龙岗，每周往返于两地间，日子过得匆忙而拮据。

你们都知道的，临时工和正式工的待遇差很多。虽然嘴上谁都不会说什么，但潜意识里，苦活、累活、吃力不讨好的活都会往临时工身上派。至于好处嘛，想都不用想。如果只是干活，只是好处靠边站，还勉强能接受，谁叫咱没编制，不是单位的主人翁，只是挂单的游方僧呢，最不堪忍受的是，经常莫名其妙被骂。这不，科组会上，小 H 只是接了个电话，就被科组长骂得脸皮发绿。我呢，头两天也因为把几个调皮捣蛋的娃留置在办公室搅扰了级长，被勃然大怒的级长骂得狗血淋头。科组会散了后，我们两个同病相怜的人自然而然聚在了一起。那时候，我还没有戒烟，他也是杆老烟枪。校内禁烟，白天拼命憋着；放学了，两个人常常聚到校门外100 多米处的一个社区小公园里过烟瘾。一边吧嗒吧嗒，一边分享彼此的"悲剧"人生。他的很多故事，我就是那时候听来的。我年纪比他大得多，足迹遍及东南沿海，也经历过很多人和事。在苦闷而迷惘的日子里，烟草和故事成了我们俩最好的精神安慰。

一个学期不到，我时来运转，搭上了选聘的快车，很快就落实编制，调到了另一所学校。每天下班后的公园故事会，在彼此繁忙的工作中，变成了微信朋友圈有一搭没一搭的点赞、表情和评论。

从偶尔的电话联系里断断续续地得知，小 H 也很快离开了高中，依然辗转在龙岗、宝安不同的学校之间——并非不思进取，不是没有去参加过招调考试，实在是天意弄人，命途多舛，每每好不容易通过笔试杀进面试圈又总是被人挤下。在新的学校里，总是好意反招嫉恨，直言不讳的学人性格把人际关系弄得一团糟。更糟糕的是，不稳定的工作状态和恶劣的经济条件给妻子带来了极大的挫伤，口头的硝烟最终导致了家庭的解体。我难以想象，我的兄弟，是如何挨过这些苦难时光的。但他几乎从来不把这些事发到朋友圈里。在朋友圈里，我见到的只是：他亲自用毛笔为他的学生题写古诗文书签，以此来作为对他们努力读书的犒赏；他为过生日的老父亲创作古体诗，用诗书来欢娱作为启蒙师的父亲；他用微薄的薪金订购各种古典文学学术著作，把书架装点得琳琅满目；他以毕恭毕敬的弟子姿态，陪同他的大学老师外出访学；他屏气凝神，写下一篇篇蝇头小楷；他俯仰啸歌，吟诵着一首首经典诗篇……这是一个为古典文学而生的人，为传统文化而活的人，自号"忘机钓徒"，自信"长歌正气重来读，我比前贤路已宽"。

在这个躁动、趋利、浮华的世俗世界里，他是一种另类的存在，是一座精神的雕像，他的世界我无法企及，尽管如此，世俗的我还是要用世俗的方式表达我对这位小兄弟的世俗的敬意！

备注：本文发表于《中山日报》副刊《文棚》2018 年 06 月 27 日，原题为《兄弟，在深圳，杧果树花开花谢，你满身悲伤，却不躁动……》

老七的故事

老七是从外县嫁来本村的，本名叫什么似乎已经没有几个人说得清楚，到底是因为姓漆而被叫作老七，还是因为在兄弟姐妹里排行第七而被叫作老七，我也说不出个所以然来。

老七的公公叫光福，和我的奶奶平辈，我奶奶叫光菊，都是新屋下李家的。新屋下李家在新中国成立前是个大家族。光福公是村里为数不多的读过私塾的人，然而，并没有沾过有文化的光，没有因为有文化而被人高看一眼。相反，在相当长的一段时期内因为出身，因为满肚子的旧书，时不时被拉出来批斗一番。后来，不善营生的光福公，在人人抓经济、户户抓收入的新时代，依然属于可以被忽略的一类人。光福公倒是不很在意，颇有些五柳先生的气派。偶有文友来访，自是吟咏啸歌，同声相应，同气相求；间或尺牍往来，互致问候，自得其乐。

老七的丈夫，按辈分，我是应该叫世林叔的。世林叔老实巴交得近乎木讷，既没有传承到光福公的私塾学问，又缺乏在农村谋生计的精打细算，只有一把似乎不要本钱的蛮力气。集体时代可以听从队里的号令，一切交由组织安排，放开之后他反而没了主见。吃饭或许没有大问题，经济却始终没有抓上去。这不，人长树大的，娶亲都成了大问题。临近乡村的女子，没哪家看得上这样的家境，没奈何，拐了无数弯弯，费了几簸箩口水，从外县说得老七这个女子上门。

按说，家里有了女人，门面立刻会光鲜起来，至少嘛，不管哪家新媳妇，无论媸妍，洗洗涮涮总还是会的，可是老七不会。老七是个傻女子，有些智障，不要说打理家务，就是自身的卫生也搞不好，常常是披头散发、蓬头垢面的。老七走在村街上，好事的小孩跟了一串，一边挤眉弄眼、指指点点，一边唱着不知道谁编的童谣："头不梳，面不洗（洗，土音读晒），脚上生个鸡鸡崽。"家家哄细鬼（小孩），要是细鬼不听话，又哭又闹不肯吃饭，别的法子都治不了，只要拿腔作势喊一声"把你送给老七"，再难缠的细鬼立刻怂得服服帖帖。

村人避之唯恐不及的傻女子老七，世林叔却捧作手心儿里的宝。在农村，女人吸烟一般是不被允许的。老七要吸烟，世林叔就慷慨地让她吸，借钱都要买给她吸。村里人没有散步的习惯，老七要散步，世林叔就陪她散步，从村街的这头散步到村街的那头。

好多年以后，世林叔病故。

下葬的那天，大家知道老七会发疯的，出殡仪式刻意瞒着她。谁知道，到了晚上，老七拿了手电筒，一个人摸到了坟头，一抔土一抔土地往下、往外扒。女儿、女婿发现后，赶紧拢着一帮人把她抬回家，锁进了房间里。

都说贫贱夫妻百事哀，可是，从这对贫贱夫妻的凄惶中，我分明看到了一些明亮而温暖的东西。

备注：本文刊发于《宝安日报》"光明文化"栏目　2019年10月18日

绝 症

卫生局王局长终于退休了。

由王局变成了老王，改变的不只是称呼，还有时间。以前的王局长总是感叹时间太少、太紧张、太不够用，每天总有听不完的电话，总有批不完的文件，总有开不完的会，走到哪儿都有一帮人跟着，实在是太不自在了。退了好，时间全都交给自己，自己全都交给老婆子，老婆子说戒烟就戒烟，说戒酒就戒酒。戒色嘛，你们知道的，没说戒也跟戒了差不多，老两口，左手握右手，早淡了。

时代不同了，价值观也变了，官大官小、钱多钱少都比不上身体重要。少年夫妻老来伴，一退休老婆子反而把他看得更紧了，每天都会神秘兮兮从一帮跳广场舞的老姐妹那里捣鼓来一些养生秘方，还时不时去参加一些培训班、推广会，大包小包拎些个据说是免费试用的新产品来。老王呢，虽然有些将信将疑，但是架不住老婆子的软硬兼施，只好任由她去折腾。耳濡目染多了，老王也开始变得神神道道起来。

这人也真是奇怪，以前忙的时候也没见身体有啥毛病，这一闲下来，一养生，就觉得浑身都是问题。首先吧，这手脚就不大利索，不大好使了，稍微动一动，不是这里酸就是那里疼。胃口呢，也成问题。以前吧，不大注意食物的阴阳寒热、相生相克的问题，现在有老婆子在把关，"病从口入"的事情是绝对不允许发生的。菜一买回来，老婆子就要对照《本草纲目》《黄帝内经》那一套，寒暑燥湿、阴阳五行地推演一番。饮食的风格也越来越清淡，有向辟谷靠拢的趋势，食量也越来越小。心脑血管是保健养生的重头戏，血糖仪是标配，反正有试纸送的。血栓是无法预测的，说来就来，它可不会管你以前是做局长还是科长或者股长。这不，耳鸣的毛病也来了，多蹲一会儿就头晕心慌，心率也不大正常，总感觉板板滞滞的。专家说呼吸不干净的空气容易得肺癌，饮用不干净的水容易得肝癌，吃不安全的食品容易得胃癌。这还真不是危言耸听，过去的老同事已经有好几个去世了。

老王想了又想，不行，不能这么随随便便，得赶紧去大医院查查，早发现早治疗，争取多过几天好日子。

在家人的陪同下，老王来到了省城最有名的医院。接诊的医生非常负责任，在细心听取老王的症状描述后，为老王做了深入的检查。令人不解的是，在辗转了许多个科室，把胃镜、彩超、CT、核磁共振等做了个遍之后，却没有人能够解释清楚老王到底得的是啥病。

从大医院回来之后，老王一下子垮了下来，自觉大限已至，强撑着把几件大事处理了一下，房产啊，存款啊，该分的分分好，免得一撒手，几个儿子女儿闹矛盾。老婆子也成天抹眼泪，连广场舞都荒废了，天天跟着老王，生怕老王想不开。

天塌地陷的时候，住在城西的小女儿来电话说，她家那条巷子新开了家药店，有个退休老中医在店里担任顾问，偶尔也给人号号脉，提提建议，神得很呢，要老爸无论如何过去瞧瞧。

说实话，这事要搁过去，老王是万万瞧不上眼的。甚至，毫不夸张地说，老王最痛恨的就是这些个游方郎中。过去在位时，可没少带领医政执法队去查封这类非法行医点。罢，罢，今日落到这步田地，死马且当活马医。

来到城西这间药店，见到老中医鹤发童颜、仙风道骨，居然生出些莫名的敬意与好感。听了求医者老王的自述，老中医一搭脉，一边摇头捻须，一边自顾自说道："有啥爱吃的多吃点儿，爱喝的多喝点儿！""慢，且慢，老先生你说啥？你……你……你这是宣布我得了绝症，让我早做准备吗？"老王脸如土灰，绝望地问道。

老中医睁开双眼，精光四射，悠悠说道："错！您脉象好得很呢！您这病啊，是养生病！这人要是没了一点儿爱好，活着跟死了有什么区别？！所以，老伙计，我劝你爱吃啥吃啥，爱喝啥喝啥，少听那些个养生大师的忽悠。"

　　老王听着，似乎觉得也有些道理。回家一试，嗨，给老先生说着了，现在是吃嘛嘛香，身体倍儿棒，真的真的好想像《康熙王朝》里唱的，再活他个五百年。

　　备注：听来的故事，隐去真实姓名，想象一些细节，发表于《西北作家》文学微刊，2018年06月11日

经

历

那一声"爸爸"

　　别看我现在站在讲台上口吐莲花很能说的样子，也别看我现在拿起笔来洋洋洒洒很能写的样子，其实啊，小时候的我，木讷得要命。

　　说起来你也许不信，虽然时过境迁几十年了，我现在依然坚定地相信，早年的我要么发育不良严重智障；要么存在严重的人格障碍或心理问题，用现在的话来说，也许该叫作人际交往恐惧症，或者自闭症。为什么这么说呢？你想想，这世上有多少孩子会像我一样，都上到初中了，还没开口叫过一声"爸爸"；就是"哥哥"，都是大学毕业以后才开始喊，而且喊起来特别的不自信不自然不自在。

　　奇怪的是，这种"病症"只发生在面对成年长辈时。换了同龄人，那完全是另外一种情形。村里上了一些年纪的人，都记得当年调皮捣蛋、"作恶多端"的"新老头子"。这个绰号是有来历的。据母亲回忆，我刚出生不久，她的乳房就害了疖痈，不能给我喂奶，事实上她的奶水也少得可怜。缺乏母乳滋养的我，皮肤松弛，脸上堆满褶皱，像被火烧了毛的流浪猫，或者说，新生儿的身子上长着一张老年人的脸，所以就被村里人叫作"新老头子"。"新老头子"只要一走出家门，立刻就像变了个人，成了儿童界呼风唤雨的角色。上课爬到桌子上坐，女老师说："你咋不上天呢？"我居然冲着女老师说："你帮我拿个梯子来，我就上天去！"学校安排他去田里"耘禾"，我就把禾苗一根根拔起一大截，还振振有词地说是"拔苗助长"。我把村民的南瓜用铅笔刀挖个洞洞，塞进一团泥巴，再原样封住，等结了痂痂，长熟了采收下来，一定会骇主人一大跳。最造孽的是，砍柴回来，为了吓唬骚扰我的小屁孩，拿柴刀挥来挥去，一失手，把对方脑壳砍了条大口子。

对于我这样的没有出息、专门闯祸的孩子来说，奉新方言里几乎所有用来骂小孩子的恶毒词汇，如"青皮梨子""尽头龙哩""祸撮子""毛狗哩吃的""打短命的"等，我全都领受过。父亲是赤脚医生，白天忙着看病打针，晚上忙着打针看病，再加上脾气火暴，没有闲工夫跟我扯什么革命大道理，直接暴力镇压。常用的暴力工具，如"爆栗子"（用曲起的指关节敲脑壳）、"泥鳅干"（用竹梢子狂抽）、"跪竹板"等，一项都没落下过。每次挨打的时候，身上再疼，我也不敢叫唤，越叫唤打得越狠。被打的时候，母亲也不敢来劝，顶多说一句"要打别打头，打屁股"；能救、敢救的只有六婆——婆婆、外婆、姑婆、舅婆、叔婆、姨婆。每次要挨打了，一边硬忍着痛，我一边在心里默念："外婆快来救我，外婆快来救我！"砍破人脑壳的那次，自知罪孽深重、法网难逃的我，扔下柴刀，撒开脚丫子就往外婆那个村跑，还不敢进外婆家门，只能躲在猪圈牛栏里。听得人声鼎沸，火光明灭，知道搜寻的队伍往外婆家来了，又"敌进我退"，运用翻边战术，逃回自己村。最后，我还是被父亲从本村的牛栏架上搜捕归案，又被打得半死。

武力镇压的效果是显而易见的，远远一听见父亲的咳嗽，我就惊悚不安；父亲的目光往我身上一扫，我就两股战战。于是，能躲则躲，不能躲就敛手屏足，连大气都不敢出。如果被问到哪件事，没有立刻回答出来，我很快就会招致暴风骤雨般的斥骂，于是更加吞吞吐吐，语无伦次。这种好像老鼠碰到猫的情形延续了很多年。在童年的记忆里，父亲代表的是一种凛然不可冒犯的权威、一种无可抗拒的力量、一种威严的秩序。这种权威、力量和秩序，一方面保证孩子安然度过了危机四伏的童年少年时期，完成了基础的学业，另一方面也给孩子心灵的成长、性格的养成，带来了一些别的影响。比如，内向、胆小、木讷、孤僻、害羞、敏感、多疑、反应迟钝、怕见生人、缺乏开拓精神、缺少爱的能力等。像只猥琐的地鼠，习惯躲在阴暗的角落，惶恐不安地打量着周围的动静，稍有风吹草动就瑟瑟发抖。相应地，在大人眼中，我这个孩子很孤僻，没礼貌，没良心，头上长了反骨，是个典型的逆子。父亲对于我从来不叫他的忤逆表现，也是非常恼怒，耿耿于怀，多次向亲友当面控诉，当我犯了其他错误的时候也必然会翻出这笔旧账来清算一番。

随着年齿渐长，心智渐熟，这种情形也在发生一些微妙的变化。我慢慢懂事起来，父亲也慢慢变得宽厚仁慈，我们心里的坚冰都在缓慢地融化。

初中的后期，某天放学回家，我坐在灶膛前烧火煮猪食。火光熊熊，映着我稚气的脸。父亲走进来，我迟疑着，用几乎只有自己才能听得见的声音，喊出了十几年从来没有喊过的"爸爸"，父亲立即欣喜地应道："唉！"

而我的脸，早已涨得通红，比灶膛里的火还要红。

备注：本文发表于《中山日报》副刊《文棚》 2018 年 05 月 24 日

被"三接包"敲走的青葱岁月

诗是唐的标配，词是宋的标配，曲是元的标配，而"三接包"① 则是 20 世纪 80 年代的标配。

三接包是一种男装黑皮鞋，流行于 20 世纪 80 年代。鞋身由三截皮革接合而成，鞋体修长，鞋头坚硬尖长，鞋跟较高，钉有半圆形马掌铁。经历过 80 年代的人都知道：三接包，踢死牛，后跟钉块铁，走路咯咯咯——听声音，一定是老大来了！

20 世纪 80 年代三大件：手表、皮鞋、自行车，那是身份、地位、名气的象征！一抖袖子，锃光瓦亮的上海机械表收割着众人齐整整艳羡的目光；一迈步，油光黑亮的三接

①　"三接头"皮鞋。

包"咣咣咣"敲打着地面，把众人的心敲成一团乱麻；"叮铃铃"，女飞鸽，男凤凰，扬起的是一阵阵骄傲的风，夹杂着花露水的香气。这些时尚，统统属于家境比较好的城里孩子。对于我这样从农村升到县城来读书的穷小子来说，能拥有一身绿军装，背一个黄挎包，手中有个军用水壶，已经满足得不行，军大衣已经是奢望，三大件想都不敢想。

那时候，改革开放已经开始，旧偏好尚未退潮，新时尚已然流行，港台风一阵阵刮进小县城，录像厅遍布大街小巷，琼瑶剧的演出海报花花绿绿，勾扯着少男少女的目光。喇叭裤、花衬衫、小胡子、大墨镜悄然登场，看起来吊儿郎当，又很新潮的样子。美容美发厅渐渐多起来了，里面摆满了各种瓶瓶罐罐和吹、剪、烫的工具，墙壁上贴满了影视明星的大照片，展示着各种各样的新发型。嗲声嗲气、怪腔怪调的粤港台版的普通话，也成了有钱人的身份标签。手持砖头般大的"大哥大"，扯出天线就可以和全世界通话，吆三喝四，人五人六，把没见过世面的小城人唬得一愣一愣。

时尚风也从山下刮到山上，从县城街上刮到学校。那时候，二中位于县城西北的狗头山上，离城不过五里。同宿舍的银根子第一个尝鲜，周末去山下县城的美容美发厅洗了个头，吹了个风，打了点摩丝，那头发，油光水滑的，向上翘起，一根根神气得很。我们没钱去吹风的，也不甘落后，用清水把头发抹湿，用梳子使劲地往后翻梳一些时尚的形状。票是买不起的，只能在周末，趁着电影、录像开演了，检票的工作人员懒心懒意的时候，偷偷溜进去一饱眼福。看《庭院深深》，章含烟和柏霈文演绎曲折离奇的爱情故事，叹惋女主"庭院深深深几许，杨柳堆烟，帘幕无重数"的孤身独世、心事深沉、怨恨莫诉；看《梦的衣裳》，尔旋和雅晴朝夕相处日久生情，陶醉在"我有一件梦的衣裳／用青春欢笑编织的衣裳／柔情为它加上点缀／仰慕为它加上装潢"的优美旋律中。

高中阶段，正是荷尔蒙分泌旺盛的时期。少年们已经蠢蠢欲动，在为丰富的荷尔蒙寻找出口。有的已经学着琼瑶剧的剧情，开始约女孩子看电影，尽管缩手缩脚，啥也没干，心里慌得不行却依然乐此不疲，比如初哥。有的，近水楼台先得月，上课一边揪着前面女生的辫梢把玩，一边在纸片上写些"此情无计可消除／才下眉头／却上心头"来自我遣怀，比如我的同桌辉哥。我既没钱没胆约女生看电影，也不敢揪前桌女生的辫子，更不懂"倚门回首，却把青梅嗅"的少女情怀。只是，在老图书馆杂志上看到美女图片也会走神发呆，路遇美女也会悄悄跟上一段只为一睹芳容，每逢漂亮的英语女老师上课就精神抖擞。天蒙蒙亮，跑到校外练车场，与龙哥、老万、三清等，扎马步，推红砖，幻想着练就盖世奇功。《少林寺》余威仍在，《武当》又趁势杀出，搅得做着侠客梦的少年们亢奋不已。晚上，夜深人静，拿一张报纸铺地打坐，吞吐吸纳，气行大小周天，幻想着有一天打通任督二脉。海灯法师声名鹊起，范应莲担任全军总教头，严新忙着四处做报告……

学习是主业，这是早就已经觉悟的自觉。每天最动听的声音，就是用自配的课室钥匙，"咔嗒"一声，把门推开。教室里面空无一人。晚上拉闸断电是定时的，为了多学一会儿，自制小煤油灯照明，一晚上下来，鼻孔里满是黑黑的烟灰。校道旁的路灯，也是我深宵的伴侣，陪我度过许多个苦读的夜晚。

尽管如此勤奋，平时考试，我也多在十几二十名的中上状态。毕业考，蹿升到全班第二，班主任文祺老师郑重约我到办公室谈话，勖勉有加。高考开考前，用湿毛巾擦了一把脸，吃了一根冰棍，闭目打坐了几分钟。成绩出来，全班第一名，考了 486 分，比文科本科线高了四分。

后来，老同学见面，都要调侃我一句："你这个大学，是练气功练来的吧？！"

补记：当年全班只有五人上分数线，号称"五虎将"，就是现在的廖码字、帅院长、涂总、万教授、惠所长。

备注：本文发表于《中山日报》副刊《文棚》 2018 年 05 月 31 日

踏冰千里过大年

前几天，细舅母①在朋友圈里晒图，说是白洋洞已经开始飘雪花。初中同学群又有同学在传消息，说今年可能是 1992年以来气温最低的一年。一时间，竟然有些恍惚，似乎又回到了 2008 年的那场大冰雪的场景。

那一年，天气异乎寻常地寒冷，不要说北方是如何的天寒地冻，就连原本温暖湿润的岭南也变得天色昏暗，寒气深沉。

粤北韶关高海拔地区，以往也会有零星冰雪霜冻，但从来没有像这一次一样，整个天地被冻成一片惨白。南方电网的高压输电线路经受着严峻的考验，直径近 10 厘米的大冰柱

———————————

① 小舅妈。

把电线裹得严严实实，不堪重负的输电线正在承受着内部撕裂的痛苦。粤湘、粤赣等出省通道的交通、交警部门积极采取路面撒盐、机械除冰等措施来保障车辆通行……

虽然报纸、电视天天在报道最新天气状况，心里也知道可能真的又碰上了百年一遇的冰雪大灾，但还是无法熄灭回家过年的热切愿望。古人说过："父母在，不远游。"事实上，在现代社会已经很难做到这一点，不远游的话甚至连找份工填饱肚子都成问题。既然远游了，只要父母还健在，无论如何都要克服困难，多回去看看老人家。于是，一放寒假，我就拖家带口，加上小舅子，一行四人，开上小汽车往老家赶。

我们从粤西出发，经广州、惠州、河源，再一路北上。除了在一些必堵节点稍有耽搁，大体还比较畅顺。然而一出省界收费站，进入江西境内，情形就完全不一样了，天地间白茫茫一片，大车小车都只能小心翼翼地慢速行驶，拥堵的车流变得越来越长，像一条巨龙伸向看不到尽头的远方。终于，在一处长坡上，车流完全停顿下来了，大家无从打听也无从抱怨，只能耐心地等待，或者下车俯仰屈伸，活动四肢。放眼四望，山野草树全被压在厚厚的冰雪之下。积雪屡经冰冻，已经完全失去了轻盈、柔美、粉嫩之姿，变得坚硬粗粝，霸蛮地覆压在一切可以承托的地方。可怜的枝条草叶被厚厚的冻凌裹得严严实实，仿佛摆在玻璃橱窗里的样品，只能远远地观看。两侧护栏上的冻凌有二三寸厚，踩一脚，大块的冻凌就掉了下来。打雪仗还真有些困难，雪冻结得紧，扒拉起来很费劲。好不容易团起一个小雪球，也不敢朝人掷，远远地往山上一扔，哗啦啦，抖落下一地冰碴。少时，见前头隐隐车动，我又赶紧拍拍手上车点火。就这样一步一移，走走停停，大半夜了都还没到吉安。人困马乏的，也没办法下高速，只能停在服务区，盖上被子暂眯一会儿。

新闻里都说冰冻灾情最严重的是赣州到吉安这段，我们总以为挨到吉安就可以松一口气了，谁知道人算不如天算，好不容易一步一摇到得吉安，前方却传来坏消息：吉安到南昌的高速公路已关闭。惨了！那时候还没有用上 GPS 定位导航，我们赶紧翻出随车携带的《全国高速公路地图册》查找起来，研究半天，终于研究出了一条经新余、上高、高安绕行，回到奉新老家的方案。其时，天色已近黄昏。我们行走在乡野公路上，天色暗下去，月亮升起来，清冷的月光映照着惨淡的雪色，天地间阒然无声，一片空寂，没有灯火，没有人烟，也没有一点儿走兽飞禽的声响踪迹，似乎一切的生命都已经从天地间消失。妻、儿、小舅都已经熟睡，我只能听见我自己的心跳，一股强烈的孤独感像潮水一样漫过来，让我感到心惊肉跳。黑夜行车，速度被放大了好几倍，明明才三四十迈，却感觉到汽车好像在狂奔。山路弯曲，左旋右绕，方向盘扭来扭去，有一种要被甩出车窗的惊惧，舞动的群山像一群狞笑的魔鬼在后面一路狂追。

不知道过了多久，远远地，前方闪出一些灯火，我仿佛从异界重新回到人间，心头涌起一种亲切的温暖。又累又困又饿的我，是多么渴望能否像白乐天那样，"绿蚁新醅酒，红泥小火炉。晚来天欲雪，能饮一杯无？"眼看着灯火就在拐弯处，上一个坡就到了，谁知道天意弄人，方向盘才一打就听到"咯噔"一声，右前轮偏出路基掉进了烂泥坑。看手电光照出泥泞雪浆的邋遢样儿，就知道已经有很多过往司机在这里中招了。这时候，妻和小舅都醒了，买钢索的买钢索，打电话的打电话，周边陆陆续续有人围过来，110出警车也来了。警员先帮我拦停了一辆车做拖车，挂好钢索，又有个老司机主动过来帮我掌舵，大家齐声喊起号子，深陷泥潭的右前轮终于顽强地挣脱出来。谢过众人，补充了一点儿能量后继续上路。从新余到上高，从上高到高安，又是一个凌晨。走到国道边一个大酒店前面的时候，我再也扛不住了，停车，拉刹，放倒座椅，拉过被子，呼呼大睡起来。

第三天，天蒙蒙亮，人已经被冻醒。反正离家也就剩百来千米，还是鼓起劲头干到底吧。上午，天色逐渐变得明朗起来，久违的太阳也露出了暖暖的笑脸。在经过仰山水库坝头路段的时候，汽车再次遇险，陷在雪窝里出不来。一踩油门，车轮就在窝窝里打滑，甩起的雪末打得人满脸都是。幸运的是，接到消息的小弟，很快就和他妻弟带着锄头、铁铲，骑着摩托赶来了。经过一番挖、削、敲、铲，为小汽车劈出一条通道。

当汽车发动机再次响起的时候，我好像听到了过年鞭炮噼里啪啦的炸响声，闻到了妈妈的年夜饭的熟悉的香味……这注定是个难忘的年！

在深圳，命运如坐过山车

　　每一个来到深圳的人，为了在这块土地上扎下根，都经受过常人难以想象的煎熬，饱尝过常人难以想象的艰辛，付出过常人难以想象的代价。

　　做老师也一样。从顶岗代课开始，到校内临时聘用，到政府备案临时聘用（简称临聘），或转为购买服务委身于人力资源公司（人力中介），或转为雇员编取得相对固定聘期，或几经努力考取一个正式事业单位职员编制，每前进一小步都要拼得遍体鳞伤。

　　我是 2011 年 8 月经过严格的笔试、面试来到深圳一间新办学校的。当时校方信誓旦旦，说只要有高级职称，工作满了一年就可以启动程序，走绿色通道调进深圳。为着这个承诺，自己也是兢兢业业，早到，晚走，勤跟班，多动脑筋，多想办法。接手别人的班级，总有种种历史遗留的老大难问题在等着我去收拾。我先认真设计了一份班情调查表，梳理出若干问题，然后对症下药，制定了班级公约。接着，调整了班干部队伍，发挥了东哥、小黑等的影响力和带头作用。那是一所寄宿制学校，每天吃过晚饭，我自己便早早来到课室，拖过一条椅子坐在课室门口，督促大家背书、写作业。每每有同学违规，我总是搬条小凳，让他坐在跟前，只为让大孩子有所醒悟又不失体面。课间操、集会、升旗仪式，反复核实人数，细心检查仪容仪表，不敢有丝毫大意。阳光刺眼的操场上，蜻蜓成群结队，自由地飞来飞去。而我，像一只孤独的小蜜蜂，辛勤采集着花粉。

我依然记得很清楚，九十月份，正是秋燥得厉害的时候，我喉咙先是痒，然后是痛，异物感越来越强烈。也吃了药，也输了液，不仅没有丝毫改善，反而越来越严重。整整有一个星期，昼不能食，夜不能寐，连吞口水都觉得像有千万根针往喉咙里扎。这种事，既无可诉说，也无从求救。生活上举目无亲，父母兄弟远隔千里，妻儿也远在粤西；工作上一个萝卜一个坑，没有人可以替换。一个人硬撑着，哑着声，说不出话，就预先做好课件，用手比画着，像演哑剧一样，在课代表的协助下，把课一节一节往下上。白天，勉强灌些米汤之类的流食，以维持体力；晚上，疼得睡不着，就裹着被子，弯坐在床上前俯后仰。这样生不如死的日子延续了整整一个星期，然后，在某一天，蹲在洗手间，咯出一大摊脓血之后，才慢慢恢复过来。

原本以为，只要埋头苦干，就能酿得百花成蜜，换取一张入门券。不想命途多舛，变故迭生。其中既有初来乍到急需磨合的代价，也夹杂着不明来由的人事纠纷。先是家长会风波，然后是调级换班。直接调入的承诺也慢慢切换为动员参加招考，最猝不及防的是，一年未满，校办一纸终止合约的通知直接把人打入冰窖。奔着这个调动入编的承诺，我早已辞去粤西的公职，在当地的房产也已变卖，又在临深片区花 80 多万购买了一处商品房，正在装修，头上还顶着 20 万的外债。当时，妻为了成就我，也辞去了粤西的公职，带着孩子陪我闯深圳。一家人前无出路，后无退路，夜无隔粮，身负巨债，叫天天不应，叫地地不灵，想死的心都有了。那个漫长的暑假，我一边照应着新房的事务，一边找工作，一边四处借钱偿还房款。心明明痛得撕裂，却麻木着，强撑着，一天一天往下挨。母亲也隐约猜到我的变故，从老家打来电话，温言宽解。妻没有一句怨言，默默陪我苦渡难关，动员娘家的力量替我分忧。老家的兄弟们闻讯也纷纷伸出援手，用自己的方式来帮助我。

正如老话说的，"塞翁失马，焉知非福"，在换了一间学校后，一个学期没过完，就赶上区里的选聘，我一试即中，很快入编一所新学校。在全新的工作环境中，我勤勤恳恳，一切重新开始，不仅屡获教学业务评比大奖，还被评为区优秀班主任。

而妻，辞职后靠调干入户赶上了雇员资格考试的最后一班车，最终转正入编。

深深感慨，我们能扎根深圳，靠的就是她从立市之初就着力打造的开放、包容、公平的政策大环境。

备注：本文首发于《中山日报》2018年05月20日，后参加《宝安日报》"我的深圳故事"征文，发表于《宝安日报》"光明文化"栏目2020年06月02日

美
食

红油小腐乳

前两天，远在江西老家的五嫂在微信里索要我们的收件地址，说是要给我们寄点儿新做的腐乳。

今天下班一进家门，取件提示短信就"嘀嘀"地响起。我兴冲冲取回来，拆去包装盒，两瓶红艳艳的新腐乳立在餐桌上。轻轻掀开瓶盖，一股家乡腐乳特有的清香四下飘溢，还没到开饭时间，我举箸搛出一小块递向舌尖，在短暂的热辣之后，一股咸中带甜、绵柔滋润的感觉在味蕾上渐渐洇化，继而弥散到整个口腔——果然是家乡的味道！

我赶紧放下筷子，在微信里给五嫂点了个赞。五嫂也不客气，自豪地说："味道好才给你们寄的呢，就是要你们多多回味家乡的味道，好多回老家看看！"这无须思量、脱口而出的家常话语，妥妥地砸在了我的心上，砸出了一缕缕乡愁。

细细数来，离开老家已经整整 20 年。20 年来，由赣入闽，由闽入粤，从粤东到粤西，从粤西到深圳，一路颠簸，一路漂泊，始终都是无根的浮萍、断线的风筝，唯有乡思是心灵深处最隐秘、最柔软的一泓。

还记得，每年年关将近，母亲就将大袋的黄豆倒在簸箕里，用手抹开，细心地挑拣，把生虫、残缺、变色、发霉的豆粒除去，留下大粒饱满色泽鲜亮的好豆子，再用木桶浸上一夜，浸得圆鼓鼓、饱涨涨的。接着，母亲一手摇着石磨辘轳，一手用瓢添着浸涨的黄豆和水，滴滴答答，奶白的豆浆糊糊一圈圈地从石磨缝里涌出来。再把这些豆浆糊糊烧开、滤渣、点卤、压模、滤干、切块，一排排肥白鲜嫩的豆腐就呈现在眼前。

这么多的现磨豆腐，只留一小部分鲜食，其余的一分为二：一部分炸成油豆腐，串成串，在屋檐下晾干；一部分做成腐乳，用坛子封起来，随吃随取。做腐乳是技术活。首先是豆腐要做得好，老嫩适中。其次，霉化乳化的火候和过程要掌握好，否则无法食用。装坛以后的腐乳，还有些后期工序也很重要，比如炼一些菜籽油、花生油浸入腐乳，调白酒给腐乳提鲜等。

上等的红油腐乳，那可真是人间极品、下饭至宝啊！在热气腾腾的白米饭尖尖儿上，只要搁上那么一小块儿，才一会儿工夫，香喷喷红亮亮的腐乳油就从饭尖渗透到碗底。雪白的米饭上面装点着红油，米饭的香气和腐乳的香气混合在一起，米饭搭配着腐乳，一起刺激着你的味蕾。

寒夜里，煮一锅热腾腾的阳春面，搛一箸香辣辣的红油小腐乳，在畅快淋漓中，任热汗从脊背渗出，暖意包裹住全身。我望着眼前红汪汪的腐乳，身处似乎永远没有冬天的深圳，心中无端添了些怅恨与迷惘。

备注：本文刊发于《南方工报》副刊《东园》2018年12月14日

百搭千变江西米粉

　　赣鄱大地地肥水美，是我国粮食的主产区，是著名的鱼米之乡，自然也是江西米粉的地理标志原产地。

　　炎热的天气、充足的光照、充沛的降水使得江西大部分地区的水稻都能够一年两熟。晚稻香软糯甜，深受大众的喜爱；早稻淡粗硬脆，十分不受人待见。《悯农》诗云：锄禾日当午，汗滴禾下土。谁知盘中餐，粒粒皆辛苦。在红土地上辛勤耕耘的江西老表是最能体会诗中况味的。辛辛苦苦打出来的稻米，无论它如何地不滋润、不爽口，是万万没有糟蹋它的道理的，需要花心思的是，如何改变它的粗粝与单调。

　　聪明的江西老表从来就不缺乏创意与智慧。他们仅仅借助简单的工具，以糙米（早米）为原料，经过选米、淘洗、浸泡、磨浆、蒸粉、压片（挤丝）、复蒸、冷却、干燥、包装、成品这一整套的程序，就把品相不好、口感欠佳、不受人待见的早稻米变成了质地柔韧、富有弹性、"水煮不糊汤，干炒不易断"、根根爽滑筋道、色泽莹润光洁的天下美食江西米粉了。

江西米粉之无穷魅力，不仅在于它本身的口感品质能够满足食客的挑剔，更在于它的百搭千变刺激了饕餮客们对美食的无限创意与想象，以至于登堂入室荣膺"无粉不成宴"的厨界宝座。

从荤素搭配来看，江西米粉可谓是胸襟开阔，温顺机变，百搭百顺，物尽其妙。牛肉粉味重香浓，气质粗犷，食之三日不饥不寒，回肠荡气，如大漠孤烟；鸡蛋粉清秀可人，小家碧玉，食之不忍下箸，轻喂慢吮，如曲径探幽；海鲜粉鲜香味美，环肥燕瘦，食之鼻歙开张，大快朵颐，如啸聚山林。黄豆芽是粉儿的绝配，爽脆与糯软交替摩挲着你的唇舌；小白菜是粉主的丫鬟，翠绿与莹白映衬滋润着你的眼眸。葱花点缀着你的视界，蒜白挑逗着你的味蕾，韭绿激荡着你的鼻腔，而红艳艳的辣椒末则是赤裸裸的催泪鬼。

在小菜们的世界里，江西米粉是最好伺候的主儿。它笑纳酸笋的酸爽，喜迎榨菜的脆嫩，容得下豆豉的咸甜，禁得起腐乳的浸淫。嘎嘣香脆的炸花生（炒豆）雪中送炭，黑白香酥的炒芝麻锦上添花。

至于汤料嘛，江西米粉是无欲无求，顺其自然，熬骨高汤，受之无愧；白水添盐，安之若素。

炒、汤、拌三大技法，凭君所好，任君发挥。

作为主食，江西米粉力能扛鼎，撑起老表们的皮囊；作为大菜，江西米粉逢宴必上，长了主家的脸面；作为小吃，江西米粉独步食林，别具风骚。

江西米粉，由米到米粉的轻轻一跃，实现了从单一到繁复、从保守到创造、从呆板到灵动、从物质到诗意的升华与质变，于是质朴的生活不再枯燥，庸常的日子变得丰盈，江西老表们的舌尖从此演绎着无数美食的传奇！

备注：本文发表于《家乡美卫》微刊　2019 年 07 月 08 日

思劳兔，腰古麦

一说起特产、美食，凡在粤西云浮工作、生活过的人都会情不自禁地脱口而出："思劳兔，腰古麦！" ①

云浮民风淳朴，物产丰富，托洞腐竹、罗定鱼腐、新兴凉果、郁南无核冰糖黄皮、云安贡柑和砂糖橘都是名声在外、耳熟能详的地方特产。然而，对于饕餮之徒来说，这些东西要么只是食材，需要复杂的烹制程序；要么只是果点，仅供饭后消闲，都远不如思劳兔、腰古麦来得熨帖，来得解馋。

饭菜端上桌，无须大鱼大肉，简简单单，一盘思劳兔、

① 思劳兔——思劳，云浮市云城区下辖镇，养兔业是该镇一大产业，该镇燕兴饭店烹制的思劳兔远近闻名，2019 年 3 月被评为"云浮十大名菜"。腰古麦——腰古，云浮市云城区下辖镇，该镇腰古香麦菜、水东一点红和芥菜种植历史悠久、名声在外。

一碟腰古麦、一碗雪花粘米饭。有饭有菜，有荤有素，色香味搭配得恰到好处，足矣！黄澄澄的是秘制思劳兔，块块兔肉暗香浮动；绿油油的是腰古麦，根根菜帮肥厚爽嫩；白花花的是雪花粘，粒粒米饭绵糯回甘。浓郁的香气从盘碟间慢慢升将起来，袅袅娜娜，飘进早已迫不及待的鼻腔里。喉结不自觉地在脖子深处滚动，舌条底下似有万千腺管被拧开，津液正以无可阻遏之势喷涌而出。先前还有些矜持，肢爪或环抱胸前，或轻搁台面，或藏于身下，此刻仿佛都听到了进军的号角，不约而同擒起双筷，插向眼前的盘碟。一切的客套，一切的体面，已如潮水般退去，眼中只剩下盘碟中的美味珍馐。筷子急速穿梭，双手左右撕扯，腮帮子鼓得圆滚滚的，口舌齿牙配合得如此天衣无缝——切割、碾磨、翻卷、品咂、吞咽——无暇寒暄，无暇闲谈，但见风卷残云，唯求大快朵颐。

四周正等着上菜的食客们，立刻伸长脖子，目光齐刷刷投了过来，紧盯着桌上的肉块菜条，追随着飞舞的筷子而上下起落。他们拼命克制住口津的侵蚀，胃壁的痉挛，心神变得游移不定，添了一遍又一遍的茶水已经安抚不了他们焦灼的心，明知道徒劳还是一次次地催问着什么时候上菜，而堂倌也总是无一例外地应承着"快了快了"。这是一栋三层小楼，顶楼是起居室，二楼是雅间，一楼是大堂。雅间早已被预订，大堂里的餐台也坐得满满当当，就连靠外墙临时扯起的遮篷下的一溜小圆桌也被食客们占据。马路边停满了各色小车，还时不时有车转着圈圈来找位。粤 W（云浮牌照）自不必说，粤 H、粤 E、粤 J 也不必说，就是粤 A、粤 B、粤 C 都稀松平常了。食客们的口音也是天南海北，五花八门，许多都是熟客、回头客。据说，早在零几年的时候，这间乡下的小小的茶楼，一年纳税就达二三十万元。思劳、腰古是云城区两个乡镇，肉兔养殖、麦菜种植是两镇的特色产业，镇以兔（麦）而出名，店以兔（麦）而独大，确实是云浮市的一大奇观。

在云浮工作、生活十年整，云浮已然成为我的第二故乡。十年间，集体活动、私人宴客、周末牙祭，光顾燕兴茶楼，品思劳兔，啖腰古麦，该不下数十次了吧?!

如今，远在深圳，回想起云浮的思劳兔、腰古麦，依然止不住口舌生津，心驰神往。

备注：本文刊发于《云浮日报》副刊《三江之韵》 2019 年 05 月 09 日
本文 2020 年 06 月 10 日被《云浮日报》"夜读"栏目刊登

山里人家打米果

随着盛夏避暑游、清凉漂流游、美食农家乐等新型旅游方式的方兴未艾，过去藏在深闺人未识的奉新山区的乡村美食也逐渐揭开她神秘的面纱，开始荣登大雅之堂，成为都市人的最爱。

山里人家的美食，就地取材，花样繁多，百搭千变，真是令人百尝不厌，叹为观止。

就拿山区最常见的打米果（对米制固态饼状小食的统称）来说吧，简简单单的稻米，经过山民们的巧手打制，就可以分出许多类别，又牵连着不同的民俗风情。

最喜庆甜蜜的，当然要数打麻糍了。说喜庆，是因为打麻糍一直以来是娶新嫂、做喜事人家晚上闹洞房之前的重要活动节目和吃食，代表着亲人们对新郎新娘的美好祝福；说甜蜜，是因为热腾腾、软绵绵、黏糊糊的糯米糍粑沾满甜豆末之后，香喷喷，甜滋滋，入口就化，寓意着新婚生活的馨香甜美。打麻糍的主料是新鲜优质的糯米，配料是黄豆、白糖。先把精选的糯米用清水浸泡至能用手捏碎，然后上大木甑用柴火蒸至烂熟，再将熟糯米饭倒进大石臼。接下来，精彩的时刻到了，该本家精壮男丁上场了。五大三粗的棒小伙子，人手一根竹捣棍，喊着号子，呼应着婚礼司仪的祝词，一边绕着石臼转圈，一边用力捣着石臼里的糯米饭。在吭唷吭唷的号子声中，棒小伙们愈加投入，愈加卖力，糯米饭由粒状变成黏糊糊的一团，噗滋噗滋，拉扯着捣棍，打麻糍演变成一场你来我往的艰难的拔河拉力赛。经过一番鏖战，最后，高潮来临，五六根捣棍齐齐插向石臼，一番绞夹。"起！"随着领头人一声断喝，整臼的热糍粑生生被凌空夹起，放进早已备好的大木盆中。接下来，男人退场，女人上场。女人们迅速将热糍粑分捏成大小均匀的丸子，在豆末里滚上几圈后装盘上桌。豆末用炒得香脆的黄豆磨成，再加入白砂糖，那滋味啊，真是香甜无比！结婚是红喜，讲究吉庆，东家用打麻糍待客以示盛情，客人送打麻糍祝贺以表厚谊，成为山乡一种独特的习俗。

　　工艺最复杂、吃法花样最多、保存时间最长的当属打黄年米果。打黄年米果当在秋收之后，小年之前。这时节，农活已经干完，年货正在筹备置办中，打黄年米果既是一种聚会娱乐，也是为过大年而做的一种准备。黄年米果的名称，来源于一种名叫黄年柴的树木，用这种树木烧灰化成的碱水有一种特别的香气，用这种碱水浸泡禾子糯（打黄年米果的专用米）打出来的黄年米果又长久地保存在这种碱水中，不但香味醇厚，而且久储不坏，可以长年四季拿来待客食用。打黄年米果的用具和方法与打麻糍一样。成品黄年米果颜色晶黄，成长条状，表面细腻有光泽，闻起来有一种特别的黄年木香味。黄年米果可以当主食，可以当菜肴，可以当点心，可以当零食。当主食的时候，将黄年米果切成均匀的薄片，放入滚烫的沸水中，翻滚浮起后加入调味料，撒上葱花，啊，那一股浓香味，吸入肺泡深处，从外到内把你的每一个细胞熨烫得服服帖帖。当菜肴，整个奉新县最风靡的家乡菜就是红柳或油菜柳炒黄年米果。炒得绵软的黄年米果，吸收了红柳的菜汁，恍如醉酒的新娘，张着酡红的脸羞涩地蜷在白玉盘中，憧憬着美妙时刻的来临。当甜点，只需将切片米果用热油煎至外焦内软，撒上白糖，就是待客的好东西。而在漫长的冬季，抱着火笼，聊以打发无聊时光的，就是把黄年米果切成大片，放在火笼罩上烤来做零嘴。切着烤着，烤着翻着，翻着吃着，再掺杂点游戏，点缀些家长里短，一整天就过去了。

打米果也不全是喜庆事，像清明节的艾米果，就寄托着对逝去亲人的怀念与哀思，当然，也包含有对春天、对新生命的期盼与喜爱，有"尝新"的意味。清明，是农历二十四节气之一。中国传统的清明节大约始于周代，距今已有2500多年的历史。《历书》："春分后十五日，斗指乙，为清明，时万物皆洁齐而清明，盖时当气清景明，万物皆显，因此得名。"清明一到，气温升高，雨水增加，正是春耕春种的大好时节，故有"清明前后，种瓜点豆"之谚语。清明节是一个祭祀祖先的节日，主要是扫墓，扫墓是慎终追远、敦亲睦族及行孝的具体表现。清明到了，干腌的冬菜也吃得差不多了，新菜尚未上市，山野里已经东一簇西一簇冒出了艾草的嫩叶。山民们将鲜嫩的艾叶采摘回来，用沸水焯过，和入粳、糯按一定配比磨成的米粉，做成真正"绿色"的食品。艾米饼里有馅料，馅料主要有两种：一种是红豆馅，用煮熟的红豆做成，味甜；一种是春笋猪肉馅，味咸，为了与红豆馅区分，常常在艾饼上面捏一个小鼻子做记号。艾米饼可以蒸着吃，可以煎着吃，甚至，为了满足寒食的要求，也可以冷着吃。清明挂纸扫墓，摆上一碗，可以祭奠祖先；出门上山干活，荷叶包上一包，可以充饥抵饿。

除此之外，上梁（建新房的竣工程序与仪式）要打上梁饼，做寿要打寿星饼（雕版压制，形如寿星公，故名），正月十五落水泡（类似于汤圆，沸水煮熟加葱花或白糖），亲友小聚狗耳朵（类似于北方的饺子，用米粉做成，有馅料，油煎），南瓜黄了做南瓜饼，韭菜长了做韭菜饼……一年四季饼轮番，一家有饼百家尝，各式各样的打米果打出了山民们的创造力，送出了山民们的热情好客，吃出了山民们对美好生活的憧憬与追求。

至于酸柳干、茄子干、辣椒干、葫芦干、苦瓜干、豆角干、甜笋干、阳桃梨干、薯片、烫片、盂兰片等名目繁多的其他美食，不但见证着奉新山民的勤劳智慧，也成为现代农

业产业化着力挖掘的宝贵乡土文化遗产。而这，恐怕得另辟
专章来介绍了。

备注：本文刊发于《中国教师报》2016年07月27日 有删改

美食小串串

NO.1：螃蟹八宝香糯饭

和平年代，大刀无用，怅惘间，提刀四顾，双目如炬，锁定"四跪而二螯"横行霸道的"大恶霸"——螃蟹，运斤如风，刀光闪闪，只消片刻工夫，活生生五只软甲海蟹便被大卸八块。

打开煤气灶，点燃"复仇"火，待锅底热油，将已经明正典刑仵作验身的"大恶霸"请入第二刑场。只见锅铲翻飞，红油四溅。鼻翼轻翕，鲜香沁肺。

事不宜迟，良机莫失，即时加入金灿灿的玉米粒、绿莹莹的豌豆子、红艳艳的胡萝卜丁爆炒。

与此同时，电饭锅奏起二重唱，噼噗间八宝香糯饭已然飘香。要提醒各位饕餮客的是：糯米滋润而黏糊，粳米寡淡而清爽，宜长短互补，相得益彰。

号角已经吹响，会演即将开始。期待高潮的冲动早已让人按捺不住，热腾腾、香喷喷的八宝香糯饭纵身倾入激情洋溢的欲望之都，一贯只知"和稀泥"的锅铲此刻一反常态，急于撮合春情涌动的红男绿女，胡搅蛮缠间，红的、白的、黄的、绿的、紫的、黑的，杂然相陈；粒状、块状，尽施其态；其鲜香浓郁，早已勾人魂魄。

当嘴馋的你风卷残云、意犹未尽地撷起炸得红彤彤泛着油光的蟹甲吸嗫时，你自然会想起广东某美食节目主持人的口头禅：真系食到骨都有味。

NO.2：红烧乳鸽

讲真，食到骨都有味的，红烧乳鸽绝对排得上禽鸟一号。

吃乳鸽是一件烧脑的事。当一整只喷香油亮、金黄香酥的红烧乳鸽被端上来，明明胃袋已经张牙舞爪，唾腺已经闸门大开，齿牙已经憋得咯咯作响，脑子却有些短路了。

一把扭下它的脖子？不行，这未免太残忍。尽管这只小生灵的命运降级为食材，伤天害理的罪孽早已由大厨们担待，轮不到食客们来赎罪，可是这么一件漂亮的厨艺珍品，要是没有了脖子，该是多么大煞风景。那么折下它的双翅？也不行，"折翅"的罪过仅次于杀生。对飞禽来说，双翅是它的活力之源，靠了这有力的双翅才能在长空中舒展美丽的身姿，画出优美的弧线。没有了双翅的乳鸽，既不可能产生"断臂的维纳斯"的缺憾美，又白白葬送了翱翔蓝天的梦想。这世上，还有比扼杀别人的梦想更不人道的事吗？我咽了口唾沫，目光继续往下滑。它的双腿已经盘曲在碟面，似乎只要轻轻一弹，就可以从碟中跃起。我正欲伸出的"魔爪"又犹豫着收了回来。缓缓地把碟子转动，现在正对着它的尾部。虽然从港片里知道港人有食鸡臀之癖，但"宁为鸡首，不为牛后"的古训带给我的心理阴影面积实在太大，无论如何也下不了口。环视四周，一众食客已是嗍手吮指、啧啧有声、满脸油光，难不成我只能打包走人？

蹰躇间，忽然觉得四周的目光变得诡谲起来，莫非我这无从下箸的怪模样也成了食客们眼中的"乳鸽"？我心虚地轻撩鸽髀，在髀体相接的一线隐隐现出一道裂隙，正有一股汤液带着浓香汩汩泛出。素来不肯暴殄天物的我，无奈只好唇舌相接。岂料，在汤液濡湿味蕾的瞬间，短路的脑神经立刻被接通，原来这才是享用一只红烧妙龄乳鸽的不二法门啊！大厨们为了打造这美食界的尤物，不知道在这小巧玲珑的胴体上耗费了多少的心机。光是沐浴净身的环节，就得大费周章，要用预先秘制好的卤水浸泡鸽体，以便让桂皮、香叶、陈皮、八角等香料的味道渗入肉身，丰富醇厚食客们的味觉体验。接下来的鸽体彩绘亦颇需耐心，先将浸淫百香的鸽体吊水沥干，然后用糖醋水一遍遍地给小美鸽上色，再用吹风机细细风干。只有经过上色处理的乳鸽，才能炸出皮脆色红的诱人品相。炸是最见厨师功力的。鸽入油锅，必须先用猛火滚油锁住肉汁，两三分钟后改用文火炸出香脆鸽皮。其中火力的调整、火候的掌握，全凭厨师的眼力、身法、手法、经验，没有自动挡，全是手动挡，来不得半点差池。

NO.3：酸笋焖鸭

说到凤凰，想起李义山的诗。读李义山诗，读到"不知腐鼠成滋味，猜意鹓雏竟未休"这两句，不免心生感慨：难道鸟也和人一样，口味差异这么大吗？

鹓雏，传说与凤凰同类，发于南海而飞于北海，非梧桐不止，非练实不食，非醴泉不饮，相当于心气高傲、口味刁钻、在饮食上有洁癖的那一类人。鸱鸟呢，则正好相反，口味重得吓人，专挑腐臭之物下手。食客中也有这么一类人，常人喜欢的新鲜食材在他们嘴里淡而无味，唯一只好臭鸡蛋、臭豆腐、臭咸鱼这一口，简直是无臭不欢。

酸笋亦属腐朽之物，好之者趋之若鹜，恶之者掩鼻逃夭。就美食而言，能做到色、香、味俱全固然好，实在做不到的话，也只能"两害相权取其轻"，牺牲一点儿色，牺牲一点儿香，只要味道好。酸笋初闻起来，确实有些不习惯。发酵之物嘛，总不免有些酸腐味儿。只要克服了心理障碍，便能充分感受到其酸、爽、脆、嫩，善与肉类搭配相互借味的独特魅力。

酸笋焖鸭就是经典菜肴之一，以广东南雄出品的为最佳，属客家名菜。南雄山清水秀，南雄麻鸭肉厚味甜，南雄酸笋取材龙竹笋苗或春笋，在食材上就已经胜出一筹。在烹饪方法上，地处粤北的南雄渐染了湘赣嗜辣之风，烩黄皮椒之辣、酸笋之酸、麻鸭之鲜于一炉。酸笋之酸爽让鲜美的鸭肉更加余味绵长，而鸭肉的鲜甜入笋，不仅中和、减少了酸笋之酸，且让酸笋于酸爽中又夹带着鲜甜。酸与辣本来就是打不散的冤家，酸借辣而飞扬，辣以酸而幽深。有了酸、辣两位味界大叔的加持，小鲜肉立刻变得霸蛮老道起来，有了一种横扫万千味蕾、直击心灵深处的强劲力量。"不吃隔夜菜"的信条在这里是要被生动打脸的，南雄酸笋焖鸭的吊诡之处就在于，放得越久，味道越醇厚越美妙。事实上，内心焦灼的味觉需求也不会允许它搁置太久，凡能留待第二天慢慢享用的，已经是极文雅、极有耐心的人。

　　酣畅淋漓的味觉享受之后，嗅觉上总不免有小小的遗憾，不过，一想到酸笋是笋之产物，笋是竹之产物，而竹又是所谓"岁寒三友"，食笋与赏竹都是君子的雅好，就算留点小小的遗憾也值了。

　　备注：本文刊发于《宝安日报》"光明文化"栏目　2020年01月10日

《酸笋焖鸭》曾以"酸笋的味道"为题，发表于《中国教师报》文化周刊《物语》栏目，2020年03月18日；以"酸笋之味"为题，发表于《精神文明报》"文化·生活"版"食坊闲话"栏目，2020年04月30日

NO.4：牛杂萝卜两相宜

要论荤素搭配、相得益彰的典范，非牛杂萝卜莫属。

牛肉已是大荤之物，牛杂更因其腥膻之气而令人掩鼻侧目。牛作为六畜之一，位居三牲之首，被称为"太牢"，在肉类食材中历来享有尊崇的地位。我国有着悠久的养牛、用牛、食牛的历史，牛文化非常兴盛。相传炎帝"牛首人身"，系牛族，崇拜牛图腾。到商周时期，养牛业就已经空前繁荣，有发达的"牛市"，出现了专门的牛类交易经纪人，即牛牙人。大名鼎鼎的姜子牙，就曾在商朝首都朝歌开店杀牛卖肉，兼做牛牙人。《黄帝内经》《本草纲目》等古籍都有记载，说牛肉补脾胃，益气血，强筋骨，对多种疾病具有药疗、食疗作用。从营养角度来说，牛自然是上上之品，故有"一杯牛奶加一片牛排强壮一个民族"之说。然而，按照中医理论，牛类又是大阳大燥之物，食之容易上火，体弱之人恐怕消受不起。

萝卜乃大素之材，体性寒凉。萝卜原产自我国，早在《诗经·邶风·谷风》中就有关于萝卜的记载——"采葑采菲，无以下体"，其中的"葑"是蔓菁，形似萝卜，也就是现在说的疙瘩菜；"菲"就是萝卜。萝卜在古代又称芦菔，在2000多年前的语言学专著《尔雅》中亦有记载。萝卜体积大，热量低，味甜、脆嫩、汁多，含有丰富的碳水化合物、膳食纤维、多种维生素，在民间历来有"小人参"的美称。元代许有壬《上京十咏芦菔》诗云："熟食甘似芋，生荐脆如梨。老病消凝滞，奇功值品题。"李时珍说萝卜"可生可熟、可菹可酱、可豉可醋、可糖可腊可饭，乃蔬中之最有利益者"。萝卜不仅是食法多样的美味，又因性凉、清毒、消积、增强免疫力，而成为食疗佳品。民谚有言"萝卜上了市，不用去药铺"，说的就是它的药用价值。

如此大荤大素、看起来风马牛不相及的两种食材，到了岭南厨家手里却成了绝佳的搭配。别看牛舌、牛心、牛肝、牛肺、牛肚、牛百叶、牛肠、牛粉肠之类的"牛杂碎"腥臊难闻，有了小苏打、盐、面粉的反复揉洗，有了十三香的老火慢炖，有了大块萝卜的克制中和，不但腥臊尽失，火气全消，而且百味潜生，众芳暗长，成了岭南大地老少咸宜、男女俱爱的特色美食。所谓"天下美食在广东"，正是缘于岭南大厨们的兼收并蓄、博采众长。

毕竟，单一的味觉刺激，固然可以爽到爆，终究难以持久，融和才是王道，才能牢牢锁住最广泛的铁粉儿。

NO.5：喧宾夺主煲仔饭

人类从茹毛饮血，到刀耕火种，再到"食不厌精，脍不厌细"，文明在不断演进，饮食的内容和形式也在不断地进化。

有趣的是，尽管饮食在精细化的道路上已经走了很远很远，但人们似乎总有一种执念，总喜欢从复古式的享用中去寻找某种怀旧的感觉。

比如煮饭，现代高科技的电饭煲已经能对煮饭过程进行高精度控制，确保煮出来的米饭最适合人们的口感，但是，人们依然对人类早期煮饭方式保有浓厚的兴趣，如竹筒饭、荷叶饭、煲仔饭、木甑饭之类，似乎越古老越朴拙就越能刺激食欲。

好吧，说正题，煲仔饭。煲仔就是砂锅，在古代也叫瓦釜，就是"黄钟毁弃，瓦釜雷鸣"那个"瓦釜"，煲仔是广东叫法，用砂锅煮出来的饭就叫煲仔饭。煲仔饭历史悠久，在2000多年前的《礼记注疏》中已有记载。煲仔饭之绝，首先就在于"器"绝，砂锅作为陶制品，导热慢，受热均匀，散热也慢，煮出来的饭特别香。其次是"法"绝，一碗好的煲仔饭要经过浸米、焖煮、码菜、沥油、浇汁等步骤，饭香从下往上升腾，肉菜香自上往下渗透，秘制调味汁则把整煲米饭的味觉享受推向了更加美妙的境界。最后自然是"料"绝，主料要精选油润晶莹、米形修长、柔韧适中、香味浓郁的丝苗米，这种米吸水性好，可以充分吸收馅料和油的香味，让煮出来的饭散发出独特的香味。即便是排骨、腊味、滑鸡、黄鳝、田鸡、咸鱼、冬菇等配料，也都马虎不得，一定要仔细挑选，精心腌制。末了，再点缀上一些绿菜，配上一碗老火靓汤，一碗营养丰富、香气扑鼻的煲仔饭就新鲜出炉了。

吊诡的是，煲仔饭最最精华的部分，不在饭，不在菜，而在煲底的锅巴。吸透了全部食材香味的锅巴，色泽金黄、干香脆口、滋味悠长、回味无穷。用瓷勺轻轻拨动煲口的锅巴，顺着瓦煲壁慢慢滑探煲底，将整片锅巴剥离，放进嘴里慢慢咀嚼，味觉的世界顿然变得宽广而悠长。

饭吃不完可以，菜吃不完也可以，但焦黄喷香的锅巴是断然不能被浪费一星半点的。从这个意义上来讲，又增添了几分喧宾夺主的意味。

NO.6：螺蛳壳里做道场

难得到的永远比易得到的好，得不到的永远比得到的好，这个心理规律不只适用于婚姻，也同样适用于饮食。

比如螺蛳，设若把所有的螺都去了壳，单单挑出那一团螺肉，即便是同样新鲜的食材，同样精细的烹制，你还会有那种一边忙不迭地吮吸着螺蛳壳，一边大口大口地灌着冰啤，一边与朋友高谈阔论的快意淋漓吗？

螺蛳，形似贝壳，是一种腹足纲软体动物。螺壳呈圆锥形，坚厚，壳高约3厘米，壳顶尖，螺层7层；壳面黄褐色或深褐色。一颗鲜亮的螺，从水域到餐盘，就是一个把时间拉长了又放大的过程。且不说在池塘，在田角，在溪流，需要寻寻觅觅多久才能把它们淘拣出来，单是"清水吐沙"这个过程就得费上好几天。自净之后，剪尾巴这个过程也是挺考验人的耐心的，所谓"螺蛳好吃尾难剪"，留口太大易漏风，螺肉吮不出来；留口太小易塞气，螺肉还是吸不出来，尺度全靠有心人去精细把握。螺蛳的烹制，用料非常讲究，火候尤需注意。姜、葱、蒜、辣自不必说，紫苏是万万不可少的，至于酸笋则随食客喜好。火候以刚好煮熟为宜，判断的标准是螺蛳的厣（yǎn），即开口处的黑色保护片，是否可以自然脱落，脱则预示着可以出炉上桌。

面对着这样一盘浓郁鲜香的螺蛳，想要正襟危坐，几乎是不可能的事情。明代广东状元伦文叙诗云："炒螺奇香隔巷闻，羡煞神仙下凡尘。田园风味一小菜，远胜珍馐满席陈。"然而，无论你是如何地舌津奔涌、心急如焚，都得耐住性子，轻轻夹起滚烫的螺体，小心翼翼地对准螺口，用舌尖撩开螺厣，催动丹田真气用力吮吸。运气好的话，鲜美的汤汁裹挟着螺肉突兀而出，直击你焦渴的味蕾，满足你嚣张的口腹之欲；运气不好的话，把一腔真气耗尽，把一张潘安脸吸成了猪肝色，螺肉依然纹丝不动，让你抓耳挠腮没奈何。解救之法是有的，只需倒转螺体，往螺尾开剪处轻轻一噏，再掉回螺口，借着汤流、气流拉扯腾挪之功，顺利地把螺肉叼扯出来。实在诸法皆空，尚可借助食螺神器——牙签把螺肉挑将出来。像王蓝田这种性情猴急，连个鸡子都搞不掂的人（典出《世说新语》忿狷篇），是断然与这美食无缘的。

"螺蛳壳里做道场"这句谚语来历有二：一说爱国民众将抗金英雄岳飞屈死风波亭后的遗体藏在螺蛳壳里；一说螺壳虽小，寓藏着佛教小乘、中乘、大乘三重境界。

而在我看来，这句谚语的背后不仅潜藏着无穷美味，也寄寓着国人深奥的美食心机和对美好生活的无限追求。

备注：本文刊发于《宝安日报》"光明文艺"栏目　2020年05月08日

阅

读

用苦难雕琢心中的英雄

——评远人历史小说新作《沧海蛮荒：九州共主大禹》

大禹这个人物，对一般读者而言，是一个真切而邈远的存在。

启蒙之初，"三过家门而不入"的典故就已经深深镌刻在了我们的脑海，成为古圣先贤舍小家为大家的典型事例。然而，大禹治水的故事毕竟太过遥远，遥远到只剩下一个古老的传说，可资考证的文献和实物太少。因此，在我看来，还原大禹波澜壮阔的一生，是一个几乎没有办法完成的任务。

历史小说不同于历史著作，历史著作是建立在文献与实物考证的基础之上的严谨推论；也不同于其他类型小说，可以依据作者自己的逻辑天马行空，自由发挥。它必须尊重基本的历史事实，同时又要尽力展开自己的想象，将历史人物放到特定背景之下，依据人物自身的内外两个逻辑，来设定故事的情节走向，丰盈人物的血肉之躯，注入自己对历史、对社会、对人生的独特认知。

所以，很自然地，在拿到远人兄的新作《沧海蛮荒：九州共主大禹》之后，我没有急于开卷，而是先自私地在心里存了两个疑问：一个依傍极少的历史人物，甚至可能是神话人物，真的可以凭作家一己之力铺张成洋洋 38 万字的长篇历史小说？一个以写诗为主业、对语言的锤炼追求到极致的人，真的可以舍弃对语言、意象、自我情绪的迷恋，转而站在读者的立场，充分满足读者对历史奥秘的好奇心、对故事情节的天然爱？

在接下来的 72 小时里，我摒除一切杂念和干扰，沉浸在这 38 万字当中——更准确地说，是沉浸在作家所建构的特殊艺术世界中，跟随着主人公大禹命运的起伏沉浮而喜怒悲乐。这真是一趟奇幻的穿越之旅，时空切换到了远古的部落时代，天下尚未真正一统，文明已经悄然萌芽，人力与自然的矛盾到了必须展开对决的地步。时代呼唤着真正的英雄人物，一个能凝聚起众人的智慧与力量，以大无畏的英雄气概和百折不挠的勇毅精神，开山豁土，导流疏洪，为万民争得生存空间的救世主式的英雄。生存还是死亡？每当历史走到紧要关头，这个问题就成了时代最为紧迫的命题，而能够奏响救亡图存最强音的，只能是那个被时势所选择、所创造的英雄。我不知道写大禹是作家本人的主动选择还是被动接受，我只知道湘人素来多情重义，或许在他们血液里就一直流淌着英雄的基因，在他们的心灵深处就始终住着这样一个英雄。与其说他在还原历史，还不如说他在雕琢自己心里住着的那个英雄。

用什么来雕琢？那就是苦难这把凿刀。正像孟子说的："故天将降大任于斯人也，必先苦其心志，劳其筋骨，饿其体肤，空乏其身，行拂乱其所为，所以动心忍性，曾益其所不能。"作家挥舞着他的凿刀，在文命（本名"禹"）的身上刻下一道道伤痕。文命幼年在汶山被洪水围困，尽失家园，被迫四处逃难。辗转到尖山之后，父亲鲧治水不力被囚羽山，他和九婴闯山欲救出父亲，孰料父亲竟被后羿射杀，他眼睁睁看着父亲死在自己怀中。母亲脩己因思念过度，淋雨生病，听闻死讯，精神支柱倒塌，也在自己怀里咽了气。在茫茫沧流中，洪水暴涨，船队船毁人亡，几为洪流溺毙。巍巍不周山下，他又遭共工算计，山崩屋焚，险乎命丧敌手。劈山导流，悬崖凿石，失足无处觅尸骨。封豕作乱，身囚石室，刀矛无眼成孤魂。熊衣惹祸，情海翻波，枕边人成崖下鬼。兄弟背叛，贼子猖狂，羲由妹殉情自戕。这一道道伤痕，刻在文命的身上，也刻在读者的心上，让人有一种掩卷恸哭的凄伤。

伟大的作家都是残忍的，残忍到让人不忍直视而又无可回避。伟大的作家也都是仁慈的，仁慈到恨不得把自己的热血全都输入到笔下的人物体内，替他延续多舛的生命。尧舜的重托是输血，父母的叮咛是输血，妻儿的景仰是输血，部属的鼎力是输血，万民的期待是输血，甚至，连作家自己都要时时钻进文命的体内，在每一个风雨飘摇的孱弱关头，一次次地为他加油打气。我不知道文命是不是作家最喜欢的人物，但毫无疑问，他是本书最为重要最为核心的灵魂人物。能否塑造一个立体的、多面的、复杂的、丰满的、有深度、有厚度、有高度、更有力度的文命也毫无疑问是评判本书成败的一个重要标准。事实上，作家不仅仅写出了一个极富震撼力的文命，甚至他笔下的每一个次要人物，都有一种叫人过目难忘的魅力。不必说心性高傲、争强好胜的九婴，也不必说敢爱敢恨、敏感多疑的女娇，单是封豕这样一个小跟班，就有许多耐人琢磨的东西。

如果说人物是经，那么故事就是纬。人物不是概念的人物，而是活在故事里的人物。作家以大禹治水，以人与自然的矛盾为主线，将丹朱与虞舜的政权继承矛盾、平阳与三苗及水正部落的央地矛盾、大隧与封豕的部落内部矛盾、后羿和冯夷的情敌矛盾等一切故事要素，巧妙地编织在一起，丝丝缕缕，千里伏线，缩合自然，令人拍案叫绝。作家特别钟情24、7之类的数字。在他看来，一天24小时，一年24节气，人伦24孝图，《道德经》24章；音分7阶，文有7体，丧祭7日为期共7轮，昆德拉的长篇皆为7章，这一切冥冥中似乎蕴藏着某种不可泄漏的天机。全书共24章，每章7节，页数控制在15页左右，章题简明精要，情节跌宕起伏，节奏张弛有度。作家熟谙中国读者的阅读偏好，借鉴传统章回体演义小说的技法，在每章的结尾，留下一些勾人魂魄的"梗"，令人手不释卷，欲罢不能。

最后不能不提的是，虽然诗人的语言修为早已达到常人难以企及的高度，但他极力克制着自己的语言技痒，以极朴拙的方式讲述着这个古老的故事。即便如此，我们在阅读这部书的时候，还是能感受到湘楚古风、风骚遗韵。

事实证明，对一个成熟而有追求的作家来说，我在开卷之前的所有忖度和怀疑都是多余的。

备注：本文刊发于《青岛晚报》艺周刊青潮版作家频道栏目 2020 年 01 月 11 日

本文以"九歌雅社"共读专稿形式刊发于《宝安日报》2020 年 02 月 27 日

小人物的冷幽默

——评远人短篇小说《蝴蝶胸针》

　　作为芸芸众生里最普通的一分子，不知道是不是因为人到中年感同身受的缘故，对于文学作品里的"中年人"形象，对于所谓的中年人"生存困境"总是特别容易产生共鸣。

　　中年是个尴尬的年龄，好比抽离了火炉而暂未淬入冷水的铁块，红焰已褪而余温尚存，正被搁在铁砧上，任由生活的大锤小锤，敲打成各种情非得已的形状。曾经的沸腾热血，曾经的万丈豪情，曾经的美好憧憬，此时都已经成为阑珊的春意，正"挥一挥衣袖，不带走一片云彩"。倘若偷得浮生半日闲，取镜自顾，你会骇然发现，镜中的你居然变得如此陌生，陌生到让你怀疑人生。如果慨然接受这种现实，自觉服从命运的安排，自然风平浪静，天下太平。

偏偏中年又是人最不甘服输认怂的阶段，看起来一地鸡毛、一团灰烬，总有那么一两粒倔强的火种藏在灰烬的某个角落，觊觎着春风来把它唤醒。只要能量足够大，何止枯木逢春，梅开二度，即便捅翻了天，也不过是名士风度。可悲的是，有能量的人毕竟只是极少数，绝大多数人并不具备与命运相抗衡的资本。这就是生活和人性的双重真相，真实而残酷。

作为有着敏锐、丰富感觉的诗人，远人兄自然早就洞悉这真相，因而公交车上不经意飘落的，在其他乘客听来平平淡淡的一句问候"你过得还好吧"，也成了一粒倔强的火种，种在了他的心里，在某个冲动得无法遏制的时刻，终于蓬蓬勃勃地火烧火燎起来，于是就有了眼前的这篇《蝴蝶胸针》。场景就设置为公交车上，看起来是偷懒之举，其实大有玄机，为人物的表演和情节的推进创造了无限的可能性。车厢本身就是一个开放、流动的世俗社会，上车下车，人来人往，遇见别离，冲撞和解……人生的各种悲喜剧轮番在这里上演。世界很大，大到一辈子永不相见；世界很小，小到一抬头尽是故人。不谈概率论，一谈概率论就没有文学。文学讲究的是巧合与误会，一巧合，一误会，生活的真相出来了，人性的真相也出来了。车体是个运动的小天地，启动、刹车、欹斜、变线、绕行、故障等各种状况，都可以制造无穷的机会，打破内心与外表、此人与彼人、车内与车外的阻隔与障碍，勾连起各种故事要素。

人物有了，场景有了，故事也尽在掌握之中。那么，接下来还是要讲究一点儿技巧，而且还要处理得比较隐秘，尽量让读者看不到技巧的痕迹。那么，最好的办法，还是以一种轻度戏谑的方式，讽而不刺，让人物以其自身充满了矛盾性的言行来诠释内心和世界的逻辑。比如，小说一开头就交代，杨为民一方面心甘情愿亲力亲为所有的家务，一方面又嘟嘟囔囔希望邻居们都知道他才是真正的家庭劳模。比如，上车后，杨为民那"出了名的老实""不好色"的口碑，与他有意无意地向"小雁"的生活和心灵的隐秘深处窥探、挤压的言行之间的矛盾。再比如，杨为民"我也早受不了了"的口头宣示，和错过站后怕老婆赵爱萍骂而夺路狂奔的行为之间的巨大反差，等等。虽然远人兄在文中尽量隐藏技巧，但总还是有些蛛丝马迹，比如"骂二十句""犹豫长达一秒"之类的语句，无意中泄露了天机。

至于"蝴蝶胸针"，其实倒没有那么重要，反正该写的人写得差不多了，该写的事也写得差不多了。只是行文至此，总得绾结一下，总得对各方有个交代。好吧，那就"蝴蝶胸针"吧，好歹还有点象征意义，象征着中年人那早已锈迹斑斑、百孔千疮但依然必须坚定地信仰她无比斑斓无比美艳的爱情。

谈外遇，谈出轨，对杨为民这样的小人物来说，实在是太过奢侈的事情。在现实生活的坚硬阳光下，杨为民心里的那点儿小九九，连幻象都算不上，甚至还没有肥皂泡来得厚实，无须去刺就自己先破了。

一个为了省5块钱就大费周章的升斗小民，是没有钱、没有条件变坏的，即使有了钱、有了条件也不应该变坏的。

备注：本文以"场景设置"为题，作为"九歌雅社"共读专稿，发表于2019年11月8日《宝安日报》"光明文化"栏目，有删改

藏得住秘密的才是好作品

——读聂作平长篇历史小说《青山夕阳：大明文宗杨升庵》

防疫新生活，《青山夕阳：大明文宗杨升庵》伴。

2020 年的春节，"宅"是最好的防疫，"读书"是最好的"宅"，而《青山夕阳：大明文宗杨升庵》则是最好"读"的书。不是因为题签，不是因为作者书赠的小幅，而是因为书中藏着太多的秘密。

全书共 37 万字，以"说"成篇，通过甲篇"他们说"、乙篇"杨慎曰"、附篇"作平记"，从多个层面、多个角度叙说了大明文宗杨慎（字升庵）命途多舛、波澜壮阔的一生，展示了大明王朝色彩斑斓的风俗画卷。读之令人手不释卷，而又时时掩卷长叹、深思。

书名为什么叫《青山夕阳：大明文宗杨升庵》？说起杨

慎，不能不提他那首脍炙人口的《临江仙》："滚滚长江东逝水，浪花淘尽英雄。是非成败转头空。青山依旧在，几度夕阳红。白发渔樵江渚上，惯看秋月春风。一壶浊酒喜相逢。古今多少事，都付笑谈中。"一曲《临江仙》，荡气回肠，令人心生万千感慨。"青山依旧在，几度夕阳红"，青山和夕阳象征着自然界和宇宙的亘古悠长，尽管朝代兴亡盛衰，循环往复，但青山依旧，夕阳轮回。而在我看来，杨慎作为大明文宗，其超绝的才情、高标的风骨，又何尝不是亘古不变的青山夕阳，永远值得后人景仰？

作者是如何与杨慎结缘的？或许，我们大多数读者小时候都会像作平兄一样，想当然把《三国演义》里引用的《临江仙》，当成是罗贯中的作品，以名言警句的方式恭恭敬敬抄录在笔记本里。但是，我们再也没有人能有作平兄那么幸运，能够与知名国学大师和书法家"郑先生"结成忘年之交，一边扯着卤猪耳朵喝着酒，一边谈论杨升庵的传奇故事。自然，我们也不可能因了郑先生的缘故，而结识远在云南保山的杨慎的后人何先生，也不可能得到何先生演说杨慎故事的评书手稿，更不可能得到那只见证了无数秘密、隐藏着无数心事的木刻鲤鱼。

杨慎为什么会被廷杖？廷杖无疑是小说最为核心的事件，也是全书结构上的关键之处，绾结着众多的矛盾与线索，牵扯出大大小小各色人等，串联起北京、新都、永昌卫等不同的背景地域。廷杖不是一起单一、孤立的司法事件，廷杖的背后，是杨氏父子与嘉靖帝势同水火的矛盾冲突，是政治精

英分子和特殊利益集团的权力角逐，是循礼守制依法施政和
率性而为追求绝对君权之间的剧烈对撞。作者在时间轴上，
以廷杖事件为原点，由远及近，又由近及远，将廷杖的背景、
起因、结果、影响，经由不同的利害相关人之口，娓娓道来。
初读似乎不明头绪，掩卷方知严丝合缝。

　　杨慎为什么杖而不死？廷杖是一种肉刑，俗称"打屁
股"。同样一根栗木杖，在不同的行刑人手里，或者同一行
刑人在不同的行刑手法之下，行刑的结果却有着天渊之别。
所谓运用之妙，存乎一心，生生死死，尽在杖中。杨慎初杖
40，次杖20，中间仅仅隔了10天。真是旧伤未愈，又添新
伤，靠什么逃出生天？栗木杖的背后是行刑人，轻重全在手
法。行刑人的背后是监刑人，生死只在口令与步型。监刑人
的背后，是一层层更高级别的官僚、太监，甚至直通天听。
简单的廷杖背后，有着复杂的利害算计，也有着人生的因缘
巧合。死或者不死，这确实是一个问题。这个问题，和嘉靖
帝有关，和慎刑司刘公公有关，和干爹张永有关，和王有根
表字承宗有关，当然，更和姓杨单名一个慎字表字用修有关。

　　罪囚数百万字的遗著何以能够刊行传世？情感世界是文
学作品人物形象最为隐秘的世界，是人物的精神信仰和情感
动力的源泉。黄峨即便不是杨慎情感世界的全部，也应该是
最重要的部分。而反过来，则几乎可以百分之百地说，升庵
就是黄峨情感世界的全部。他们之间的爱情，是从为遂宁那
座高耸于涪江边的雕梁画栋的三层楼台命名而开始的，不约
而同写下的"储烟楼"三个字把两颗心牢牢地拴在了一起，

也把两个人的命运牢牢地拴在了一起。40 年的相知相契、不离不弃，关山千里的相伴相随、牵挂忧虑，让这份世人称羡的爱情变得益发醇香甜美，就像他们自创的荷秆酒一样。对于黄峨而言，并非没有委屈和怨艾，而是爱转化成了亲情与责任，于是人生最后孤独的十年便搬到了碉楼之上，一边回忆一边整理数百万字的遗稿。

为什么老家人杨敬修一辈子忠心耿耿追随杨家？都说，世界上没有无缘无故的爱，也没有无缘无故的恨。如果说"黄峨说"展现的是杨升庵的情感生活与情感世界，那么"敬修说"展现的则是有明一代社会面和市民生活的基本风貌。经由杨敬修之口，我们知道了那个时代藩王的强占强拆，知道了大饥荒年代的流民作乱。如果不是遇上杨慎的父亲杨廷和，这个没有名字也不知道生父是谁的妓女的儿子，早已经变成了刀下之鬼。是杨家收留了他，给他取了名字，给了他做人的尊严，给了他家庭的温暖，为他娶了亲成了家。可以说，他的一切都是杨家给的，他愿以他的整个生命守护着杨家，守护着杨府的一草一木。

……可以说，书中藏着太多太多这样的秘密。

《青山夕阳：大明文宗杨升庵》就是这样一部藏得住秘密、经得起琢磨、让人读得有滋有味的好书。作者似乎是个玩藏宝游戏的高手，把如许之多的秘密分散掩藏在不同篇章、不同人物的讲述之中。他故意一再克制着，把"包袱"藏着掖着，不轻易抖搂出来，诱使着读者一步一步往下读。而于读者而言，读《青山夕阳：大明文宗杨升庵》就像玩积木，非得把各种不同的部件拼接起来，才能获得清晰的原貌，窥破背后的天机。

而更让人讶异的是，作平兄不仅是位博学的文史专家，是一位擅长讲故事的高人，更是语言修辞的神人。当饥渴难耐的少年王承根，爬进驿站偷东西吃被人发现而慌不择路躲进芍药花下后，驿舍的一间房门开了，"屋子里的灯光水一样泼到我的身上，我浑身被又亮又烫的灯光湿透了"。书中，像这样的"造语新奇""体物入微"的句子比比皆是。如果哪位语文老师有心辑录下来，一定可以编一本《最新鲜语言修辞范例——作平篇》之类的好用又实用的教辅书。

手把作平兄的《青山夕阳：大明文宗杨升庵》，评点热播剧《大明风华》，该是防疫"宅"生活中最有文艺范儿的一种吧！

备注：本文刊发于《宝安日报》"光明文化"栏目　2020 年 02 月 20 日

带着梦想死去的人与时代

　　拿到《了不起的盖茨比》这本书，读着这个立场坚定、爱憎分明的标题，自然，我最关心的问题就是盖茨比到底有什么了不起。

　　诚然，这个书名并非来自菲茨杰拉德的创意，他最初属意的书名是《西卵的特里马乔》，可是被他的编辑佩金斯给否决了，改成了"了不起的盖茨比"（*The Great Gatsby*）。其实呢，"特里马乔"是古罗马作家佩特罗尼乌斯的小说《萨蒂利孔》中的一个人物，他通过自己的努力工作和不懈奋斗获得了财富和权力，以慷慨大方、热情好客著称。可以说，"特里马乔"身上这些特性和美德，也正是菲茨杰拉德所要倾力灌注给盖茨比的。只不过，正如佩金斯所担心的，就浮躁肤浅的一般读者而言，是没有兴趣从词源学上去推究书名含义的，与其让读者拿到书名不知所谓，不如干脆给他们一个鲜明有力的阅读指引。何况，Great 这个词本身，含义极其丰富，超乎寻常的、极大的、高度的、强烈的、出众的、了不起的、伟大的、崇高的、最重要的等，足以撩起读者对盖茨比其人其事的强烈好奇与悬念。

虽然，胳膊扭不过大腿的菲茨杰拉德最终勉强承认这个书名"还可以吧，不算坏，也谈不上好"，但在我看来，Great 却是个非常微妙的修饰语，恰到好处地概括了我读完全书之后对盖茨比的全部印象——这确实是个了不起的人！这是一个纯粹为梦想而活着的人。或许，梦想的种子早就种在了《霍巴隆·卡西迪》的书页里，他要成为西部牛仔英雄霍巴隆·卡西迪式的人物。为此他给自己制订了严谨的作息制度，从早上 6：00 到晚上 21：00，坚持哑铃锻炼和爬墙练习，研究电学，工作，进行棒球和其他运动，练习演讲和社交礼仪，研究有用的新发明。他要求自己决不吸卷烟或者嚼烟叶，每周读一本有益的书或者杂志，每周储存三块钱，更加孝顺父母等。穷小子出身的他学习刻苦，作战勇敢，工作勤奋，严于律己，踏踏实实朝着自己的目标坚定前进。

问世间情为何物？直教人生死相许！穷小子爱上富家小姐的故事虽然俗套，但盖茨比爱得坚贞，爱得纯粹，爱得热烈，爱得光明正大。为了吸引黛西的注意，找回失去的恋人，他不惜耗费巨资，买下豪宅，在周六大办宴席。通过邻居尼克·卡拉威的帮助，与黛西接上线再续前缘之后，他又直接与黛西风流成性的丈夫汤姆·布坎南摊牌，要求他离开黛西。

当情绪激动、惊慌失措的黛西驾车撞死布坎南的情妇威尔逊太太之后，他更是彻夜守候在黛西窗下，生怕她有什么闪失。甚至，在布坎南夫妇密谋潜逃，布坎南嫁祸于他，假借威尔逊之手来枪杀他的时候，他还痴迷地坚信黛西爱的是他而不是布坎南，她一定会给他来电话，直到死于威尔逊的枪弹之下。

与小说里形形色色的人比起来，与那些衣着光鲜但荒淫无度、撒谎成性、逢场作戏、虚荣自私、阴险虚伪的所谓上流社会的人士比起来，穿着俗气、文化不高的盖茨比简直就是人格上的几无瑕疵的完人。作者借故事讲述者尼克·卡拉威之口，喊出了他内心热烈而真诚的赞美："他们都是烂人，那帮混蛋全部加起来也没你高贵！"

但是，了不起的盖茨比必须死去，连同他的"美国梦"！冯积岐先生说，好小说是时代的一面镜子。而我要说，好小说还必须具有一些超越时代的东西。在小说的最后，作者写道："于是我们奋力前进，却如同逆水行舟，注定要不停地退回过去。"读到此处，我的胸口涌起一股淡淡的苦涩味道。

备注：本文系九歌雅社共读专稿

草原精灵——我的小姨

一直很喜欢读邓一光先生的小说，感觉好读、顺溜。他笔下的英雄人物很容易唤起读者心中的英雄情结，从而不由自主地被淹没在这种英雄主义的情感激流中。

从书架上取下《想起草原》这本书时，我有一些好奇：这是一部以女性为中心人物的长篇小说，长于打造男性硬汉形象的邓一光先生，会如何处理这一陌生的主角类型呢？随着故事情节的推进，热衷于追寻硬汉英雄的我，还是被书里这个奇女子深深地吸引住了。

这是一个张扬着生命活力、牵扯得无数男人心旌摇荡的草原女子，一个老资格的革命者。在激荡的时代风云中，在根深蒂固的男权传统下，她一而再再而三地被牺牲，被抛弃，被背叛，被利用，却始终执着于自己的纯粹，坚守着爱的底线。

　　她就是梅琴，"我的小姨"，一个自小就和动物嬉戏、听得懂动物语言、全身上下散发着草原芳香、充满了游牧民族剽悍野性的美丽的精灵。梅花鹿是草原的精灵，而她简直就是梅花鹿的化身。她总爱轻轻扬起精致高傲的下颚，在霞光的映衬之下，就像一幅剪影，是那么夺人心魄，以至于每个有幸见到这幅剪影的男人，都无可挽救地堕入这美与爱的旋涡而不能自拔。于是，围绕着这尊草原维纳斯，一个个男人粉墨登场又黯然离场，故事就这样一幕幕展开。

　　《想起草原》是邓一光先生在小说中第一次把焦点聚集在女性身上，以女主人公梅琴为中心，将满都固勒、焦柳、叶灵风、鲁辉煌等形形色色的男性角色作为陪衬人物环列于四周，用他们的或庸俗或冷酷或势利或软弱衬托出女主人公的纯粹、执着与刚强。

　　有人曾经说过："世界上最可爱的女人，是她被伤害九十九次后仍相信世界上还有第一百个男人会爱她。"是的，草原女子梅琴就是这样一个可爱到令人刻骨铭心的女人，哪怕容颜削损，贫病交加，孤独终老，也无法掩盖她生命的熠熠风华。

　　作为读者的我，就这样无可救药地因为爱上了这个草原女子，而爱上了《想起草原》这一本书。

　　备注：本文刊发于《宝安日报》"光明文化"栏目　2019 年 10 月 11 日

任诞背后的名士风流

——读《世说新语》

　　一个有趣的时代，一群有趣的人，走进一本有趣的书，留下了一种有趣的文化现象。

　　魏晋南北朝，有着以阮籍、嵇康、山涛、刘伶、阮咸、向秀、王戎这"竹林七贤"为首的名士们；《世说新语》，诉说着任诞背后的魏晋名士风流。

　　书的主编，南朝宋临川王刘义庆，虽然贵为宋武帝刘裕的亲侄子，但在猜忌狠辣的宋文帝刘义隆登基后，为了避祸全身，自求外镇，离开京城，逃离是非之地。恍若惊弓之鸟、心有余悸的他，为了彻底打消刘义隆对他的怀疑猜忌，寄情文史，招揽文学之士，编纂清谈之书，于是《世说新语》横空出世，并呈现出明显的 AB 面。全书凡 1200 余则，分 3 卷

36门。上卷以德行、言语、政事、文学这"孔门四科"，秉承汉武以来所确立的"罢黜百家，表彰六经"的传统，围绕主旋律，弘扬正能量；中卷9门紧随其后，继续尊儒、崇儒，是为A面。下卷23门，则打着贬斥的旗号，夹带着满筐的私货，谈玄论佛，品评人物，假借几代名士的作达行为，来表达自己在险恶、压抑的政治环境之下对精神自由的向往和追求，是为B面。

综观全书，最能体现魏晋名士风流的当属"任诞"门。所谓"任诞"，即任性放纵。名士们主张言行不必遵守礼法，凭禀性行事，不做作，不受任何拘束，认为这样才能回归自然，才是真正的名士风流。"任诞"门共36则，第一则交代的就是真名士排行榜，即历来为人称道的竹林七贤。

谈任诞，酒是一个绕不开的话题，36则中就有20则提到酒。柴米油盐酱醋茶，开门七件事，酒是不在其列的，可见酒并非基本生活的必需，而是基本生活之上的社会生活与精神生活的催化剂。在王恭看来，"痛饮酒，熟读《离骚》，便可称名士"，酒和《离骚》简直就是名士的标配。王忱则坦言，三天不喝酒，就觉得"形神不复相亲"，精神没有寄托。他在解释阮籍为什么热衷于喝酒的时候，一针见血地指出："阮籍胸中垒块，故须酒浇之。"真是知籍者，王忱也。而王荟更把酒对精神的接引推送作用推崇到极致，说"酒正引人著胜地"，意思是酒可以将人带到美好的境界。正因为如此，我们也就能理解为什么一听说"有贮酒数百斛"，阮籍"乃求为步兵校尉"；为什么"有群猪来饮"，阮咸居然爬上大酒瓮

"便共饮之"；为什么酒神刘伶面对妻子的威逼利诱面不改色心不跳，连祭神祷告的酒肉都不放过。

似乎有了酒，就有了对付世俗人情礼制的利器，哪怕这人情礼制也有权变的时候。阮籍母丧，按礼制，当斋戒，可他照样在晋文王司马昭的宴席上吃肉喝酒。司隶校尉何曾看不下去，怂恿倡导以孝治天下的晋文王将阮籍流放边远地区以正风教，晋文王却大度地说，身体是革命的本钱，居丧期间身体疲乏不舒适，吃点喝点实在算不了什么，只有把身体搞好了，才能将服丧大业进行到底，没毛病啊。何曾拍马屁拍到马腿上，阮籍自然吃得喝得更欢了。裴令公来吊丧，阮籍照旧喝得醉醺醺的，披头散发，摊手伸脚，眼泪都没一滴。裴令公老老实实按规矩趴在垫席上，哭泣哀悼。众人愤然，裴令公摆摆手说，阮先生是方外之人，不崇礼制，我辈乃世俗之人，以仪轨自居，不是各得其所吗！叔嫂不通问，是《礼记》定下的老规矩，阮籍照样去看望他的嫂子，有人讥笑他，他却满不在乎地说："礼岂为我辈设也？"

说到底，酒也好，礼也罢，都是小数，名士们真正追求的，是内心的恬淡、纯粹与自由。为了心爱的婢女，阮咸可以穿着重孝服，骑着借来的毛驴去追赶食言的姑母，一把将婢女抱上驴背，还一脸坏笑地说："人种不可失！"王戎把女儿嫁给了裴成公，一大早的也不打招呼就直通通地奔向女儿女婿的内室，女儿女婿分从床的两边起身，既不羞羞，也不尴尬，就在床前畅聊起来。王子猷雪夜醒来，又是喝酒，又是吟左思《招隐诗》，没来由就想起了远在剡县的老朋友戴安道，连夜乘了小船从山阴跑去剡县找老戴。船行一整夜，天蒙蒙亮，到得老戴家门口，却不进去，掉头又返回山阴。你说他神经病，他反过来教训你："乘兴而行，兴尽而返，何必见戴？"这真是所谓的得鱼忘筌，得意忘言，羚羊挂角，无迹可寻。

鲁迅先生称《世说新语》一书为"名士底（的）教科书"，而在我看来，它更像一面镜子，照出社会对个体、个体对自己内心的一种宽容度。读读这些有趣的人，有趣的事，你是不是会觉得自己活得太憋屈？

备注：本文系九歌雅社共读专稿，刊发于《宝安日报》"光明文化"栏目 有删改 2020 年 04 月 23 日

曹丕——帝王之尊的赤子情怀

谈建安，谈三曹，如果是作为一个整体概念来说，其一扫数百年之绮靡，开一代之新气象的历史定位，大抵是没有什么争议的。

不过，如果细分别论，情形又各个不同，尤其是在一般读者那里享受的阅读待遇实在相距甚远。三曹当中，魏武（曹操）以文治武功彪炳史册的耀眼光芒、横槊赋诗吞天吐月的豪迈气概，一直在读者心目中占据着颇为重要的位置。至于戏台上被丑化的奸雄形象，影响仅限于不识文字的村夫俗子，可忽略不论。陈思（曹植）虽然在现实生活的世界里是个悲情角色，但才情超卓，文采出众，其"七步成诗"的传奇故事，即便对一般读者而言也是耳熟能详。反倒是魏文（曹丕）的身份地位比较尴尬，论武，则为魏武的光芒所掩蔽；论文，则风头不及其弟，更因了"萁豆相煎"的典故，早早被贴上道德标签，在读者心理上引起"极度不适"，而被有意无意地忽略。

当然，这种状况，于魏文而言，是极不公平的。建安诗篇流传于世者不足300首，其中陈思约80首，魏文约40首，魏武20余首。虽然我们不能说数量的多寡就代表着成就的高低，但谈三曹只偏重魏武、陈思而轻视魏文，则显然失之偏颇。事实上，撇开政治权力斗争的残酷性不论，仅仅就文论文，魏文实在是文学史上一个不可忽视的人物。姑且不论他作为邺下文人集团的真正中心和核心领袖，是如何凭借他独特的政治地位和政治身份，将文学提到"经国之大业，不朽之盛事"的高度来看待，又是如何与文士们结成密友，鼓励和帮助他们开展文学创作，单是他自己的文学创作，就有很多值得后世研究的地方。

首先，从他作品的题材、内容来看，关注、吟咏的多是为数最为广大的社会中下层民众，如戍卒、贫儿、游子、思妇之类。余冠英先生选注的《三曹诗选》共录魏文诗21首，此类平民诗就有14首之多，比较典型的如《燕歌行》《杂诗》等，其中"秋风萧瑟天气凉，草木摇落露为霜""漫漫秋夜长，烈烈北风凉""西北有浮云，亭亭如车盖"之类的诗句是中文专业背景的读者比较熟稔的名句。其余7首诗里面，与帝王身份职业无关的有6首。这6首诗，即便看起来似乎内容关涉宴饮、游猎、思亲、咏史、抒怀，但其精神实质并不在铺张炫耀上流社会的奢华生活，也不在于表现展示贵族精英的高格雅调，而是以一个普通人的视角，以一颗赤诚的心，来抒写自己的生活感悟。如写铜雀台夜景的《芙蓉池作》，作者完全无意渲染宫阙苑囿之美，"双渠相溉灌，嘉木绕通川"，"丹霞夹明月，华星出云间"，呈现在读者眼前的是纯粹的自然之美。唯一以帝王之尊而郑重铺排、极力张扬的《大墙上蒿行》，虽大肆夸饰服饰之美、宫室之巧、女乐之魅、酒食之精，然推究其用心，亦不过"有能从我游者，我能尊显之"，所谓求贤若渴是也。

其次，从艺术手法和语言风格来看，魏文诗作也具有明显的平民化倾向。魏文体式，有三言，有五言，有六言，有七言，甚至有的长达十三言，参差变化，形式多样，贴近民歌风格。表现手法无论是直抒胸臆，抑或借景抒情、托物寄情，都是平民式的，如蟋蟀、吟蝉、床帐、几筵之类。其用语，几乎不加雕饰，大率明白自然，形同白话，近乎口语。

而最能见出魏文赤子情怀的，当属那些抒写男女相恋和离别的诗。魏文似乎对扮演悲情女性有着特别的嗜好，俨然为天下失宠失恩女子的代言人，指天画地，信誓旦旦，一身贾宝玉式的傻气，读之哑然、哂然、莞然。

备注：本文系九歌雅社共读专稿，刊发于《宝安日报》"光明文化"栏目　2019年12月06日

苏辙：政治犟驴与文艺小清新

苏辙，字子由，北宋文学家、宰相，唐宋八大家之一。一般读者能记起"子由"这两个字，全赖那首脍炙人口的《水调歌头》。词前小序云："丙辰中秋，欢饮达旦，大醉，作此篇，兼怀子由。"于是，我们都记住了苏轼有个弟弟叫"子由"。

苏辙这个"小苏"在"三苏"里名气最小。名气最大的当然是"大苏"苏轼，那家伙可是诗、词、歌、赋、文、书、画样样精通，还活得那么洒脱，那么精致，那么有品位，实在是让后世之人羡慕得紧啊！至于"老苏"苏洵，也因了中学语文课本里的《六国论》而在读者心目当中占得了一席之地。"小苏"呢，只在课本里间接露了个脸，自然委屈得多。这情形，有点像现在的文艺名家进校园，谁往学校跑得越勤，谁的名气就越大。

康震教授讲"三苏"讲得很精彩不假，但他似乎也无意颠覆"三苏热搜排行榜"的传统格局。《康震讲三苏》全书共22章，"大苏"占去18章半，"老苏"占去2章，"小苏"才占1章半。可见，无论历代评家口头上多么尊崇"小苏"文学成就不低，但一旦涉及实质性的问题，还是不肯脱离大众的品位。尤其是在市场经济的条件下，如果不与读者大众保持一致，而偏执于自己的小众路线，那只能把自己的书打包背回家自寻销路了。当然，康教授还是很给"小苏"面子的，为他取了个很有煽惑力的章节名《苏辙：冰山下的火焰》。这意思就是说，万一哪一天"小苏"突然火起来了，别怪我当初没看好他，全是因为他自己太高冷，把一身的光芒掩藏在了冰山之下。高明！

在一般读者的印象里，苏轼已经算是特立独行的，故而既不见容于新党（改革派），也不见容于旧党（保守派）。没想到，貌似平和内敛的苏辙其实骨子里比苏轼还要激进，还要倔强。在王安石变法时，苏辙直言不讳，认为青苗法于国无福，于民不利。等到保守派上台，司马光想要恢复差役法，改变科举条例，苏辙又坚决反对。再后来，哲宗亲政，试图恢复熙宁新政，苏辙又上书阻止。如此不识时务，屡遭贬谪也就没什么奇怪了。不过，比起苏轼来，苏辙终归还是要幸运得多，不仅曾经拜相参政，寿年也长得多。与这种问政风格相适应的，是苏辙的理论思想和学术背景。他学出孟子，遍观百家，主张学文明理，重视经世之学，善于借鉴历史的经验教训。

从创作上看，苏辙擅长政论和史论，这与他的从政风格是相吻合的。在政论代表作《新论》三篇里，苏辙特别强调夯实执政之基的重要性，他说"今世之弊，患在欲治天下而不立为治之地"，譬如"欲筑室者先治其基，基完以平，而后加石木焉，故其为室也坚"，治理国家需要形成一整套行之有效的制度体系，特别是在吏、兵、财三个方面除弊兴利，才能实现天下大治。在史论方面，他的《历代论》12篇，自三皇至五代，从尧舜到冯道，论古今成败，考治乱得失，旁征博引，论证严密，体现了相当的问题意识和历史思考。《六国论》评论齐、楚、燕、赵四国不能支援前方的韩、魏，团结抗秦，暗喻北宋王朝前方受敌而后方安乐腐败的现实。《三国论》将刘备与刘邦相比，评论刘备"智短而勇不足"，又"不知因其所不足以求胜"，也有以古鉴今的寓意。

从纯粹文学创作的角度来看，他的很多诗文作品也体现出了极高的文学素养和驾驭能力。如在《庐山栖贤寺新修僧堂记》一文中，这样描绘栖贤谷："谷中多大石，岌嶪相倚。水行石间，其声如雷霆，如千乘车行者，震掉不能自持……水平如白练，横触巨石，汇为大车轮，流转汹涌，穷水之变。……狂峰怪石，翔舞于檐上。杉松竹箭，横生倒植，葱蒨相纠。"其造语之奇特，形容之精妙，如丹青画图，令人叹为观止。再如《墨竹赋》，苏辙以优美的语言赞美画家文同的墨竹："若夫风止雨霁，山空日出，猗猗其长，森乎满谷，叶如翠羽，筠如苍玉。澹乎自持，凄兮欲滴，蝉鸣鸟噪，人响寂历。忽依风而长啸，眇掩冉以终日。笋含箨而将坠，根得土而横逸。绝涧谷而蔓延，散子孙乎千忆。"竹子的情态在他笔下是那么细致逼真，那么富有诗意。

可以毫不夸张地说，苏辙既是一个有很强使命感的治世之材，又是一个文学素养极高的文学大家。

备注：本文系九歌雅社共读专稿，刊发于《宝安日报》"光明文化"栏目 2020 年 01 月 03 日

现

场

聂作平闲话中国历史

历史是比较好玩的东西，上下五千年，撕开任意一个口子，都有太多不为世人所知的秘密。

随着四川文艺出版社《沧海蛮荒：九州共主大禹》《青山夕阳：大明文宗杨升庵》等历史名人丛书之小说系列作品的推出和热卖，读书界又掀起了一波历史热，深受读者喜爱的文史大玩家聂作平老师又出现在了公众视野里。

聂作平，《青山夕阳：大明文宗杨升庵》一书的作者，1969 年生于四川富顺。曾从事过企业秘书，报刊编辑、策划等多种职业。现从事专业写作，中国作家协会会员。已出版著作 30 余部，主要有长篇小说《自由落体》《长大不成人》《青山夕阳：大明文宗杨升庵》；随笔《历史的 B 面》《天朝 1793—1901》《画布上的声音》《纸上城堡》《一路钟情》《一路漫行》《光阴纪》，诗集《灵魂的钥匙》等。主编有《中国第四代诗人诗选》。另有影视剧本及纪录片脚本多种。

其实，聂作平老师与深圳光明区的读者还是很有缘的。前不久，聂老师曾应光明区公共文化艺术中心"光明大讲堂"之邀，前来光明区，与光明区的读者分享他研究、思考历史的一些心得。以下为聂作平老师讲学实录，讲学采用谈话方式进行，协助嘉宾是聂作平老师的多年知交、《沧海蛮荒：九州共主大禹》一书的作者、光明区作协主席远人老师。

1. 远人：人类为什么需要历史？

作平：坦率地说，我不是历史专业出身的，我是学会计统计的，是学了会计连报表都看不懂的那种。研究历史，纯粹出于兴趣。我这个样貌，似乎与历史学者八竿子都打不着，反倒看起来像"土匪"——一个比较羞涩的"土匪"。（听众爆笑）

作平：人类为什么需要历史？第一点，历史让人类有自己的集体记忆，免得像鱼一样，明明诱饵里藏着锋利的钓钩，却依然一代又一代，义无反顾地去上钩；因为鱼没有历史，而且据说它的记忆只有七秒；第二点，历史是如此邈远，如此的绵延不绝，它可以让人懂得自己的渺小。

2. 远人：拿破仑时代过去了，教士时代来临了，为什么有的人觉得自己渺小，另一些却觉得自己伟大呢？

作平：问得好，咱们接着谈历史的第三个意义，人类历史上那么多伟大的人物，如唐宗、宋祖，如恺撒、拿破仑，都早已作古。一想到这么多的历史伟人都已经长眠在脚下的大地，是不是可以让人更好地接受死亡这个事实？（爆笑）

3.远人：中国历史特别漫长，是不是？

作平：是的，皇皇二十四史，不，皇皇二十六史！

4.远人：西方人不承认夏朝，你怎么看？

作平：西方人的历史观建立在考证的基础上，因为目前还拿不出关于夏朝存在的过硬的考古实证。

5.远人：那么，夏朝到底存不存在？

作平：不好意思，您挖的坑我不能跳。实事求是地讲，我不能证实，也不能证伪。

6.远人：您能否各用最简单的话概括一下中国的每个朝代？

作平：可以的。比如商朝尚"鬼"。商朝特别重视祭祀，对鬼神充满敬畏，甚至用活人祭祀，非常残忍。

远人：古希腊人不惜动用十万人马、一千多艘战舰，对特洛伊人进行长达十年的征战，只为了夺回一个女人，但大军出征前却要杀一个女人（公主）祭旗。这是不是让人觉得很荒谬？

作平：这个问题，不能用现代思维去解释。站在那个时代，站在他们那些人的角度，能够充当祭品是很神圣、很光彩的事情，祭品离神很近，死亡就意味着永恒。

7. 远人：与其他文明相比，中华文明有什么独特性？

作平：第一点，中华文明始终没有断绝；第二点，中华文明是一种孤独的文明；第三点，中华文明是一种集权的文明（补充：不含任何贬义）。如治河，必须具有一种国家的力量，才可能真正有所作为。

8. 远人：这种孤独的文明会不会让人恐惧？

作平：那也不一定，不是有过郑和下西洋吗？其实早在宋朝，朝廷就鼓励对外贸易，当然，允许对外贸易主要是出于经济需求。

9. 远人：在您看来，对中国历史产生了巨大影响的都是些什么人？

作平：周公旦——封建制（起于周）、嫡长制（形成家、国同构的社会政治结构），周礼。

远人：那么周就可以用一个"礼"字来概括。

作平：秦始皇结束封建制，开始集权制。秦始皇——统一天下、统一文字、郡县制。

远人：那秦朝就可以用一个"统"字来概括了。（作平微笑、颔首）

朱元璋——对中国历史的负面影响更大。以前宰相权力是非常大的，重要文件需宰相副署。朱元璋后来就废了宰相制度，由皇帝直管六部。朱元璋个人精力充沛尚可应付，其他皇帝就不行，只好设立内阁，再后来交付太监，就有了后来的宦官干政、宦官乱政。（远人听得入神，似乎忘了追问明朝该用哪个字概括）

孔子——积极入世，比较正能量，儒家文化一直对中国影响深远。

老庄的道家是对中国人心灵的一种安慰。

10. 远人：如果可以穿越，您愿意穿越到哪个时代？或者说，您最喜欢哪个时代？（远人始终不肯放弃他的问题）

作平：春秋时代——百家争鸣，战争讲礼制，有贵族精神，抓俘虏不抓老年人（二毛①），人民可以用脚投票。

宋朝——经济发达，文化发达，精神自由，文人地位高。宋仁宗宅心仁厚，晚上想吃羊肉，因怕杀牲、扰民而作罢。另，与朝臣谈话时，被朝臣毫不客气地踩痛点（绝后），他只能回到寝宫与皇后暗自垂泪。市民生活比较发达。

晚清——朝廷控制较弱，社会本来有机会向前发展。

（远人插话：个人比较喜欢北宋）

唐朝——有一年全国判处斩刑仅 20 人，出于人道考虑，在处斩之前，放他们回家团聚，这些人犯悉数按约返回监狱，无一人违约，全社会洋溢着一种青春气息。（看来，远人又准

---

① 二毛在古代指花白头发的人，代指老年人。

备自行概括。）

11. 远人：你的《理想的灾难》是一部什么样的书？

作平：是一部反思中国历史上几次改革的书。从商鞅开始，包括桑弘羊盐铁专卖、王莽改制、二王八司马改革、庆历新政、王安石改革、张居正改革、洋务运动和百日维新等。

12. 远人：个人比较喜欢作平兄《1644：帝国的疼痛》，你认为明朝崩溃的原因是什么？

作平：中国五千年气候变迁是研究历史的重要考量因素。唐朝温暖期，17世纪寒冷期，庄稼歉收，民不聊生。政治上，祸起万历，万历不理朝政。个人来说，崇祯的性格有大缺陷。整个社会弥漫着末世情绪，为请客吃饭可以卖房子。东林党人名为清流，却大多挟有自己的政治小算盘。

远人：那南明弘光为什么也覆灭得那么快？

作平：皇帝太昏庸，军人拥兵自重，经济上严重透支。

13. 远人：某太监说"若是忠贤在，朝政何至于此。"

作平：不能同意这个说法，只会更糟糕。

14. 远人：听说您正在构思浩浩十卷本的《聂作平看历史》？您准备怎么写这个系列？如何与易中天区别开来？

作平：这些都是我当下正在思考和正在努力的，还是先给在座的各位朋友留下一个悬念吧！

讲学结束之后，聂作平老师还回答了现场听众提出的各种各样的有趣的问题，其大气、睿智、幽默的讲学风格给现场朋友留下了深刻印象。

备注：本文刊发于《宝安日报》"光明文化"栏目 2019年12月20日 有删改

好作品沉在时间的最深处

十月沙龙，被拉上"解剖台"的是新近刊发的一篇随笔。文主因为课务繁忙，特地嘱咐我替他再带一双耳、一支笔，好好记录，以备咀嚼、消化。

话题先从"发表"开始。就一般写作爱好者而言，作品能够印成铅字，发表在报纸杂志上，无疑是一件激动人心的事，意味着自己作品的水准得到了编辑的认可，对于进一步激发写作者的创作热情具有正面的鼓动作用。但如果以为"发表"就是写作的唯一和最高尺度，且慢，那恐怕就走入了一个误区，一个极为有害的误区。

对此，沙龙主持者有着异常清醒的认识，他直言不讳地指出，文学杂志的编辑面对的是千万个作者，发表或不发表都有千万个理由；而出版社的编辑面对的是千万个读者，出版或不出版，却只有一个理由，那就是有没有销路，读者认可不认可。他进一步申述，在报纸杂志发表的作品，从纯粹文学的角度来考量，多是二流、三流的作品，真正的好作品一定要有一种对文学的真正的理解。

这当头棒喝，对当事人而言，不啻兜头一盆冷水，幸好本人不在场。不过，这样也好，批评者们的顾虑被打消，纷纷打开了话匣子。首先被"揪"出来的是文中一些口语化的词语，如"拍马屁""毛"之类，有低俗之嫌，拉低了作品的文化品位。接着，批评的目光指向文章的选材和结构。有人认为，即便是纪实性文章，也不应该拉拉杂杂一股脑儿地往文章里送，尤其是涉及个人隐私信息的，更不应该未经当事人同意就白纸黑字公诸同好。材料一庞杂，如果梳理不力，又必然导致结构和条理的混乱。话题深入下去，大家开始挥锄挖根源，有的说急就章思虑不周，有的说题材虽好就是挖掘不深，有的说作品来源于生活但必须高于生活，有的则把矛头对准文学观……一时间，小小的会议室里，火花迸射，硝烟弥漫。

或许是"文学观"三个字触动了他的某根神经，方才还一脸平静、专心旁听的主持人也按捺不住，他严肃地指出，文主对文学的理解存在方向性问题。他举例说，托尔斯泰"翻身用脚找到拖鞋"这个细节描写，没有使用一个形容词，但在特殊的语境中，短短八个字已经画面尽出，再也加不进任何的修饰语，这就是"名词写作"的巨大力量。好的文字，一定是有力度的，一落笔就能吸引读者读下去。在座的很多人喜欢写诗，但有没有体会到，诗本身就应该是精华的语言，是把十句话浓缩成一句话，自然会生长出一种特别的力量。作为写作爱好者，除了在语言锤炼上下功夫，还必须善于运用细节，要有进入细节的力量，好比踢足球，临门那一脚非常重要，决定着你能不能破门。比如，罗曼·罗兰在写《约翰·克利斯朵夫》的时候，对于约翰·克利斯朵夫徘徊在寡妇门前那个细节，处理得就特别用心。

主持人的情绪渐渐高涨，变得兴奋起来，烟盒在手中飘来飘去，好像那就是他的赛车。其实，赛车对他来说，完全是多余的，因为他连驾照都没有。不过，这有什么关系呢？思想的驰骋是不需要驾照的。当他的两眼开始灼灼发光的时候，我知道，思想的引擎已经在点火、发动，只需一脚油门，就可以狂飙起来。有那么一刻，他似乎在酝酿，在等待，目光变得沉静起来，语调也低沉了下来。他说，伟大的文学都是残忍的，因为人生本来就是残忍的，而那些残忍的文学家最后都成为大师。建议大家好好读一读陀思妥耶夫斯基的《宗教大法官》，其中提出了一个严肃的命题：人没有了上帝会怎样？结论是：人会作恶。我们知道，在西方的宗教传统里，耶稣是要复活的。那么，耶稣复活之后呢？陀思妥耶夫斯基说，耶稣复活之后是会被世人所唾弃的。这是何等的"大凶大恶"之人才会有勇气挑战西方世界延续了千年的宗教传统啊！

他的目光从邈远的文学史回到会议室，环视着会议桌周围的这些文学爱好者，语重心长地说，作为文学爱好者，既然爱好了，就要努力在这条路上走得更好更远，就要多去看看文学的最高点到底在哪里。文学始终会有一个标线横在那里，如李白、杜甫、曹雪芹、托尔斯泰、陀思妥耶夫斯基等，都是标线。杜甫之所以成为诗圣，就在于所有的河流都流到了他那里，而他又成为无数人的源头。我们为什么总是缺乏对朴素的自信？他似乎在自言自语。越简单的总是越有力量，最后，他用手理了理垂在额前的长发，抬起头，坚定地说，只有经历了时间淘洗的，才是真正优秀的作品。时间是值得迷信的，好的作品总是沉在时间的最深处。话音落下，会议室陷入了沉静，似乎有一些东西在空气中发酵。

不知不觉，夜色已经逼近会议室。抬腕看表，沙龙已经从下午15：00开到傍晚18：00，而大家似乎还意犹未尽。我合上笔记本，想起临行前文主的嘱托，我知道，今夜注定是个不眠之夜。

备注：本文刊发于《宝安日报》"光明文化"栏目 2019年10月25日

微信版"香菱学诗"

香菱学诗是《红楼梦》里的精彩一节，不但展现了香菱的聪明、优雅，也诠释了"天下无难事，只怕有心人"的人生哲理。在现实生活里，"香菱学诗"的雅事也经常上演。这个周末，和诗友们的活动主题是劳模放假，集体去赏松山湖烟雨。游湖回来，意犹未尽，一波小小的诗潮在微信群里掀起。

琳哥的诗聚焦松山湖午后，撷取松山湖意象，款款曲曲，自有一种宁静温婉之美。

《松山湖的午后》：下午一点半的松山湖特别安静 / 偶尔的鸟鸣淹没在湖边的树林里 / 太阳在我们头顶打盹偶尔偷看白云 / 对镜梳妆 / 一只长腿白鹭发现了 / 一群鱼的秘密 / 带条纹帐篷的四人脚踏车泊在我们身后 / 被一排水杉抱在阴影里 /

微风掠过湖面吹来的时候 / 我们四个人坐在草地上 / 谈论一只误入沙滩垫上的蛐蛐 / 华姐拿出了砂糖橘 柿饼 花生 香肠 / 猴头菇饼干和酸奶 / 它们排列显得有点拥挤 / 湖面慢慢漂过来一条渔船 / 两顶竹笠帽正在牵拉渔网 / 他们神情平静配合默契 / 还有一份安宁和美好 / 远山倒影随湖面涟漪微漾 / 仿佛告诉我们 / 春天，正在路上。

照例是一片点赞，献花，让原本有些惴惴不安的琳哥，又转而担心起一众诗友太呵护照拂而不肯吱声，于是反复申明，自己足够强大，无惧拍砖。西宾兄抛出自己的板砖，说换作他写的话，会把后四句浓缩成一句：仿佛要捕捞庞大的春天。此言一出，立刻招来廖夫的揶揄："连春天都敢捕捞，真是口大吞天，就不怕吃相太难看？人家琳哥樱桃小嘴，细嚼慢咽，那才是淑女风度。"沉吟了半晌的炜兄觉得时候差不多了，很庄重地表扬起琳哥来："我觉得这首诗挺好。"熟悉他套路的我们赶紧竖起耳朵，恭候他的转折词"但是"，然而并没有。少了"但是"，不耽误炜兄将一柄剔骨刀舞得密不透风："偶尔"两个字不要，"阴影里"不要，"吹来的时候"不要，"四个人"不要……你看他剔起骨头来，左一块右一块，完全进入了一种忘我的境界。那神情姿态，与《新龙门客栈》里那个刀分烤全羊的伙计有得一比。又让人不免想起古代最伟大的厨师庖丁，"砉然向然，奏刀騞然，莫不中音。合于《桑林》之舞，乃中《经首》之会"。

如此一番操作，炜版《松山湖的午后》新鲜出炉：下午一点半的松山湖特别安静 / 偶尔的鸟鸣淹没在湖边的树林里 /

太阳在我们头顶打盹／偷看白云对镜梳妆／一只长腿白鹭发现了／一群鱼的秘密／带条纹帐篷的四人脚踏车泊在我们身后／被一排水杉抱着／微风掠过湖面／我们坐在草地上／谈论一只误入沙滩垫的蛐蛐／她拿出了砂糖橘 柿饼 花生 香肠／猴头菇饼干和酸奶／排列得有点拥挤／湖面慢慢漂过来一条渔船／两顶竹笠撒着渔网／神情平静，配合默契／藏有一份安宁和美好／远山倒影，随湖面微漾／仿佛告诉我们／松山湖的春天／已悬在我们的头顶／正在迫降。

末了，炜兄故作谦虚，一脸坏笑地说："做了一点儿减法，也不一定对。"他哪里知道，此刻琳哥脆弱的小心脏，在他一番乱刀之下，早已伤痕累累，痛彻心扉。廖夫这个坏人，也惹祸不嫌事大，干起了落井下石的勾当：古语云"蝉噪林愈静，鸟鸣山更幽"，何不改成"一两声鸟鸣淹没了整个树林"？"谈论蛐蛐"耽于叙述，何如"一只蛐蛐不甘寂寞／挤进我们的谈话"？

于是，借机推出廖夫版《松山湖的午后》：一点半的松山湖特别安静／一两声鸟鸣淹没了整个树林／太阳油油地在水底招摇／白鹭的长腿把天空划破／鱼儿的羽毛纷纷坠落／四人脚踏车躺在阴影里／打量着风和水杉／连蛐蛐也不甘寂寞／挤进我们的谈话／觊觎华姐的砂糖橘 柿饼／花生 香肠 猴头菇饼干／还有酸奶／湖面慢慢漂过来／两顶竹笠／还有那条船和网着的／春天

西宾兄明明知道自己很放肆，嘴上嘀咕着"琳哥不会生气吧"，手上却抱起一块更大的石头——西宾版《松山湖的午

后》：一声鸟鸣／统治了整片树林／太阳眯缝着眼／偷看白云对镜梳妆／一只长腿白鹭发现了／松山湖游动的秘密／脚踏车无所事事／泊在我们身后／风有些絮叨／鼓动一只蛐蛐／离开草地 进入／砂糖橘 柿饼 花生 香肠 猴头菇饼干／和酸奶甜蜜的伏击圈／湖面漂过一条渔船／两顶竹笠撒着渔网／忙着捕捞整个春天。

华姐看不过去了："你们就不能照顾点琳哥情绪吗？"琳哥偷偷抹去眼泪，笑道："你们见过香菱哭吗？"

备注：本文刊发于《宝安日报》"光明文化"栏目　2020 年 01 月 17 日

肯来芹泮提英裁，要取芳编阅书香

10月24日下午，光明区实验学校中学部微格教室，一场小小的精神会餐在这里开席，主菜只有一道，就是主持人手上这本封面装帧极为简朴的16开本的图书。

这本书主标题"名作细读"，副标题"微观分析的个案研究"，据说这是一本教人怎么读书，同时也教人怎么教人读书的书，作者孙绍振教授是位颇有建树的文艺批评大家，福建师范大学博士生导师。

既然是读书分享会，抛砖引玉的任务责无旁贷落在了初中语文科组长、校报主编廖夫的身上。他操着具有浓郁鄱赣风情的赣版普通话，以"朱自清的《春》开场"，该篇将江南的春和北方的春、文人的春、劳动汉子的春放在一起做了很好的比较赏析，是鲜活的"群文阅读"的范例。

　　新入职的华师高才生，一身书卷气的刘瑞老师一开口就给大家制造了一点点小小的意外。她宕开话题，从王荣生的《文言文教学教什么》、刘小华的《把古文教活——激活文言文课堂的教学策略》谈起，通过对"盖""入""歇""颓""与"的不同译法的表达效果的比较，来揭示学术研究与教学实际的矛盾，抒发由学人到教师角色转换的困惑，看似与书目无关，其实暗扣主题，原来走的是迂回路线！随后，晓静老师晓畅义理，直指要害：细读方法是细读文本的利器，细读方法背后所支撑的精神内蕴则是细读文本的最终精髓。细读的精神倒影有多远取决于知识精神储备有多深，无论是《皇帝的新装》还是《水浒传》抑或《愚公移山》，都一样，唯有积累丰厚的精神储备，方能体味文本更深的奥妙。"文海茫茫取一瓢，深入浅出摸门道"，一听此言，就知道是我们的丽媛老师。她以穷根究底的学者精神，追溯了"孙氏细读法"的理论根源，阐释了"同中求异""异中求同"的比较阅读方法，揭示了"孙氏还原法"的实质就是从作品中提取矛盾。丽媛老师的发言让大家充分感受到了理论研究的力量。

　　为会场带来美丽风景的，是以朗诵见长的刘璐老师，她分享的是"一片金色的草地"。这当然是个比喻，大家心领神会。"我知道正是陆游的古诗《马上作》的佳句来启迪叶绍翁创作了千古名句；也感受到了余华的《十八岁出门远行》所带来的无痛之痛的至痛；哈谢克的《黑信》塑造的愚蠢的国王和弱智的警察局长使我忍俊不禁；川端康成的《父母的心》

中的父母对于放弃孩子后的种种心灵煎熬与守约之间的矛盾使我心生触动。契诃夫的小说《渴睡》中，一个女童工为取得基本的睡眠而掐死了老板让她没日没夜照顾的女儿使我十分震撼……"刘璐老师用一连串的排比句式，谈名篇，谈方法，谈收获，雄辩滔滔而气韵生动，把读书分享会的画风变成了深情的朗诵会。风格迥异的是骊君老师，她用岭南女子特有的温婉语调，分享了她于"差异与矛盾"中悟文学情志的实践经验。李亚老师也为今天的分享会做了精心的准备，她为自己的分享发言取了个很有诗意的名字——"与忧愁唱反调，与生命说和解"。她分享的是对两种不同风格的写秋、写冬作品的解读，提出既要让孩子感受生命的壮美，也要教孩子接受生命的不圆满。

让与会老师爆笑不已的是陈唯老师，她在分享柳永的金句"今宵酒醒何处，杨柳岸晓风残月"的时候，讲起了她家丁老师的故事。"醉酒的狼狈，我深有感触，我家丁老师喜欢喝点小酒，有时候也会喝多，每次他喝多的样子总让我有那么一瞬间怀疑人生：这个酒气熏人、不省人事的油腻男人，真的是我的丈夫吗？但是为什么到了诗词中就这么美呢？'绿蚁新醅酒，红泥小火炉。晚来天欲雪，能饮一杯无？''三杯两盏淡酒，怎敌他晚来风急''浊酒一杯家万里'……"

这里是光明区实验学校，一个将读书当作例牌、将分享当成盛宴、把教师的人文追求和文化生活当作建设品质学校抓手的地方。科研处红丽主任笑语盈盈："肯来芹泮提英裁，要取芳编阅书香。"曾广波校长一语中的："读书是门槛最低的高贵，读书是最好的化妆品。"

备注：本文刊发于《宝安日报》"光明文化"栏目 2019年11月01日

好书荐读，"愿望"花开

　　刚一进入 11 月，南国的阳光就变得乖巧可爱，全然没有了夏日的灼热与暴虐，有的只是浓浓的暖意、浓浓的书香。

　　在光明区光明街道东周社区图书馆的阅览室里，一场别开生面的读书推介会正在热烈地进行。站在讲台上的是金枝鑫，别看她年纪不大，却已经是光明区实验学校一位语文骨干教师，也是光明区图书馆一位资深的阅读推广人。坐在台下的，是来自社区的 11 个书香家庭的 13 位书香儿童，当然还有他们的伴读家长。

　　这场读书推介会，金枝鑫带来的三本好书都有一个共同的主题：愿望。

　　愿望，多么美好，多么有诱惑力的词语！在童年的星空里，愿望是最璀璨的星星；在童年的百宝箱里，愿望是最美丽的珍宝。如果说春风是用种子打开了大地，农夫是用烛光打开了黑夜，那么，孩童一定是用美好的愿望打开了他们的梦幻人生。而金老师，则用《如果我可以许下一个愿望》《卤蛋的愿望》《最想做的事》这三部绘本书，打开了这个金色的下午。她声情并茂地引导孩子们进入故事情节，帮助孩子们与书中的小主人公共情，并通过一系列预设的问题来激发孩子们的头脑风暴……

《如果我可以许下一个愿望》：小男孩做了一个梦，梦中他看到一个叫阿拉丁的男孩在海边捡到一只大茶壶。阿拉丁和漂亮的大茶壶度过了一个美好的下午，等到傍晚阿拉丁准备回家要和大茶壶分别时，大茶壶依依不舍，因为阿拉丁是唯一不以为它是神灯而拼命在它肚子上擦拭的人。大茶壶不想和阿拉丁分别，但阿拉丁的妈妈不准他乱捡东西回家，除非……大茶壶是一个神灯！几米讲述了一个小男孩与阿拉丁神灯的故事，用绘画展开了对于"愿望"的质询——当男孩捡到神灯以后，是该毫不犹豫地许下愿望，还是应该把愿望默默珍藏，让神灯永远相伴？

《卤蛋的愿望》：卤蛋是个爱许愿的小孩，吃饭前会许下三个愿望：感谢上帝赐予丰富的食物；希望真的是丰盛的食物；如果是不好吃的食物，请原谅他全部吐掉。听着很可乐吧？每个人，从小就被教育节约粮食，不要浪费，可是，每个人都有讨厌吃的东西啊，不好吃的东西为什么要强迫孩子吃下去？卤蛋每回睡觉前，还要许下三个愿望：第一，希望明天上学不会迟到；第二，如果迟到，不会被老师罚站在校门口；第三，如果被罚站在校门口，不要被隔壁班的小珍妮看到。看来，他的面子真的很重要哦！

《最想做的事》：9岁的小布克，每天一大早就要去很远的盐厂挖盐。他有一个最大的愿望，就是学会阅读。有一次，他看见一个人在大声地朗读报纸，大家都在认真地听，布克立刻对他产生了敬意，想和他一样认识很多的字。回到家，布克用很坚决的语气对妈妈说："妈妈，我一定要学会阅读！"妈妈就从替人清洗的脏衣服堆里找到了一本书，可不认识字的布克怎么能读懂上面的字呢？于是，布克决定去找读报纸的那个人。那个人答应教他认字，布克开心极了。那个人教会了布克认字、读书、唱歌，还教布克写自己的名字——当那个人问布克叫什么名字，布克说："BOOK。"那个人就把布克的名字写在了地上，布克仔细地看着他的名字，他觉得自己的梦想将要实现了！

故事分享完了，最热闹的环节来了，金老师让孩子们拿起画笔，画出自己心里的愿望，写下自己美丽的憧憬，放进漂流瓶，送给20年后的自己。他们有的歪着小脑袋，有的咬着小笔头，有的紧盯着画纸，强大的亲友团也纷纷聚拢过来，围在孩子的身边出谋划策。在短暂的构思后，孩子们开始信笔涂鸦。画纸上"长"出了美丽的花朵，"飞"来了蜜蜂、蝴蝶，建起了漂亮的城堡，"开"来了新式的舰船、飞机……下课了，孩子们纷纷高举着自己的画纸，站在金老师身前，让镜头记录下这个美好的瞬间。

据项目负责人徐梦琳透露，2019年度光明全区会举办

30 场这样的阅读推广人下基层公益活动，目的就在于用优秀的文化读物带给孩子们真、善、美的熏陶。

备注：本文刊发于《宝安日报》"光明文化"栏目　2019 年 11 月 22 日

视

听

一曲唯美的红色恋歌

不能不说，这是一个绝妙的名字。"秋白之华，秋之白华。你中有我，我中有你。无你无我，永不分离。"既在电影《秋之白华》里，也在现实中，瞿秋白，杨之华，因为彼此的倾慕欣赏而走到一起，因为共同的理想信仰而相伴相守。

瞿秋白，江苏常州人，出身于书香家庭，中国共产党早期主要领导人之一，中央红军长征时奉命留守苏区坚持游击战争，1935 年 2 月在福建长汀被国民党军逮捕，6 月 18 日英勇就义，牺牲时年仅 36 岁。杨之华，浙江萧山人，中国妇女活动家，瞿秋白的第二任妻子，1949 年曾任全国妇联副主席，1973 年在"文化大革命"中被迫害致死。20 世纪 20 至 30 年代的旧中国，风云激荡，斗争激烈，社会矛盾、阶级矛盾、民族矛盾复杂交织，给年轻的共产党人和他们的领导团队带来了前所未有的严峻考验。而从一般社会面来讲，新思想、新风尚已经萌芽，而旧观念、旧传统依然根深蒂固。在这样特定的时空背景下，瞿、杨之恋便注定要被笼上一层旷绝奇美的色调。

影片摒弃以紧张曲折的故事情节来吸引观众的套路，而以女主人公自述的方式徐徐展开，起点是浙江萧山衙前镇，一个阳光明媚、风光秀美的江南水乡。怀着对新生活、新思想的向往和追求，结婚才两年的她，登上乌篷船，咿咿呀呀摇向大上海，与丈夫沈剑龙一起前往上海求学。一到上海，杨之华就投入紧张的学习和"妇运"工作当中，而家境富裕的沈剑龙则经常花天酒地，甚至发展到夜不归宿，于是夫妻渐行渐远。在上海大学，杨之华被瞿秋白的博学多才、沉静潇洒所折服，对他钦敬不已。其时，瞿秋白担任上海大学教务长和社会学系主任，一边忙于教学，一边忙于党务，还要照顾卧病在床的太太剑虹。瞿患肺结核的剑虹尽管有万般不舍，终究抵不过绝症的催索而撒手人寰。丧妻之痛折磨着敏感多情的秋白，使其深陷哀苦而无法自拔，之华看在眼里痛在心上，尽自己所能时常关心、看望、慰问这个可怜的男人。然而，两颗越靠越近的心真的能顶着世俗的压力结合在一起吗？

试图逃避的杨之华回到萧山，得到邵力子鼓励的瞿秋白也追到萧山。于是，一场世纪大谈判在沈、杨、瞿之间展开。然而，让人无比惊诧的是，三人的彻夜长谈，既没有刀光剑影，也没有大打出手，而是气氛友好，坦诚热烈。他们谈婚姻、谈社会、谈理想，大有相见恨晚之意，不觉东方之既白。意犹未尽，长谈转移到沈家、瞿家继续进行。谈话的结果，则是 1924 年 11 月 27、28、29 日《民国日报》上连续刊登的三则启事："杨之华沈剑龙启事：自一九二四年十一月十八日起，我们正式脱离恋爱的关系。""瞿秋白杨之华启事：自一九二四年十一月十八日起，我们正式结合恋爱的关系。""沈剑龙瞿秋白启事：自一九二四年十一月十八日起，我们正式结合朋友的关系。"成为民国史上轰动一时的奇闻，引发民间热议。

影片以秋白在福建长汀被捕入狱为转折点，将叙述视角从之华转到秋白，以秋白在狱中撰写的《多余的话》为线索，串联起秋白对自己一生若干重要节点的回忆，吐露其曲折艰深的心路历程。作为一介书生，一个典型的中国知识分子，其熠熠闪光的才华足以与鲁迅、茅盾、郑振铎等文化大家比肩。鲁迅先生曾亲赠条幅："人生得一知己足矣，斯世当以同怀视之。"秋白夫妻到上海住鲁迅家中，鲁迅和许广平宁肯自己打地铺睡地板，也要将床铺让与他们。这样一个本应将满腹才华奉献给书斋，本来可以成为一个甚至十个梁实秋的文人，"目睹人民沉浮于水火，目睹党濒于灭顶，他振臂一呼，跃向黑暗。只要能为社会的前进照亮一步之路，他就毅然举全身而自燃。"（梁衡语）自燃也就罢了，就那样安详地死在敌人的枪弹下，连同对宋希濂、王世杰劝降的断然拒绝，干干净净成就一个烈士的英名。可他不，他偏要真实面对自己的内心，袒露内心的犹豫、彷徨、挣扎，以至于这些"多余的话"几十年后还要被别有用心的人拿来作为他"动摇""变节"的罪证。

一个明净到容不下一点儿瑕疵的人，一段纯洁到不掺一点儿杂质的爱情，成了这部影片的底色。在这个底色之上，通过光与影的巧妙运用，使整部影片有了一种油画般的艺术效果。无论是水乡的篷舟轻扬，还是白渡桥的欲说还休，甚至就义时的谈笑自若，每一个镜头，每一幅画面，都带着浓浓的艺术气息。

备注：本文刊发于《宝安日报》"光明文化"栏目 2020 年 03 月 20 日

拆除埋在心底的地雷

出来混总是要还的，何况是作恶多端、罪孽深重的德国纳粹，哪怕已经放下武器，成为俘虏。丹麦电影《地雷区》里，这群稚气未脱的德国少年兵，从愤怒的枪口下被解救下来，不是因为爱与宽恕，而是因为德军在丹麦西海岸留下了超过150万枚的地雷。按照胜利者的逻辑，谁造的孽谁扛，没毛病。毙之亦死，排雷亦死，等死，死于光荣、伟大的排雷事业可乎？当然是一万个可以的！于是，短暂的集训之后，这些少年俘虏兵被送上了西海岸雷场。

他们的指挥官，军士长卡尔，对于这样一群"小纳粹"，一定是极其憎恨和不爽的。抱着这种敌意的，何止是卡尔，还有他的上司、同僚，甚至农庄里的农妇卡琳。当扫雷小分队进驻海边农庄，卡琳常常告诫她的女儿远离那些德国人，即便饥饿难耐的俘虏兵因偷吃混入了老鼠屎的牲畜饲料而高烧呕吐、痛苦不堪时，农妇也依然愤愤不平地诅咒这些德国人早点去死。至于卡尔本人，对这些小伙子的态度更是极其恶劣和粗暴，一言不合，非打即骂。明明知道排雷工作极端危险和劳累，也明明看出倒霉的威廉身体极度不适急需休息，已经无法胜任排雷工作，却硬逼着他继续趴在地雷前工作，导致他触雷被炸成重伤。

这是一部没有故事只有事故的电影。集训时已经有一位手脚不灵便的小伙子丧命。紧接着，触雷重伤的威廉，也没能躲过死神的召唤，入院不久就不治身亡。第三个赴死的是双胞胎兄弟里的哥哥沃纳。或许是排雷时太过专注，没有听到同伴的呼叫提醒，没有留意到手上的是连环雷，起出一个还有一个，一拉就引爆。一声轰响之后，海滩上除了满地碎片，啥都不剩。接着是军士长的爱犬触雷而死，农妇的女儿踏入雷区险被炸死。

失去哥哥的恩斯特变得失魂落魄，神经兮兮，完全失去了活下去的信心和希望。在救出小女孩之后，恩斯特决绝地走向了雷场深处，随着一声巨响化为一缕轻烟。惨绝的是，当数个俘虏兵将起出的地雷装车外运的时候，地雷突然爆炸，腾空的烈焰将一切化为焦土……

或许，正是从获知送院的俘虏兵丧命开始，军士长卡尔被仇恨冰封的心门打开了一条细缝，挤进了一丝爱的阳光。他开始反省和悔悟，从营地偷偷带回食物，让几天未曾进食的战俘们终于吃上了由少量萝卜和土豆煮成的菜汤，以及一小块面包。他的表情也不再那么冷漠，脸上渐渐有了一些笑容，偶尔也会和孩子们聊聊天，开开玩笑。卡尔的善意招致上司不满，上司带着手下来到关押俘虏的营房，纵容手下对俘虏采取殴打、撒尿、裸露等方式进行侮辱，卡尔又挺身而出，制止了上司的暴行，救下了正在被羞辱的孩子们。每小时排六颗雷，三个月后就能回家，当初，这或许是军士长卡尔对俘虏们随口描绘的"大饼"。后来，随着孩子们一个个死去，随着45000颗排雷任务的完成，"回家"成了孩子们活下去的力量来源，也成了卡尔对孩子们的坚定承诺。最后，当上级又要将幸存者送往新的扫雷场的时候，卡尔毅然决然用假命令救出四个少年并将他们送出国界。

战争与人性，是战争片永恒的主题。唯一不同的是，该片选择了战争已经结束、和平与和解尚未真正到来这样一个特定的历史时期，选择了战后丹麦西海岸大规模排雷这样一个真实的历史事件作为背景，通过军士长卡尔从痛恨到同情，最后不惜违抗军令，私自释放四个侥幸活下来的少年俘虏兵回国的故事，表达了对人性的拷问，对和平、和解的思考。

是的，大战甫定，每个人心里都有一片雷区，从仇恨到同情，从宽恕到信任，放下仇恨的卡尔，趟过了内心的"雷区"，完成了自我人性的救赎，也帮助每一个走进影院、走进这部影片的观众完成他们的自我救赎。

备注：本文刊发于《宝安日报》"光明文化"栏目 2020 年 06 月 16 日

冲破国界的大爱

"爱是不分国界的",这句话大家耳熟能详,但是,爱能冲破国界,你见识过吗?印度影片《小萝莉的猴神大叔》用成千上万民众冲破国境哨所的宏大场面彻底震撼了我。

印巴矛盾由来已久,既有传统的印度教和伊斯兰教之间的教派争端,又有英殖民主义将印巴分而治之造成的政治纷争,还有双方围绕克什米尔归属而展开的领土争夺。影片将故事置于印巴冲突与仇恨的大背景下来展开叙述,通过一个普通印度男子历尽艰辛,甚至不惜牺牲生命,将走失流落到印度的巴基斯坦女孩护送回家的故事,来表达印度电影艺术家们对政治、宗教、人性的思考。

影片中的小萝莉名叫沙希达(哈尔莎莉·马尔霍特拉饰),是一个年仅6岁的巴基斯坦女孩,虽然容貌俏丽,性格可人，却从小就不会说话。她的母亲心急如焚，带她去印度德里的大清真寺朝圣祈愿，然后母女俩搭乘火车返国。不幸的是，意外发生了，火车中途停靠时，母亲睡熟了，沙希达为了救一只小羊羔溜下了火车。随着火车的徐徐开动，小沙希达成了滞留在异国的流浪儿。幸运的是，她在这里遇见了她的"贵人"猴神大叔。没错，用现在的网络流行语来说，"确认过眼神"，影片为此特意安排了一个细节，一个特写。就是这个眼神，决定了后面波澜起伏、情节跌宕的连串故事。

猴神大叔，本名叫帕万（萨尔曼·汗饰），是个典型的"后进生"，学数学油盐不进，学摔跤心不在焉，考高中连考10次都没考上，常常气得父亲暴跳如雷，于是越被揍越不成器。第11次考试，老天开眼终于考上了，可是居然活生生把父亲给激动死了。就这么个近乎智障的人，却有着异乎寻常的执拗性格，他虔诚的宗教信仰，是哈努曼神——印度史诗《罗摩衍那》中的神猴，拥有四张脸和八只手。他逢哈努曼神必拜，挂在嘴边的话就是"我从不说谎"，"我从不做偷偷摸摸的事"。这个人物的"一根筋"性格，从在公车上和拉西卡就车票找零问题反复纠缠这个细节就可以看出来。这件小事也揭开了帕万和拉西卡爱情之旅的大幕。

美丽善良的拉西卡（卡琳娜·卡普饰）是一名教师，她从帕万的身上看到了父亲的影子，偷偷爱上了帕万。然而，她的父亲，一个宗教观念非常强的人，不仅给他们的爱设置门槛，还要他们限期送走沙希达，他不能容忍与异教徒生活在同一个屋檐下，更何况还是来自敌国的异教徒。两个敌对的国家，没有身份证，没有护照，哑女孩也说不出家乡在哪里……回家的路看起来几乎没有可能走得通。事实上也是这样，找警察，警察说他们爱莫能助；找大使馆，大使馆说没证件免谈；找旅行中介，无良中介却把沙希达卖给妓院。

当女孩抱住猴神大叔瑟瑟发抖，猴神双眼泛红、泪珠潸然时，住在帕万心里的哈努曼神，或者说，帕万心中的英雄气概被激活了。在与妓院打手大战一场之后，帕万决定亲自护送沙希达回家，无论这回家的路有多么艰险遥远。

接下来，看点来了，一言不合就载歌载舞的印度电影，也玩起了悬疑技巧，把观众们的心攥得紧紧的。以军警为代表的国家力量像一张无边巨网向帕万压来：过边境线险被边防军枪毙，在集镇用完餐离开时被警察识破身份险被拘禁，乘坐的公交车被警车拦截险些被捕，逃进清真寺险被上门检查的警察发现，在山区神殿祈祷险被跟踪而至的警察当场逮捕，过临时检查点为引开警察被群殴、枪击，险些毙命，被巴基斯坦反间谍当局诬为间谍，险被刑讯逼供致死。每当剧情走入死角的时候，"山重水复疑无路，柳暗花明又一村"，边防军长官的良心未泯，摄影记者的幡然醒悟，清真寺阿訇的细心呵护，公交司机的热情提示，警察局长的反戈一击，网络传媒的神奇助力，又将剧情宕开一笔，拉向和缓之境。

当然，无论如何，印度电影艺术家们是断然不肯放弃他们造情、造势、造境的拿手好戏的。他们坐在"剧情"这条船上，左手划着"特写"这支桨，右手划着"场面"这支桨，一会儿来个特写，一会儿来个大场面，把印式电影语言运用到了炉火纯青的地步。

最后，当僵化的法条无法为"大爱"放行的时候，被感动动员起来的两国边民，汇成了浩瀚的洪流，沿着山谷涌向边界哨卡。愤怒的巴基斯坦民众，在边防军的默契配合下，一拥而上，砸开铁门，为拄着拐杖、遍体鳞伤的猴神帕万，开启了一条回家之路。

这时，奇迹发生了，"哑"女孩沙希达大声地喊出了"叔叔""叔叔""罗摩神万岁"。大步跑向对方的一对患难忘年交紧紧地拥抱在一起，帕万激动地把沙希达抛向空中，镜头就此定格，影片戛然而止。

久久才回过神来的我，默数着《起跑线》《摔跤吧，爸爸》《嗝嗝老师》《小萝莉的猴神大叔》，深深感慨，印度影片总是能这样精准地戳中中国观众的痛点、泪点、动情点，这真是电影界的一大奇迹！

备注：本文刊发于《宝安日报》"光明文化"栏目 2020 年 04 月 07 日有删改。

戳中泪点的天使之歌

2020 年 4 月 4 日，举国哀悼日，不娱乐，但这首原创 MV《白衣天使》，一次次把我感动到流泪。零点过后，算是 4 月 5 日，果断把它分享到朋友圈，让更多的朋友听到这首优秀的单曲。

该曲由福州市教师合唱团原创，2 月 23 日在福州教育微信公众号首发。疫情发生以来，千千万万"白衣天使"在生死考验面前负重"逆行"，她们美丽的身影打动了无数的音乐人，主创团队希望能代表福州音乐教师，表达对一线医护人员的感谢和支持。合唱团特约词作者、福建师范大学文学院教授陈卫曾在武汉大学就读博士，对这座江城有着特殊的记忆和感情。疫情发生后，她在很短时间内就创作了《白衣天使》。歌词深深地打动了曲作者、钢琴伴奏、编曲、福州市教师合唱团艺术指导欧君阳，尤其是那句"你是孩子的母亲，也是母亲的孩子"，促使其灵感爆发，并以此为突破口和起点，很快完成了整首歌曲的创作。歌曲的编曲、合唱团常任指挥康宇丹教授说："录制的过程中，每每唱到这一句，我们都忍不住留下感动的眼泪。"

"前进还是后退／逃离还是面对"，在歌词的开头，作者就把疫情带来的生死考验摆出来：是勇敢面对，逆风前进，还是畏惧退缩，望风逃离，成了广大医护工作者的艰难选择。她们的生命也同样宝贵，她们也一样有父母儿女需要照顾，她们也舍不得相恋相守的人，然而"病魔就在前面／无时不在／威胁着我们"，哪怕多一秒的犹豫，多一秒的延宕，患者宝贵的生命都可能被病魔吞噬。沧海横流，方显英雄本色。可敬可爱的天使们，容不得自己权衡顾虑，"你把白衣穿上／就像一束火焰／点燃自己生命／照亮寒冷黑暗的世界"。是的，只要一穿上白大褂，她们就是一束火焰，燃烧自己，照亮别人，驱散病魔，给寒冷黑暗的疫区带去温暖和光明。"你是孩子的母亲／也是母亲的孩子／万家都在团圆／你在生死交战的前线"，母亲婆婆的泪眼，孩子期盼的眼神，隔着眼罩，隔着屏幕，一次又一次冲击着听众的泪腺。纵有千言万语，在这样一个分秒必争、与死神赛跑的紧张时刻，也只能硬着心肠把一切牵挂割舍。"你没有后退／就像一束火焰／燃烧在寒冷的时刻／点燃自己／照亮世界"，当和声再次响起，作为听众的我禁不住潸然泪下，为这些剪去秀发、脸上勒出一道道伤痕、累了困了将就着躺在过道的平凡而伟大的女性！

如果说歌词创作追求的是穿透心灵，唤起共鸣，那么视像编辑则要诉诸视觉冲击，用大量切合主题的画面来感染受众。这首歌的 MV 先是用滚动刷新的各地确诊数据渲染出一种大疫当前、刻不容缓的紧张气氛。接着，用各地援鄂大军向疫区开进的悲壮场景来传达白衣天使们的果敢、勇毅。然后，将抗疫工作的各种感人场景和家庭团聚的温馨画面反复穿插切换，形成一种强烈的对比效果，凸显医护工作者舍小家、顾大家的奉献精神。为了让歌曲更接地气、引发共鸣，创作团队在曲调上力求朗朗上口，配乐上力求简约，演唱时选择了更能拉近距离的通俗唱法，配合优美的和声，并加入了 R&B 等流行元素，希望可以让更多人传唱，全面激发出音乐作品的正能量。从实际的听受效果来看，这首合唱曲用流行唱法配上好听的和声，令人耳目一新，整首曲子从开始的忧虑到最后的坚定，从个人诉说到众人呐喊，旋律层层递进，歌词娓娓道来，会让人产生强烈的共鸣。

新冠肺炎疫情是一场突如其来的大灾难，抗疫斗争是一次检验民族意志和韧性的重大考验，现实生活提供给艺术工作者的创作素材是如此丰富和厚重。凡有家国情怀和责任担当的艺术家，都应该创作出更多这样鼓舞人心、催人奋进的优秀作品。

备注：本文刊发于《宝安日报》"光明文化"栏目 2020 年 05 月 22 日

言

论

写作是一种病

写作是一种病，一种间歇性发作，发作起来把人折磨得神魂颠倒，茶饭不思，夜不能寐，生不如死，死去活来，却又几乎无药可医的病。

有同事读了我的一些小文章，总是很不理解，说平时看你工作那么忙碌，哪里有时间来做这些"锦绣文章"？他们说得没错，现代社会，像我们这样的行业，这样的单位，说不忙连鬼都不信。所以，大凡正常的人，确实是没有时间动笔的，只有"有病"的人例外，而我就是这种"有病"的人。

我很清楚地知道，写作这种病的病根就在自己身上，就在于自己心灵的深处，有一种痴根痴性，像那些情痴、花痴、书痴、琴痴、画痴一样。这种痴，就是对特定事物的一种特别的喜好，比如花痴，看见漂亮的女子，就眼也直了，口也歪了，腿也斜了，整个人就犯傻了。那些败家买书的、买琴的、买画的、买古玩的、买蛐蛐的，大抵都是这样又嗔又痴的角色。所有这些痴儿里面，最为不堪的又数文痴儿，其他的种种痴儿毕竟痴迷的只是某一种事物，而文痴则不同，痴的是世间的一切可痴之物、可痴之人、可痴之事。你想想，大千世界，美好的事物多得数不胜数，样样都发痴，这日子还能过吗？所以啊，文痴儿，或曰写作爱好者，是天底下第一等无可救药的人。他有一颗敏感而易于被魅惑的心，随时随地都可能被触动，被感染，被诱惑，被陶醉，沉溺其中而不能自拔。

这种病最典型的症状就是寒热症，或者叫作打摆子，总是在两种极端的情况间来回折腾。

寒症发作的时候，好比地球进入冰川纪，温度大幅度下降，生物大规模灭绝；好比自来水水管被冻结，无论怎么拧水龙头，也没有一滴水流出来。这是才思堵塞、灵感枯竭的时刻，是思维在黑暗的空洞里横冲直撞却始终找不到方向与出路的困境。这是一种被阻隔而求之不得的状态，就像《诗经》里说的"窈窕求之／求之不得／窈窕思服／悠哉悠哉／辗转反侧"，明明所求索的"伊人"就在河的对岸，可你就是"溯洄从之／道阻且长／溯游从之／宛在水中央"，既不可涉，又不可渡，更无可求。急于冒进的你，面对着这种"愿飞安得翼，欲济河无梁"的困窘之境，"展转不能寐，披衣起彷徨"。于是，"衣带渐宽终不悔，为伊消得人憔悴"。只要能"吟安一个字"，又何惜"捻断数茎须"。而更多的情形则是

"两句三年得，一吟双泪流"，甚至很长时间一无所得以至于无奈搁笔，纸砚蒙尘。

就这样无奈、苦闷、心灰意冷地在黑暗中穿行的时候，突然一束阳光毫无征兆地打在你的脸上，令你眼前豁然开朗。就像一间先前因为停电而停工的车间，电流一到，大功率的风扇又哗啦哗啦转起来，熟悉的机器轰鸣声又亲切地响起来，人们又回到了各自的工位上忙碌起来，产品一件一件从流水线上传送出去。或者，像凌汛，先前冰凌不断堆积以致河道堵塞，水位不断抬升，压力不断加大，在越过某个临界点后洪流终于大爆发，汪洋恣肆，一泻千里。此刻，神经处于高度兴奋与活跃的状态，种种离奇的想法和念头，各种不同的情节和桥段，甚至人物的对白与台词，甚至一些奇形怪状的句式和词语，一一涌进你的脑海，令你目不暇接，手忙脚乱。有时不只先前涩滞的文章思路重新接上了线，有了更好的创意和构思，还同时萌生出多篇文章、多部作品的雏形构想。真所谓"思接千里，意涌八方"也！此刻，无论是敲键盘还是笔录，都是万万赶不上脑回路思维波的跳跃的，而你又万万不肯错过其中的任何一个美妙的想法，便恨不得身上立刻生出千万双手，每双手立刻生出千万根手指，帮你留下每一缕吉光片羽。

要是谁家摊上这么一个病患者，那可真是家门之大不幸！其祸之烈者有五：一曰破财败家。笔墨纸砚，善本珍帖，访名山，拜师友，会天下名士，哪一样砸的不是真金白银！更兼身无长技，不事营生，不炒股，不炒楼，纵有家财万贯，终究坐吃山空。痴迷写作如芹圃者流，就只能"满径蓬蒿老不华，举家食粥酒常赊"了。二曰淡漠亲情。凡热衷写作者，眼中的情人第一是自己的文章，心中的至爱第一还是自己的文章，心心念念都是自己的文章，何曾如此眷顾过妻儿老小？三曰颠倒时序。既患寒热之症，已无冬夏之分，何来晨昏之别？深更半夜，奋笔疾书已是常态；夜深人静，绕步中庭不需诧异。四曰淆乱空间。不唯斗方之室，书纸狼藉，笔砚横陈；即有广厦千间，文人心性，放浪不拘。五曰自毁形象。文人流习，或不修边幅，或破帽遮颜，或呆若木鸡，或手舞足蹈，种种异态，招人白眼，亲友在侧，亦觉赧然。

故改网诗云：我本天地独孤魂，奈何为侬伤透心。北境风雪南海月，此生不做码字人。

备注：本文刊发于《西北作家》文学微刊 2019年03月16日

市井处处有风情

　　市井向来是市民生活最真实的场景和写照，旅行者无论抱了什么样的心态和宗旨，倘若到了一个陌生的地方而不深入到市井中，深入考察一下这个地方最真实最原生态的生活，便难免要留下"枉到此地一游"的遗憾。这种遗憾，可不是摩崖刻石"某某某到此一游"就能轻易弥补得了的。

　　对于旅行者来说，风景名胜和地标自然是他们的宠儿，断断不会放过。这是可以理解的。中国人古已有之的猎奇心理，驱使着大家不顾"五一""十一"黄金周的"扎堆"效应，拼了一身臭汗，也要一睹其神圣风采，哪怕那所谓"风采"换来的只是"花钱买罪受"的由衷喟叹。更有一帮善良的游客，明明知道只要伸出脖子唯有挨宰的份，也屁颠屁颠乖乖跟在无良导游的后面排队把自个儿卖了还帮着数钱。板子当然不能单单打在游客的屁股上。逐利是商人的本能。从别人裤兜里掏钱可不是件简单的活，起码得精通消费心理学。商家拿捏准了游客们不肯枉了此行、多少得有点炫耀之资的心理，不消摇唇鼓舌，稍加蛊惑要挟，自有那意志不坚之人上当受骗。

偶尔也有例外的，甘冒掉队的风险，导游怂恿的景点偏偏不去，导游介绍的东西就是不买，瞅准了机会，算好了时差，扯了份当地的地图，自顾自拎了包包在众人诧异的目光中旁若无人逍遥而去。回到旅行车上，摆出自己搜罗的东西，多能收获大家赞许的目光，引得那帮上当受骗的团友自怨自艾、捶首顿足，腰包早已鼓鼓囊囊的导游只会偷着乐。群情汹汹中，投诉之声不绝于耳，大抵都是不了了之的干号，没人真正在乎。

其实，游客和导游都心中有数，真正的风情并不仅在那些万众瞩目的景点和地标。只有深入那些最贴近当地民众生活的地方，才能见出一方水土真正的内涵与魅力，才能真正领略地域文化的价值与韵味。到了北京，游不游长城和故宫是无所谓的，古装戏和新闻片里早已见得多了，但普通北京市民的日常生活非得到胡同和四合院里去找寻，非得到晨练的公园子里去窥探，非得到三教九流汇聚的闹市里去品味。南京的明代古城墙并非没有观赏的必要，夫子庙也非浪得虚名，只是掺杂了太多的商业化，毕竟不如一般的市场和街道来得真实。号称"人间天堂"的苏州、杭州，园林也好，西湖也罢，倒不如走街串巷，听听吴侬软语来得舒心。休闲之都的慵懒与惬意当然不会深藏在武侯祠和杜甫草堂，却在麻辣烫的酣畅淋漓、担担面的勾魂幽香中斑斑可见。

不入鲍鱼之肆，是文人的假清高。在餐桌上见了活色生香的海鲜，他们一个个便箸飞手舞，何曾嫌弃过那份腥臭？海岛人家的生活，最经典的一个佳话，莫如涠洲岛旅游区，其中的一个小岛居然没有菜市，鱼虾之类的海鲜全养在岛边水中，活杀现烹，何等快活与新奇！

归根到底啊，人就是一颗虚荣心在作怪。舍了这颗虚荣心，市井处处有风情，无论吃、喝、玩、乐都是如此。

后记：我的写作之路

语文老师，该算正经八百的语言文字工作者了。

一个人能够与语言文字结缘，冥冥当中总会有一些缘由的。

我出生在一个乡村医生家庭。在农村，乡村医生已经算得上是高级知识分子了，不仅识文断字，还能运用专业知识治病救人。医生之家，是农村不多见的能找出书籍的家庭，医学书自不必说，其他方面的书也或多或少有一些。我记得我家厚重的实木柜子里，除了一摞一摞的医学书，还有古典小说、马列著作，甚至还是天文历法、农业生产方面的书。这些书虽然没有小人书（连环画）有趣，但对患有阅读饥饿症的我来说，聊胜于无，没事总爱去翻一翻。那时候，我很想有自己的书读。有一次，大概手上积了两三块钱，我就央求爸爸的徒弟，不记得是标梓舅舅还是嗣美哥哥，去县城进药的时候，帮我买一本《说岳》、一本《三侠五义》。这事是万万不敢跟我爸说的，正经事都不敢，更别说不务正业的事。眼巴巴望了好多天，结果事没办成，心里别提有多失望了。后来做老师了，教孩子读鲁迅的《阿长与〈山海经〉》一文，读到"别人不肯做，或不能做的事，她却能够做成功。她确有伟大的神力"一处，便想起自己渴望得到《说岳》《三侠五义》的往事。要是我也有一个这样的"长妈妈"，我也要赞美她的神力了。

行医之家，免不了人来人往，晚上也经常有人聚到诊所或家里的小客厅聊天。那时候没有电视，没有手机，能看场电影都是一年当中难得的享受，比过年过节还开心。一到夜里，外面黑魆魆的，阒然无声，屋子里灯光下的聊天就成了最主要的娱乐，也是获取外界信息的主要渠道。御下极为严厉的我爸，如果不是心情特别不好，一般也会容许我们这些小孩待在边上旁听。大人聊天的话题天南海北，无所不包，我们听得津津有味，经常是拖到很晚才去睡觉，却一点儿也不觉得困。可以这么说，在信息极其封闭、知识极为匮乏的年代，家里热热闹闹的座谈会使我有机会见识各式各样的人，知道了许多外面世界的新鲜事儿。这在我的成长历程中，有着非常重要的意义。

上学时，语文书总是我最先拿到、最感兴趣、最先翻完的。可惜的是，语文书容量太少，完全不经翻，三下两下就翻完了，就像嚼过的甘蔗，再也榨不出甘甜的汁水来。小学老师也没有严格的分科，基本上是什么都教。我最喜欢的是李开淼老师，他上课喜欢拿出小人书讲故事。最常见的开头是："有一天，山那边传来一声枪响……"然后，故意停下来，眼睛扫过来，扫过去，就是不开口，把一帮小孩吊得不行，都催促他赶紧往下讲。对我们而言，一肚子故事的李老师简直就是神一般的存在。我们家是从来不买小人书的，我爸也从来没想过，拿小人书来奖励小孩好好上课学习是多么有刺激性和激励效果的一件事。村里面小人书藏有量比较大的有两个：一个是李士华，公社办公室李主任的大儿子，我得管他叫舅舅；一个是钟万平，生产队长的儿子，过继给了大伯，和我哥在同一个年级，有"图书大王"的绰号。家有小人书，对彼时的我来说，其地位不亚于百万富翁。那时候的幸福很简单，有本小人书看，就可以快乐一整天。

我不记得我小学作文写得怎么样。我小学太野了，一天到晚领着一帮孩子干坏事，从来没有认真听过一节课——听李老师讲故事除外。上了初中，隐隐有些印象，好像老师读过或者表扬过自己的作文，大抵是作文里的遣词造句能用些成语或者是比较新鲜一点儿的词。初中语文老师姓彭，经常去全国各地旅游，上课就跟我们讲述他的旅游见闻。不知道我长大以后喜欢旅游和写游记跟彭老师有没有关系。高中比较忙，我属于心智开化比较慢的孩子，升上高中后大部分时间都在自学自补初中的课程，尤其是数学、英语、物理、化学，基本都是零起点。有时忙里偷闲，也会去县电影院蹭电影，去县图书馆翻杂志看，还有就是借了同学的自行车骑着四处去看风景，最远到过新建地界，离万寿宫已经不远。

　　真正上得了一点儿台面，至今想起来还让我有一点儿自豪感的，是大学教写作的老师布置的一次诗歌作业，临交卷时我稀里糊涂写了几行，老师批完后居然诵读我的作业以示表扬。若干年后，听远人主席回忆他的写作之路，说到他小时候的作文经常被老师当作范文当堂诵读，我不免感慨，好作家都是老师读作文读出来的。毕业参加工作以后，我对办文学社有着异乎寻常的兴趣与热情，每每读到学生的精彩之作总忍不住拍案叫绝。自己接触的社会面广了，心有所思，情有所动，也爱拿起笔写写文章。我的第一份稿费来自县广播站，虽说只有几块钱，但是很开心。第一篇见报的文字，是篇小游记，写萝卜潭的，发在《奉新通讯》上。再上一点儿层次的，也是一篇游记，题目叫"寻梦岭南第一理学古村"，发表在《中国教师报》上。那次，我和同科组几个老师，利用周末游览了云浮市腰古镇水东古村，感觉很新奇，便信笔写下了一些文字。真正把写作当成一种习惯，是在来到深圳之后。一方面，受红梅姐"蛊惑"，领了文学社指导老师的差事，经常要组织完成报社约稿，报社很多时候又要求老师陪着写。另一方面，区作协那群劳模作家，比如远人主席、刘炜兄、破窑兄、池光兄、西宾兄、凤琳哥、笑兰哥等，个个儿铆足了劲写，隔三岔五便有作品上报见刊，被他们"裹挟"着想偷懒都不行。于是，就这样陆陆续续积累了上百篇稿件。

　　今天，正好读到一句话："写作，是老师给自己的最好交代。"我想，作为一个语文老师，如果自己能够多动笔，用自己尽可能多的实践和感悟来给学生以有效的指导，用自己饱满的写作热情来带动学生也热爱写作，该是一件很有意义的事情。

我知道，前面的路还很漫长，我要以张任伟兄那种"长征永远在路上"的精神激励自己，不断超越自我。

廖立新

2020 年 6 月 21 日于深圳